AtV

Weihnachten – das Fest der Liebe unter den Menschen? Acht erfolgreiche Autorinnen feiern Weihnachten, aber sie tun das auf ihre ganz eigene Art. Da werden Kinder, Engel und Weihnachtsgänse zu Hauptfiguren, während Männern lediglich die Statistenrolle bleibt. Sie dürfen den Müll raustragen, den Baum schmücken oder Holz hacken. Zum Glück aber geht für sie die Bescherung meistens glimpflich ab; es sei denn, ihre Gattin hätte ein Seminar »Weihnachten überleben« belegt, wie es Tessa Korber mit köstlichem und zugleich tiefgründigem Humor in ihrer Geschichte, einem Originalbeitrag für diese Anthologie, beschreibt.

Weiberweihnacht

Hinreißende Geschichten zum Fest

Herausgegeben von
Michaela Rohn

Aufbau Taschenbuch Verlag

ISBN 3-7466-1132-6

1. Auflage 2003

Hinweise zu den Inhabern der Original- und Übersetzungsrechte
am Schluß des Bandes
Einbandgestaltung Simone Leitenberger
unter Verwendung einer Fotografie von Katja Nitsche
Druck und Binden Clausen & Bosse, Leck
Printed in Germany

www.aufbau-taschenbuch.de

Inhalt

Tessa Korber

Im Kreise meiner Lieben

Dabei hatte ich doch nur alles richtig machen wollen. Und am Anfang sah es so aus, als wäre es mir dieses Jahr auch wirklich gelungen.

Ich neigte mich vor der Abfahrt über den Kofferraum und kontrollierte den Inhalt ein letztes Mal: der Blätterteig, die Füllung, die in der Tupperschüssel schwappte, die Geschenke, zwei für jeden, ein großes und eine Kleinigkeit. Dann das Abendkleid und die Pumps. Hauke hatte darauf bestanden, schon im Anzug zu fahren. Er konnte sich ja gleich im Wohnzimmer in einen Sessel fallen lassen. Aber ich würde noch eine Weile in der Küche stehen. Noch einmal ging ich alles durch. Sollte ich Mutter noch mal anrufen und fragen, ob sie die Cocktailtomaten auch wirklich besorgt hatte?

Da preßte mich etwas schwer gegen das Auto. Hauke drückte mir einen Kuß auf den Nacken. Ich drehte mich mühsam um und schob ihn weg, als die Nachbarin von unten mit ihrem weißen Kläffterrier vorbeikam und uns neugierig ansah. »Warst du schon am Cognac?« fragte ich, als ich seinen Atem roch. »Es wäre schön, wenn du wenigstens den Weg hin fahren könntest.«

Hauke öffnete die Autotür. Ich glitt auf den Beifahrersitz. »Die Jugenderinnerungen deines Vaters ertrage ich nur mit einem gewissen Pegel«, erklärte er und ließ den Motor an. Dann hob er einen Finger und fuchtelte herum, während er meinen Vater nachahmte: »Als ich mein erstes Unternehmen auf die Beine stellte.« Er lachte.

»Vorsicht ein Radfahrer«, mahnte ich. »Diesmal läuft es anders.« Ich lehnte mich zurück und versuchte, mich zu entspannen, wie ich es im Seminar ›Weihnachten überleben‹ gelernt hatte. An sich halte ich so etwas ja für Blödsinn. Hauke und ich hätten auch in die Südsee fahren können, aber als er im September mit diesem Gesicht nach Hause kam und meinte, eine Fernreise wäre dieses Jahr finanziell nicht mehr so ganz das Ideale, und meine Mutter zufällig am selben Tag anrief, um sich darüber zu beklagen, wie selten sie uns sähe, da habe ich die Kursgebühren überwiesen.

Ich atmete tief und entspannte den Beckenboden. Es klappte tatsächlich. Geben Sie den Anspruch auf, perfekt sein zu wollen – das war die erste Lektion. Und die war wirklich hilfreich. Letztes Jahr hatte ich Stunden darauf verwendet, die gegrillten Stubenküken richtig kroß zu kriegen. Und Papa hat keines davon angerührt. Auch die Datteln mit Thymian-Marzipan blieben fast alle liegen. Es sollte etwas Besonderes sein, am größten Fest des Jahres, aber meine Eltern essen eben nichts Ausgefallenes. Schnitzel mit Kartoffelsalat wollte ich trotzdem nicht machen. Deshalb dieses Jahr die gefüllten Teigtaschen. Das geht einfach und schnell und streßt mich nicht. Für Hauke habe ich ein wenig Hummerfarce extra gemacht, zur Sicherheit die doppelte Portion, falls Mama und Papa doch mal über ihren Tellerrand hinausschauen wollen. Von dem Lachsmousse auf der Vorspeisenplatte sollten sie doch wenigstens kosten. Und ich bin gespannt, was sie zu der Ingwerschichtspeise zum Nachtisch sagen werden. Über eine Stunde habe ich die Creme gestern abend geschlagen.

Zweitens: Formulieren sie ihre Bedürfnisse. – Das werde ich tun, habe ich mir vorgenommen. Es ist doch eine demütigende Erfahrung, daß man nach über zehn Jahren selbständigen Lebens, mit Ehe und Beruf und allem, nur die Schwelle seines Elternhauses zu überschreiten braucht, um wieder zum Teenager zu werden, der sich herumkommandieren läßt, zwar schmollend, aber letztlich gehorsam. Alle die da waren, haben das gesagt. Frau Doktor Veit-Schmittbach, die Leiterin, hat in die Runde gelächelt. Formulieren Sie ihre Bedürfnisse, hatte sie gefordert. Zeigen Sie ihren Eltern, daß Sie Menschen sind, die eigene Leben nach eigenen Regeln leben. Man wird Sie deshalb nicht weniger lieben.

Ich atmete noch ein wenig tiefer. Haukes Hand kam herüber und streichelte mein Knie. Ich nahm sie und verschränkte meine Finger mit seinen. »Wenn dein Vater wieder damit anfängt, daß ich ihm das Geld für dein Studium erstatten soll, weil du jetzt nicht mehr arbeiten gehst, dann verspreche ich dir, leere ich seinen gesamten Weinkeller.«

Ich drückte seine Hand ganz fest. Wie immer überfiel mich die Rührung, wenn ich daran dachte, daß ich in Zukunft nur noch für ihn dasein würde. Darüber konnte ich Tränen vergießen, jedes Mal, wenn ich es erzählte. Wir hatten ein paar schwere Zeiten, aber jetzt hatten wir uns entschieden. Ich mußte schwer schlucken und tätschelte seine Hand. »Sag mal«, meinte ich plötzlich, »können wir es ihm nicht einfach zurückzahlen?«

Hauke lachte und bog auf die Bundesstraße ein. Meine Eltern wohnen ziemlich weit draußen, beinahe einsam. Der nächste Nachbar ist ein Bauer, dessen Hof hinter einem dichten Streifen Tannenwald liegt. Da draußen ist nicht viel los. Letztes Jahr haben wir ihnen einen Computer mit Internetanschluß geschenkt. Hauke hat ihn am selben Abend angeschlossen. Aber ich glaube, er steht immer noch unberührt da. Mein Vater ist nicht so für den neumodischen Kram, wie er sagt. Dieses Jahr kriegen sie von uns ein Theaterabonnement.

Als wir in die lange Auffahrt einbogen, mit dem verkrüppelten Birnbaum, war mir ein wenig mulmig zumute. Ob ich es da schon geahnt hatte?

»Mama? Papa? Wir sind's.« Ich hatte die nie verschlossene Haustür aufgeklinkt und war hineingegangen. Niemand antwortete. Hauke erbot sich, die Sachen aus dem Auto in die Küche zu räumen, und ich machte einen kurzen Rundgang durch die Wohnung. Im Wohnzimmer war es kalt, und ich rief Hauke zu, er solle den Kaminofen anschüren. Er mag diese archaisch-männlichen Tätigkeiten, das einzige, was ihn mit meinem Vater verband. Wenn der Abend ganz schiefzugehen drohte, gingen sie immer Holz hacken oder Geflügel zerlegen oder den Weinkeller verkosten. Das half. Der Baum war noch nicht geschmückt.

Meine Eltern schienen noch auf ihrem alljährlichen Weihnachtsnachmittagsspaziergang zu sein. Das dachte ich jedenfalls, bis ich ins Obergeschoß hinaufging. Schon auf dem Flur schlug mir die seltsame Wärme aus dem Schlafzimmer entgegen. Meine Eltern schlafen kalt. Als ich die angelehnte Tür aufstieß, sah ich sie im Bett liegen, Seite an Seite. Vaters Mund stand weit offen. Er atmete nicht.

»Schätzchen, ist alles in Ordnung?« Hauke stand hinter mir, das Hemd voller Sägespäne, in der Hand ein Glas Rotwein. Er stellte ihn auf der Frisierkommode ab, als er es sah. »Verdammt, sind die etwa ...« Er bemerkte das Kabel der Heizdecke, das sich unter der Bettdecke hervorschlängelte, vor mir. »Strom, verdammt. Faß sie auf keinen Fall an.«

Sofort ging Hauke die Sicherung ausschalten. Von elektrischem Kram verstand er was, genau wie Papa, normalerweise. Dann standen wir wieder vor diesem trauten Paar. Nie schienen sie sich so einig gewesen zu sein. Hauke versuchte, mir was von seinem Rotwein einzuflößen, aber ich schlug das Glas weg. Das gab Flecken auf dem Teppich, und ich mußte heulen. Hauke stand ein wenig hilflos hinter mir.

»Verdammt«, würgte ich. »Verdammt noch mal.« Der Kloß in meinem Hals war dick. »Dabei hatte ich mich diesmal so gut vorbereitet.«

Hauke legte mir begütigend die Hand auf die Schulter. »Es wäre bestimmt toll geworden.«

»Ich hatte alle Antworten parat.«

»Klar, meine Schnecke, hattest du.«

»Und hätte meine Bedürfnisse formuliert. Ganz bestimmt.« Hauke begann, an meinem Hals herumzusaugen. Er dachte vermutlich, das würde mich trösten.

»Und was mache ich jetzt mit den Teigtaschen?« heulte ich. »Ich kann Blätterteig nicht ausstehen.«

Plötzlich nahm Hauke mich bei den Schultern und drehte mich zu sich. Wie lieb er mich dabei anschaute! Er roch nach Wein, nach teurem After Shave und ein wenig nach Rauch. »Du willst das perfekte Weihnachten haben?« murmelte er und drückte mich an sich. Er hat sehr breite Schultern, und man fühlt sich da wunderbar geborgen. »Du sollst es haben. Meine Schnecke soll alles kriegen, was sie sich wünscht.«

»Aber ...«, schniefte ich. Doch er ließ keine Einwände gelten.

»Du kriegst den Sekt und den Baum, die Geschenke und all deine Lieben um dich versammelt, die dir erstmals nicht widersprechen werden.«

Ein bißchen mulmig war mir ja noch bei der Sache, aber ich mußte zugeben, daß mir jetzt überhaupt nicht danach war, die Polizei und die Sanitäter zu rufen. Was wäre denn das für ein Abend geworden: mit Blaulicht und Fragebögen, und am Ende hätten wir dagesessen, allein mit einem kahlen Baum und einem Totenschein und den Geschenken, die niemand auspacken wollte. Das wäre doch todtraurig gewesen. Ich wurde richtig wütend auf meine Eltern, die mir das zumuten wollten. Dabei hatte ich mich doch so bemüht und die teuren Kursgebühren bezahlt, von denen wir halb nach Hawaii hätten fliegen können. Hatte Hauke jedenfalls gesagt.

Also ging ich nach einer Weile hinunter und schmückte den Baum. Die Schachteln mit den Kugeln standen schon bereit. Hauke polterte derweil auf der Treppe herum. Es war gar nicht so leicht, meine Eltern nach unten zu schaffen, aber zum Glück war wegen der großen Wärme da oben die Totenstarre schon wieder weg. Schließlich saßen die beiden in ihren Sesseln vor dem Feuer, die Hände auf den Lehnen, die Decken um die Knie geschlungen. Sie schauten auch nicht mißbilligender als sonst. Ich mußte fast ein bißchen lächeln. Denn nun mußte Papa zusehen, wie ich das Lametta aufhing. Das war sonst immer seine heilige Aufgabe gewesen. Immer fünf Fädchen auf den ausgestreckten Finger und ganz glatt an den Zweig. Jetzt nahm ich es büschelweise, wie es kam, und schleuderte es gegen den Baum. Hauke gab mir von seinem Wein ab und wollte auch mal. Kichernd bewarfen wir die Tanne und einander mit dem Glitzerzeug. Hauke legte Musik auf, amerikanische Weihnachtslieder, die wir sonst nie spielten, nur das trübsinnige deutsche Kirchengedudel. Wir tanzten eng.

Dann klopfte er mir auf den Po. »Wie wär's, du gehst

schon mal in die Küche und zauberst uns etwas? Ich kümmere mich derweil um den langweiligen Papierkram. Ein bißchen die Lage sondieren.«

In der Küche hatte Hauke natürlich alles nur irgendwo hingestellt. Ich mußte erst mal Ordnung schaffen, ehe ich mit dem Kochen anfangen konnte. Nachdem ich den Herd angeschaltet hatte, sortierte ich die Lebensmittel. Mein Mann kam herein, als ich gerade mit beiden Händen im Spülwasser steckte.

»Das Backblech ist total verkrustet ...«, fing ich an, doch dann legte er mir etwas um den Hals. Im Flurspiegel sah ich, daß es Mamas Brillantkette war. Papa hatte sie ihr zur Silberhochzeit geschenkt, und sie hatte sie einmal im Jahr zur Oper getragen.

»Für dich«, murmelte Hauke und knabberte mir am Ohrläppchen herum. Die Kette schimmerte geheimnisvoll im Dunkel unter der Hutablage. Ein paar Bedenken hatte ich ja. Aber Hauke meinte, warum sollte ich mich mit meiner Schwester drum streiten, die sich Weihnachten nie hier blicken ließ und höchstens Mal eine Karte schickte? Er hatte recht. Ich bin kein Mensch, der gerne streitet. Vermutlich hätte ich ihr die Kette überlassen, ich mache mir ohnehin nichts aus Brillanten. Aber es war lieb, daß er an mich dachte.

Ich bedankte mich mit einem Küßchen, streifte mir die feuchten Küchenhandschuhe ab und ging mit ihm nach oben. Er durchstöberte immer noch den Schreibtisch, wo mein Vater alles penibel in Ordner verpackt hatte, auf denen stand ›Haus‹, ›Versicherungen‹, ›Steuer‹ und andere abschreckende Dinge. Ich kniete mich vor den Nachttisch meiner Mutter. Da gab es eine Schublade, die ich schon als Kind geliebt habe. Darin lagen all ihre Schätze: die kleine Federboa, die langen seidenen Ballhandschuhe, die bis über den Ellenbogen reichten, die Spitzenmantilla aus Spanien und das lederne Schmuckkästchen mit den vielen kleinen Laden. Als junges Mädchen hatte ich mich mit diesen Sachen verkleidet und Prinzessin gespielt. Das war natürlich schon lange her. Mama hätte wenig Verständnis dafür gehabt, wenn ich als erwachsene Frau mit ihren Sachen hätte spielen wollen. Sie legte großen Wert darauf, daß man vernünftig war, wie sie es nannte.

Es war lange her, seit ich meine Schätze betrachtet hatte: den Ring, der wie ein Pantherkopf geformt war. Der breite Goldarmreif, der nicht echt war, aber um meinen Oberarm paßte und mich wie eine griechische Göttin aussehen ließ. Die Brosche mit den blitzenden Straßsteinen. Ich steckte mir alles an. Wie damals. Und ich zog, ohne genau zu wissen warum, die Spitzenmantille über.

Im untersten Fach, wo die Ansteckblumensträußchen aus Samt hätten sein müssen, fiel mir ein schmales Bündel Briefe entgegen.

»Liebste Helga«, stand in einem. »Mein teuerstes, einzigstes. Wie ich mich nach dir verzehre.« So hatte ich meinen Vater nicht gekannt, und Tränen der Rührung traten mir plötzlich in die Augen. Ich hatte nicht gewußt, daß er zu einer solchen Sprache, zu solchen Empfindungen fähig war. Schwer vorstellbar bei einem Siebzigjährigen, der mißmutig durch das Haus schlurfte und rief: »Helga, im Kühlschrank riecht irgendwas.«

Ich kuschelte mich an die Bettseite und schmökerte weiter. Es sollte mir guttun, mich versöhnen. Und Mutter dazu. Auch für sie war das bestimmt schon lange – und wer wußte wie entbehrte – Vergangenheit. »Ich möchte Deinen warmen Körper in meinen Armen spüren«, stand da. »Ich möchte Dir die Kleider abstreifen und Dich auf das Bett werfen. Ich möchte mit meiner Zunge Deine köstliche Muschel aus…«

Hastig ließ ich die Briefe sinken. Hauke mußte etwas bemerkt haben, denn er stand auf, kam herüber und nahm mir die Briefe aus der Hand. Er überflog die erste Seite und lachte. »He, he«, rief er begeistert, »deine Eltern haben es ja getrieben wie die Frettchen.«

Ich riß ihm das Konvolut aus der Hand. Hauke hatte manchmal einen etwas drastischen Wortschatz. »Gib her«, sagte ich mit glühendem Gesicht und zerrte die Briefe an mich.

»Tröste dich«, meinte er. »Es ist lange her. Kein Siebzigjähriger mit Bandscheibenvorfall träumt davon, es stehend in der Dusche zu treiben.«

Ich mußte kurz an die dicke türkisfarbene Gummifußmatte mit den Saugnäpfen in unserer Dusche denken. Nichts wahrhaft Verruchtes konnte darauf stattfinden. Ich suchte nach einem Datum und fand am Anfang des Briefes keines. Es stand am Ende, unter dem Namen. Juli vor fünfzehn Jahren, gezeichnet Fred. Mein Vater hieß Wolfgang.

Hauke pfiff durch die Zähne, als er es las. »Das heißt, deine Mutter hat es sich von diesem Fred besorgen lassen, als du gerade dein Abitur gemacht hast.«

Ich ging ins Bad, um mich zu übergeben, während Hauke sich noch damit amüsierte, laut die pikantesten Stellen vorzulesen. Es ist nicht schön, sich die Geschlechtsteile der eigenen Eltern derart in Aktion vorstellen zu müssen. Ich bin nicht prüde; Hauke hat es gerne, wenn ich beim Sex schmutzige Sachen sage, und ich schaffe das inzwischen, ich bin gar nicht so verklemmt, wie er immer meint. Aber der Gedanke, daß meine Mutter … mit ihrem geblümten Hauskittel und …

Ich hatte meine Eltern nie auch nur Händchenhalten sehen. Doch sie hatten sich sehr geliebt, nicht wie andere, die sich scheiden ließen oder ihr Leben lang aufeinander rumhackten. Sie waren friedlich und glücklich, und meine Mutter hatte alles für die Familie getan. Mein Vater hatte sich abgerackert, damit es uns gutging. Und sie war eine Heilige gewesen. Ich würgte den Rotwein wieder hoch.

Hauke stand in der Badezimmertür, in der einen Hand ein Glas, in der anderen die Briefe. »Wie die Mutter, so die Tochter«, sagte er hämisch. Und das hätte er nicht zu sagen brauchen. Wir hatten das alles hinter uns. Ausdiskutiert und Schluß. Es hatte mir eh so leid getan. Ich bin nicht für Seitensprünge gemacht, das hätte mir klar sein müssen. Ich bin nicht der Einmal-ist-keinmal-Typ. Konnte es nicht für mich behalten. Tränen und Rotz flossen nur so, als ich es ihm gestand. Ich dachte, ich würde sterben, als er meinte, darüber nachdenken zu müssen. Drei Tage hatte er es sich überlegt und wohl im Büro geschlafen, während ich heulend durch mein Heim wankte, das ich geschändet hatte. Ich telefonierte mit Mama, die erklärte, kein Mitleid zu haben. Das hätte ich mir selber eingebrockt. Und daß ihre Tochter so eine sei, hätte sie nicht gedacht.

Hauke rief nicht an. Er kann sehr verletzt sein, man merkt das nicht gleich, aber er ist sensibler, als es scheint. Und seine Familie bedeutet ihm alles. Als er mir schließlich verzieh, war ich überglücklich. Und daß er mir vorschlug, nicht mehr arbeiten zu gehen, sondern nur noch für ihn da zu sein, war doch auch ein gutes Zeichen. Ab jetzt würde alles wunderbar werden.

Er hätte das wirklich nicht zu sagen brauchen. Ich wischte mir mit ein wenig Klopapier den Mund ab und riß ihm die Briefe weg. »Du hast schon wieder zu viel getrunken«, sagte ich.

»Ordentlichen Wein hat dein Vater wenigstens, das muß man ihm lassen.«

Ich ging hinunter und betrachtete meine Eltern. Der Kopf meines Vaters war inzwischen ein wenig in Schräglage geraten. Die Armreife an meiner Hand klirrten, als ich ihn wieder zurechtrückte und ihm übers Haar strich. Meine Mutter konnte ich nicht ansehen.

Zurück in der Küche machte ich mich daran, die Teigtaschen zu füllen. Ich öffnete und schloß die vertrauten Resopaltüren von Mutters Reich, immer ein wenig in Sorge, dahinter etwas Unpassendes zu finden. Als könnte auf der Innenseite des Topfschrankes plötzlich ein Blatt aus dem letzten Pirelli-Kalender kleben. Die rosa Putenschnitzel im Kühlschrank, die eierförmigen Salz- und Pfefferstreuer, alles erinnerte mich an Obszönes, und ich arbeitete rasch, ohne mich groß umzusehen. Als ich beinahe fertig war, fiel mein Blick auf eine geöffnete Konservendose am Fenster. Ich roch daran. Sie war frisch und halb leer. Hundefutter. Meine Eltern konnten Hunde nicht ausstehen. Daneben stand eine grüne Plastikflasche.

Hauke kam die Treppe hinuntergestürzt. Er hatte einen Packen Papiere in der Hand, die er vor mir auf den Küchentisch knallte. »Weißt du, was das ist?« brüllte er. Ich traute mich kaum, ihn anzufassen. Doch er schlug meine Hand nicht weg und schenkte sich verärgert ein neues Glas ein. »Eine Hypothek«, erklärte er schließlich. »Das ganz Haus gehört der Bank.«

Ich war wirklich erschrocken. »Davon hat Papa nie was gesagt.«

»Das glaube ich«, schnaubte Hauke. »Das hätte ja an

seinem Image als erfolgreicher Übergeschäftsmann gekratzt.«

»Nun hack nicht auch noch auf Papa rum«, sagte ich und wandte mich ab. »Wir haben ihm Unrecht genug getan.«

Aber Hauke fluchte weiter. Bis es klingelte.

Ich war erstaunt, den einzigen Nachbarn vor der Tür stehen zu sehen, den Bauern von hinter dem Wald, der, obwohl es schon auf achtzehn Uhr zu ging und die Bescherung nahte, immer noch in blauen Arbeitshosen und schmutzigen Stiefeln steckte. Auch er schaute ein wenig verwundert, vielleicht wegen der Spitzenmantilla auf meinem Kopf. Ich merkte erst jetzt, daß ich sie mir übergezogen hatte, wie damals als kleines Mädchen. Rasch nahm ich sie ab und legte unwillkürlich die Hand schützend über das Collier an meinem Hals. Zusammen mit der Küchenschürze sah das doch zu albern aus.

»Ist Ihr Vater zu Hause?« schnarrte der unangenehme Mensch.

Hauke hatte sich vor mir in die Türöffnung gedrängt und fragte ihn, was er wolle. Da platzte der Bauer los, er ließe sich das nicht länger gefallen, und wenn es tausendmal Weihnachten wäre. Er würde es der Polizei melden. Und der Zeitung. Wenn er den Vater noch einmal dabei erwische, wie er sich an seinen Hunden vergreife, dann würde er was erleben, der Saukerl. So ging es die ganze Zeit, ein einziges Gebrüll. Wie der meinen Vater beschimpfte, war zum Gänsehaut kriegen. Man kann über meinen Vater ja vieles sagen, aber er war ein kreuzbraver, aufrechter Mann. Fast langweilig korrekt. Immer pünktlich zur Arbeit. Nie blaugemacht. Jeden Samstag den Wagen gewaschen. Nie hätte er sich in Unterhosen auf der eigenen Terrasse gezeigt. Und er hätte sich lieber totschlagen lassen, als eine solche Sprache zu führen.

Zum Glück kann Hauke mit solchen Leuten wunderbar umgehen. Man hätte ihn mal mit den Handwerkern erleben sollen, die letztes Jahr die Deckenleuchten in unsere hübsche Eigentumswohnung einbauen sollten und nur Pfusch geliefert hatten. Ich hab mich ja kaum zu sagen getraut, daß das Ergebnis mir nicht gefiel. Aber Hauke kannte da nichts. Oder wie er mit seinem Partner in der Kanzlei Klartext geredet hatte. Hauke hatte mir hinterher erklärt, daß der einfach nicht begriffen hatte, wie man in der Branche arbeiten mußte. Ich fand's ja ein bißchen schade, weil ich die Frau seines Partners so mochte und wir uns immerhin schon fünf Jahre kannten.

Hauke also füllte den ganzen Türrahmen aus und polterte in der Sprache zurück, die dieser Bauer offenbar einzig verstand. Ich konnte mich zurückziehen. In der Küche dann fiel mein Blick aus irgendeinem Grund noch einmal auf die Dose. Ich nahm die Flasche daneben erneut zur Hand und studierte den kurzen Text neben dem Totenkopf. Es war Rattengift.

Als er wieder zurückkam, rieb Hauke sich die Hände vor Kälte. »Dem habe ich Bescheid gegeben«, erklärte er zufrieden. »Rufmord nennt man so was. Na, der weiß jetzt, was es heißt, sich mit jemandem auf einen Nachbarschaftsstreit einzulassen, der einen Anwalt zum Schwiegersohn hat.«

Wortlos hielt ich hoch, was ich gefunden habe.

»Was sagt man dazu«, meinte Hauke. Er zuckte die Schultern und stippte den Finger in die Hummerfarce. »Ein Pleitier und ein Arschloch.«

»Red nicht so von Papa«, verlangte ich lahm.

Aber Hauke war nicht zu bremsen. »Ich rede, wie ich will.« Er guckte mich an. »Wie soll ich den sonst reden von einem, der seine Rente und sein Eigenheim für eine dämliche, wertlose Briefmarkensammlung hat draufgehen lassen?«

Ich wußte nicht, wovon er redete, doch Hauke klärte mich auf. Man konnte so was wohl an der Haustür kaufen. Es war wie Zeitschriftenabonnements. Nur daß man dafür jeden Monat Briefmarken bekam. Und Münzen. Und andere Sammlerobjekte. Ich wußte schon, daß lange Reihen von dicken Alben mit Plastiküberzug unseren Hobbykeller verstopften. »Wertanlage«, hatte Papa dazu nur immer streng gesagt und uns nie erlaubt, sie anzufassen, weil wir Mädchen zu dumm wären, mit den wertvollen Sachen richtig umzugehen.

»Bockmist«, erklärte Hauke, »die pure Bauernfängerei. Genausogut hätte er sein Geld für Grundstücke auf dem Mond rausschmeißen können.«

»Aber das wird doch alles irgendwas wert sein«, stotterte ich.

Hauke lachte nur, es klang nicht fröhlich. Er suchte sich eine neue Flasche. »Wo habe ich da nur eingeheiratet?« hörte ich ihn murmeln.

Ich schmiegte mich von hinten an ihn. »Das brauchen wir doch alles nicht«, sagte ich, um ihn zu beruhigen. »Sicher, es hat für Hawaii dieses Jahr nicht gereicht, aber ich brauche solche Fernreisen gar nicht. Und zur Not kann ich immer noch wieder arbeiten gehen.«

»Das ist es also, was du willst, ja?« fragte er gehässig.

»Nein, ich ... ich wollte doch nur ...«, stotterte ich.

Auf einmal fiel sein Blick aus dem Fenster, und er sprang auf. »Was treibt der Kerl noch da?« murmelte er. Dann brüllte er: »Lassen Sie die Finger von meinem Wagen!« Er stürzte hinaus.

Ich ging ins Wohnzimmer, um die Kerzen am Baum anzuzünden. Ich dimmte das Licht, aber dann sah es im flackernden Kerzenschein aus, als wären meine Eltern noch lebendig, und daher drehte ich das Licht wieder auf. So war es mir lieber. Ihre Münder waren heruntergeklappt, und ihre Augen starrten an die Decke. »Wißt ihr ...«, begann ich.

Plötzlich klingelte das Telefon. Es dauerte eine Weile, bis ich begriff, daß es nicht der Apparat meiner Eltern war. Dort klebte ein Zettel am Hörer, den ich abriß, ehe ich abhob. Doch es ertönte nur das Freizeichen; das Läuten ging weiter. Ich tastete mich eine Weile durch die Küche, bis ich dem Signal auf die Spur kam. Es ertönte aus Haukes Jackett, das dort über dem Küchenstuhl hing. Es kam mir da schon fremd vor. Ich schaute nach draußen; er prügelte sich tatsächlich im Hemd mit dem erbosten Bauern vor seinem Alfa Romeo herum.

Langsam steckte ich meine Hand in die Jackettasche. Das hatte ich noch nie getan. Hauke sagte, er fände es jämmerlich, wenn man dem Partner hinterherspionierte. Taschen, Geldbeutel und Schreibtischschubladen seien Heiligtümer, die man respektieren müsse wie den anderen selbst. Es gibt immer ein erstes Mal. Was da klingelte, war ein Handy. Ich kannte es. Als Hauke es vor zwei Jahren anschaffte, hatte er mir erklärt, das sei sein Prozeßhandy, nur dafür gedacht, für seine jeweiligen Klienten und Informanten in der heißen Phase in jeder Sekunde erreichbar zu sein. Wenn ihn darauf ein Anruf erreichte, ging er immer sofort aus dem Zimmer. Es war ein Zweithandy mit einer Geheimnummer. Nicht einmal ich kannte sie.

Die Stimme der Frau allerdings erkannte ich sofort. »Hauke?« fragte seine Sekretärin. Es klang so scharf und erbost, wie jemand klingt, der es zwanzigmal klingeln lassen mußte. Wie jemand, der schon verdammt lange wartete. »Hauke, du hast es versprochen.« Ein hysterisches Hicksen, vielleicht ein Weinen war zu hören. Dann siegte wieder die Wut. »Hauke, du kommst jetzt sofort, oder ich stecke deinem kleinen Frauchen, daß wir seit zwei Jahren ein Verhältnis haben.«

Ich hatte sie bei der Weihnachtsfeier letztes Jahr kennengelernt, aber ich kam einfach nicht auf ihren Vornamen. Ich schwieg.

»Hauke?« fragte sie, halb verzweifelt, halb mißtrauisch.

»Nein«, sagte ich nur.

In dem Apparat herrschte einen Augenblick Stille. Dann sagte sie: »Sie können ihn behalten.«

Ich drückte den Knopf. Brigitte, jetzt fiel mir ihr Name wieder ein. Sie hatte mir zu meinem Kleid gratuliert. »Ich bewundere ihren Mut zur Farbe«, hatte sie gesagt, und Hauke hatte dümmlich dazu gelächelt.

Die Platte mit den Weihnachtsliedern war zu Ende. Den schmeichelnden Melodien folgte plötzlich Stille. Als ich Haukes Schritt auf dem Türvorleger hörte, steckte ich das Handy sorgsam zurück.

Stapfend kam er zur Tür herein, brachte einen Schwall kalter Luft mit. Er roch nach Schnee. Offensichtlich war er sehr mit sich zufrieden. Die körperliche Auseinandersetzung hatte ihm gutgetan. »Der Kerl wird es sich zweimal überlegen ...«, erklärte er, während er mich von den Füßen hob und mir einen Kuß auf den Hals drückte Abrupt hielt er inne. »Was ist das?« fragte er.

Ich hatte den Zettel gar nicht beachtet, der auf dem Tisch lag. Hauke nahm ihn und las, mit gerunzelter Stirn, erst leise, dann laut. Es war ein Abschiedsbrief. Meine Eltern wünschten das Ende ihrer geruhsamen Rentenbezüge nicht zu überleben. Sie wünschten auch nicht, mit mir darüber zu reden, und baten nur darum, eingeäschert zu werden.

Hauke wollte es erst glauben, als er noch mal nach oben gegangen war und sich die Heizdecke näher angesehen hatte. Er kam mit einer Handvoll Drähten und mißmutigem Gesicht wieder herunter. »Die halbe Matratze war verkabelt«, erklärte er, »gründlich, wie alles, was dein Vater getan hat. Schöne Scheiße. Da zahlt die Versicherung keinen Cent.« Er zerknüllte das Papier in der Faust und starrte vor sich hin. »Jetzt heißt es rechnen.«

Als er mein Gesicht sah, kam er zu mir und nahm mich in die Arme. »Mein armes Schneckchen, du bist ja ganz steif vor Schreck«, murmelte er. »Und weißt du was, ich habe mir auch etwas überlegt.« Er nahm mich auf den Schoß, flößte mir Wein ein, wiegte mich dabei wie ein Kind und erklärte mir die Sache. Wir würden nämlich ganz neu anfangen, nur er und ich, wir beide. Alles würden wir hinter uns lassen. Die ganze schmutzige Vergangenheit. »Wir fackeln die wertlose Bude ab«, verkündete er mir, mit frostroten Wangen und blitzenden Augen. Ein wenig sah er aus wie der Weihnachtsmann. Nur der Bart fehlte. »Was liegt dir denn schon noch daran?« fragte er mich und packte mich bei den Armen. Und ich mußte ihm recht geben, wenn ich über alles nachdachte.

»Und außerdem zahlt dann die Lebensversicherung. Da bleibt sogar noch was für uns übrig«, fügte er hinzu. Dann ging er noch einmal hinaus und holte soviel von dem Feuerholz hinter der Garage, wie da war. Das stapelte er neben dem Kaminofen. Und Zeitungspapier zum Anzünden. Alles sähe ganz harmlos aus, meinte er. Ich kümmerte mich um meine Teigtaschen.

Die Kerzen auf dem Baum waren fast ganz heruntergebrannt, als ich sie auftrug. Hauke lobte meine Hummerfarce, und unter dem Tisch rieb er seine Füße gegen meine. Dann machten wir die Päckchen auf. Ich schenkte Hauke einen Hawaii-Bildband, er mir einen Spitzen-BH mit passendem Slip und Strumpfgürtel. Als er vorschlug, ich solle doch mal alles anprobieren, ging ich hinaus.

In der Küche packte ich die leere Hundefutterdose und die Plastikflasche mit dem Gift in eine Tüte. Den Schmuck und die Reizwäsche packte ich obendrauf. Als ich wiederkam, lag Hauke auf dem Fliesenboden vor dem Kaminofen und krümmte sich. Ich öffnete die Glastür des Ofens und fühlte die Hitze, die herausschlug, auf meinen Wangen. Eine harzige Stelle am Holz knisterte, Funken sprühten heraus. Dann trat ich vor meine Eltern. Ich atmete tief durch. Ich entspannte meinen Beckenboden. Ich formulierte meine Bedürfnisse. »Geht zum Teufel«, sagte ich.

Als ich ging, fing der erste Tannenzweig Feuer.

Ich besuchte die Mitternachtsmette im nahen Dorf, die wie immer sehr stimmungsvoll war. Als ich unter Orgelklängen wieder heraustrat, in der Menge der erwartungsfrohen Dörfler, die einander frohe Weihnachten wünschten, sah ich das Licht über dem Wäldchen, ein orangefarbener Schein. »Seht!« rief jemand. Und ich fürchtete mich nicht.

Der diensthabende Polizist, der mit Papa immer Mittwoch abends Schafskopf gespielt hatte, bedauerte zu hören, daß mein Mann zu viel getrunken hatte, um mich in die Messe zu begleiten, und daß meine Eltern sich nicht wohl gefühlt hätten. Unser alter Hausarzt stellte gewichtig nickend die Totenscheine aus. Und eingeäschert werden wollten sie ohnehin.

Der Scheck der Versicherung folgte bald nach Ostern. Es sieht so aus, als hätte ich alles richtig gemacht.

Fay Weldon

Die Suche nach der Weihnachtsfrau

»Der Weihnachtsmann und ich«, sagte Ruby zu ihren Kindern, »haben eine ganz besondere Beziehung.« Das war 1971, als die Jungen zwölf, zehn, sieben und zwei waren. Billy, Joshua, Jason und der kleine Ben.

»Heißt das, dieses Jahr gibt es keine Geschenke?« fragte Billy, der ein nervöses Temperament und genauso rote Haare wie sein Vater hatte. Manchmal war es schwer, ihn zu mögen.

»Meinst du so was wie die besonderen Beziehungen zwischen England und den USA?« fragte Joshua, der als »begabt« eingestuft worden war. Was allerdings auch seine Nachteile hatte: Auf dem Spielplatz hieß er Schlaumeier und wurde gepiesackt.

»Heißt das, er will unser neuer Daddy werden?« fragte Jason, der in ständiger Angst vor einer nahenden Katastrophe lebte, die alles nur noch mehr durcheinanderbringen würde.

Und der kleine Ben sagte überhaupt nichts. Er sprach noch nicht. In der Beratungsstelle hatten sie empfohlen, ihn von einem Spezialisten für kindliche Entwicklung untersuchen zu lassen, aber das schob Ruby noch auf. Sie hatte so schon genug um die Ohren.

»Es heißt«, sagte Ruby, »daß der Weihnachtsmann die Geschenke wahrscheinlich nicht an Heiligabend, sondern in der Silvesternacht durch den Schornstein schiebt, weil ich mein Gehalt erst am letzten Freitag im Monat kriege.«

Ruby hatte einen Teilzeitjob. Sie arbeitete im Sekretariat der Realschule von Gerston, einer Kleinstadt in der neugebildeten Grafschaft Avon, die genausowenig aufregend war wie ihr Name. Und dort wohnte sie auch mit ihrer Familie.

»In Wirklichkeit gibt es gar keinen Weihnachtsmann«, sagte Billy.

»Oh, doch«, entgegnete Joshua.

»Nicht zu fassen, daß du mit zehn noch an so was glaubst«, höhnte Billy.

Jason sagte: »Ich weiß, daß es keinen Weihnachtsmann gibt, weil ich mal nachts aufgeblieben bin und die Taschenlampe angemacht habe, und da kam Dad mit 'nem roten Mantel und lauter Watte im Gesicht.«

»Was du gesehen hast«, erwiderte Ruby schnell, »war der Weihnachtsmann, als Dad verkleidet.«

Und der kleine Ben sagte rein gar nichts.

»Jedenfalls«, fuhr Ruby fort, »hat er mir gesagt, er kommt in der Silvesternacht, und er würde mich nicht anlügen, wo ich doch seine Frau bin.«

»Ist das eure besondere Beziehung?« fragte Joshua.

»Ja«, sagte Ruby. »Ich bin die Weihnachtsfrau, und ihr seht ja, daß ich echt bin.«

Und sie wusch acht Socken und ein Paar Nylonstrümpfe durch und hängte sie über die Stuhllehnen, damit sie bis zum Morgen trocken wurden. Sie konnte es sich nicht leisten, die Waschmaschine zu oft zu benutzen. Einen Wäschetrockner besaß sie nicht. Außerdem sind Wäschetrockner dafür bekannt, daß sie Socken einlaufen lassen, Nylonstrümpfe kaputtmachen und zum Abbau der Ozonschicht beitragen. Mit ein bißchen gutem Willen kann man mancherlei Trost in der Not finden, aber soviel nun auch wieder nicht.

Ja, das war der Winter einundsiebzig, als Ruby vierunddreißig und seit zwei Jahren Witwe war, und ihr Tagesablauf sah folgendermaßen aus:

Ben, der um sechs Uhr wach wurde, weckte seine Mutter, und sie setzte ihn aufs Töpfchen, wickelte ihn, weichte die durchnäßte Windel ein und gab ihm ein (am Vorabend gefülltes) Fläschchen zum Nuckeln und packte seine Tasche für den Kindergarten, wo er einen kostenlosen Platz hatte. Damit war Ben erst mal versorgt.

Ruby fütterte Pussy, die Katze, damit sie endlich zu maunzen aufhörte, und machte hinter ihr sauber. Pussy konnte oder wollte einfach nicht die Katzenklappe benutzen, wenn es kalt war. Ruby vergewisserte sich, daß die Anziehsachen der größeren Jungen rausgelegt und gestopft waren und die Socken zusammenpaßten. Ordnung ersparte Reibereien, Streit und Krach. (Die drei Großen teilten sich ein Zimmer, und in dem Maße, wie sie älter wurden, wurde es zu klein. Bald würde Ruby ihr Schlafzimmer freimachen und auf ein Klappbett im Wohnzimmer ausweichen müssen, aber auch das schob sie noch hinaus. Ruby saß wie König Knut am Meeresufer und befahl den Fluten – sprich: ihren Kindern – zurückzuweichen, wobei sie sich ganz wie ihr Vorbild nasse Füße einhandelte.)

Dann deckte Ruby den Frühstückstisch. »Setzt euch hin, Jungs. Eßt nicht im Stehen. Witwen und Waisen müssen guten Willen zeigen.«

»Reden Sie mit ihnen darüber, Mrs. Halter, reden Sie über den Unfall. Damit Ihre Kinder schneller drüber hinwegkommen können.« Alles schön und gut, aber was ist mit mir? Kann ich es nicht einfach vergessen? Muß ich den Kindern zuliebe alte Wunden wieder aufreißen? Sieht ganz so aus,

Also, Jungs, es war so: Euer Vater kam ums Leben, als er eines Nachts um zwei rückwärts bei Rot über die Kreuzung fuhr. Ihr braucht bloß um die Ecke zu gehen, da könnt ihr noch die Delle im Laternenpfahl sehen. Wer mit ihm im Auto saß? Das war Muriel, seine Sekretärin. Ihr erinnert euch doch an Muriel? Sie hat euch jahrelang zu Weihnachten gestrickte Schals geschenkt! Wo die Schals heute sind? Da sind die Motten rangegangen, eure Mutter hat sie weggeworfen. Ja, Muriel ist auch ums Leben gekommen. Warum sie bei eurem Vater im Auto saß? Ich glaube, die beiden hatten noch zu arbeiten. Warum um zwei Uhr morgens? Es muß was Dringendes gewesen sein. Was ganz Dringendes. Er hatte mich ein paar Stunden vorher angerufen und gesagt, er sei in Edinburgh, und mir sein Hotelzimmer beschrieben. Ob man es in zwei Stunden von Edinburgh nach Bristol schafft? Ich denke schon – wenn man fliegen kann. Nein, mein Schatz, da gibt es keine Pendlerflugzeuge, das war nur bildlich gesprochen. Und woher, wozu – warum er rückwärts gefahren ist? Ob er umkehren wollte? Und woran es lag, daß er umkehren wollte? Doch, ich bin mir sicher, daß er gesagt hat, er riefe aus Edinburgh an. Ich wünschte, ich hätte es falsch in Erinnerung, aber es gibt Dinge, die lassen sich einfach nicht falsch erinnern. Ehrlich gesagt, meine lieben Söhne: Manche Fakten werden nie geklärt, manche Fragen nie beantwortet, und je mehr ich drüber nachdenke, desto mehr reg ich mich auf. Ich kann's kaum erwarten, daß der Jüngste Tag anbricht, die Toten auferstehen und endlich alles offenbart wird.

Unter uns gesagt, Jungs: Wann immer ich schwanger war, fand euer Vater außerehelichen Trost, und damals war ich mit dir schwanger, kleiner Ben. Sprich mit mir, Ben. Was, du bist sprachlos?

Sobald das Kind dann geboren war, kam er zurück, aber diesmal war er ja tot und konnte deshalb nur seinen Geist schicken. Wenn ihr ganz brav seid und am Frühstückstisch geradesitzt, vergibt er euch vielleicht und bläst auch seinen kalten Atem nicht mehr durch die zerbrochene Fensterscheibe. Billy, würdest du es mal ausmessen und das Glas zuschneiden? Ich kitte es dann ein. Wir haben kein Geld, um den Glaser zu bezahlen.

Ja, mir tun die jungen Frauen leid, mit denen er sich eingelassen hat. Statistinnen in einem Ehedrama, die glaubten, sie würden die Hauptrolle spielen. Hab ich euch jetzt genug erzählt, Jungs? Oder wäre euch Schweigen lieber gewesen?

Aber was soll's, die Cornflakes sind bald alle, und die Milch reicht nie: Läßt sich aus vier Eiern genug Rührei für fünf machen, oder soll Mutter wieder mal verzichten?

Und er fehlte ihr, er fehlte ihr so: war einfach gegangen und hatte jemand anderen mitgenommen, nicht sie. Und wo blieb sein Ersatz? Weit und breit war keiner in Sicht. Woher sollte er auch kommen? Sie hatte keine Fahne mit dem Aufdruck: »Hier bin ich, nun nimm mich!« Es fehlte an Zeit, Energie und Geld, um überhaupt eine zu hissen. Rubys graue Strähnen blieben grau,

Ruby kam in flachen Schuhen besser vorwärts. Wie hätte Ruby sich auch schöne Kleider kaufen können, wenn die Jungs Schuhe brauchten? Ruby ließ sich nicht vom Staat unter die Arme greifen, sie doch nicht: Ruby nahm von niemandem Unterstützung an. Ruby würde es schaffen, ganz bestimmt. Das Rote Kreuz hilft Witwen und Waisen.

Um halb acht weckte Ruby die Jungs, rief sich ins Gedächtnis, wer diesmal als erster im Bad dran war, sorgte dafür, daß Joshua nicht einfach den Rasen benutzte, und zog das Bett ab, wenn Jason es naß gemacht hatte. Jason habe einen zu tiefen Schlaf, sagten sie in der Beratungsstelle. Was kann man da machen? So tun, als wäre nichts passiert: der arme kleine Jason, er hat viel durchgemacht. Aber das hat Ruby auch, die jetzt die Waschmaschine vollpackt und froh ist, eine zu haben. Interessiert das denn niemanden? Aber wen sollte es auch noch interessieren, wo Jack nicht mehr da ist? Der Witwenstand hat etwas Peinliches an sich. Die Leute gehen lieber auf die andere Straßenseite. Unglück könnte ansteckend sein. Und war da nicht noch was im Zusammenhang mit seinem Tod, war da nicht ein Mädchen dabeigewesen? Aber was soll's, das wäre nun wirklich Gefühlsverschwendung. Ich habe Jack geliebt, und er hat mich geliebt, jedenfalls die meiste Zeit, und wir haben Kinder bekommen.

Viertel vor acht. Betten machen, während die Jungs essen, damit alles ordentlich und hübsch ist, wenn sie von der Schule heimkommen, einmal schnell ums Waschbecken wischen und genauso schnell den Fußboden kehren. Dann dafür sorgen, daß sie sich fertig machen – bei

Joshua müssen jeden Morgen die Schulbücher zusammengesucht werden, IQ hin, IQ her, es ist hoffnungslos mit ihm, und Ben und die Katze müssen voneinander losgeeist werden –, bis endlich jeder den Mantel anhat und die Schuhe, die sie hoffentlich letzte Nacht mit Zeitungspapier ausgestopft und an den Kohleherd gestellt hat, damit sie jetzt auch trocken sind, und Jason hat sich in den Finger geschnitten, als er eine Dose Katzenfutter aufmachen wollte, und nun braucht er ein Pflaster – dauernd schneidet er sich, und dabei steht sowieso noch eine angebrochene Dose da, und die Katze hat schon zu fressen bekommen, aber was soll's, wenn man Joshua anschreit, fängt er gleich an zu heulen und hört so schnell nicht mehr auf. Und Billy macht ein Gesicht, als wäre er am liebsten schon gestern von zu Hause weggelaufen, wenn er nur gekonnt hätte. Dann das Essensgeld jeweils genau abgezählt austeilen (das wird jetzt jeden Tag fällig, nicht mehr einmal die Woche, weil eines Montags jemand ins Schulbüro eingebrochen ist und den ganzen Batzen hat mitgehen lassen, nun also wird es täglich eingesammelt, täglich zur Bank gebracht: man muß ja so vorsichtig sein), und Billy ist mit Tischabräumen dran, aber er hat schlechte Laune: besser, Ruby macht es selbst, sie hat nicht die Energie, ihn anzutreiben.

Viertel nach acht, und alle gehen aus dem Haus. Zehn Minuten an der Bushaltestelle. Dann wieder raus aus dem Bus, um Ben in den Kindergarten zu bringen (er quengelt schon wieder, Ruby befürchtet, daß er nicht gern hingeht – und manchmal ist sie froh darüber, daß er nicht sprechen kann, so sagt er wenigstens nichts dazu), während Billy, Joshua und Jason allein zur Schule weitermüssen. Sie sind zu jung. Manchmal denkt Ruby an Kinderschänder und Kindermörder, aber nicht sehr oft und nie sehr lange. Was könnte sie auch tun? Ben legt seine Arme um Rubys Hals und klammert, kein Wunder, daß er mit ihr zu Hause sein will. Und auch kein Wunder, daß Ruby mit ihm zu Hause sein will. Ja, sogar ohne ihn.

Ruby will ihr Leben wiederhaben.

Und dabei ist es erst zwölf Minuten vor neun, und Rubys Arbeitstag hat noch nicht einmal angefangen – und Weihnachten steht vor der Tür.

»Ruby«, sagte ihre Freundin Margaret, »warum hast du dir auch gleich vier zugelegt?«

»Ich hatte meinen Ehrgeiz«, antwortete Ruby. Sie hatte einmal erleben wollen, daß Jack sich nicht in jemand anders verliebte, während sie schwanger war. Als sie mit Ben im neunten Monat war, dachte sie, diesmal hätte sie es geschafft – bis die Nachricht von dem Unfall kam, und da war ihr erster Gedanke gewesen: Wie soll ich denn jetzt ins Krankenhaus kommen, wenn das Auto Totalschaden hat? Ruby hatte Margaret einmal erzählt, Ben sei ein Versehen gewesen, aber das stimmte nicht. Das Haus fühlte sich einfach leer an ohne ein Baby. Schlimm genug, daß Frauen solche Gefühle haben, aber warum in Gottes Namen müssen sie ihnen auch noch freien Lauf lassen?

Weihnachten 1971 sprangen unerwartet Rubys Eltern ein, obwohl sie eigentlich gegen große Familien waren, und so kam auch der Weihnachtsmann zur rechten Zeit durch den Kamin. Ruby wollte, daß die Kinder an den

Weihnachtsmann glaubten. Sie wußte, daß es albern war, aber es war ihr ein Bedürfnis, ein persönlicher Luxus. Und an diesem Weihnachtsfest brachte Billy Ben das Sprechen bei – genauer gesagt nur das Wörtchen »nein«, aber immerhin besser als gar nichts. Vielleicht. Lag es vielleicht an Jacks Tod, daß Billy gestört war? Oder hatte es nichts damit zu tun, und Billy wäre in jedem Fall so geworden, wie er war? Wie sollte man darauf je eine Antwort wissen? Ruby konnte nichts weiter tun als den Tisch decken, die Öfen anzünden, die Jungs zur Schule bringen und die Betten machen, damit es zu Hause gemütlich war, den Betrieb aufrechterhalten und Geld verdienen, in einer Schule arbeiten, damit sie in den Schulferien frei hatte, und sich einmal im Jahr als Weihnachtsmann verkleiden.

»Wie gut Sie doch klarkommen«, sagten die Leute.

»Was hab ich denn für eine Alternative?« antwortete sie darauf nur. »Entweder klarkommen oder umkommen.«

In so mancher dunklen Nacht wünschte sie sich, sie wäre nie Mutter geworden. Sie war erst zweiundzwanzig gewesen, als sie Billy zur Welt gebracht hatte. Sie konnte sich überhaupt nicht mehr daran erinnern, wie es vorher gewesen war, wie sie vorher gewesen war: Ruby ohne Kinder.

Und so verging ein Jahrzehnt, und allmählich verblaßte die Erinnerung, und dann schwand auch die Sehnsucht, sich zu erinnern. Ruby, Witwe, alleinerziehende Mutter. Das reichte vollauf als Definition. Es enthielt alle notwendigen Elemente von Depression, Elend und Verlust.

Als Billy fünfzehn war, fing er damit an, seine Brüder zu packen, in die Zange zu nehmen und sie windelweich zu prügeln.

»Mach dir nichts vor«, sagte Margaret. »Der Junge ist gestört.«

»Das wächst sich aus«, erwiderte Ruby.

Billy beschimpfte Ruby in einem fort und sagte, sie hätte sein Leben ruiniert.

»Da hat er recht«, sagten sie in der Beratungsstelle. »Sie haben seinen Vater sterben lassen.«

»Und was soll ich jetzt tun?« fragte Ruby.

»Versuchen Sie, ihn um Verzeihung zu bitten.«

Was sie auch tat. »Sag mal, spinnst du?« schrie Billy. Aber danach, fand sie, lief es besser mit ihm. Allerdings wäre es ihm nie eingefallen, ihr das auch zu zeigen. Er hatte eben seinen Stolz, genau wie sein Vater.

Mit sechzehn ging Billy von der Schule ab. Er hing mit irgendwelchen Freunden rum, rauchte Hasch und gewöhnte sich ab, seine Brüder zu verhauen. Er jobbte mal hier, mal da und kam zu den verrücktesten Zeiten nach Hause, die Taschen voller Geld. Was sollte sie ihm sagen? Besorg dir eine ordentliche Arbeit mit Rentenversicherung? Unvorstellbar, solche Worte auszusprechen. »Es gibt keine Zukunft«, erklärte er, wenn sie versuchte, mit ihm darüber zu reden, und dann führte er den nuklearen Winter an und die ökologische Katastrophe, aber Ruby wußte: Eigentlich ging es ihm um den jähen Schlußpunkt unter dem Leben seines Vaters in den Armen seiner Traumfrau – der Traumfrau seines Vaters, die nicht Billys Mutter war.

Im Winter 1981 besorgte Billy sich einen Paß und sagte, er werde nach Australien gehen. Er hatte eine Liz aus Sydney kennengelernt.

»Bleib doch wenigstens über Weihnachten«, bat Ruby. »Und lad Liz auch ein.« Und er sagte, er käme, tat es aber nicht, und sie räumten die beiden Gedecke ab und stellten die Stühle hoch, und nun gab es genug Platz für alle. Er schickte ihnen eine Karte aus Sydney, auf der stand, daß er und Liz geheiratet hätten.

»Ich denke, sie hat ihn nur geheiratet, um die englische Staatsbürgerschaft zu kriegen«, sagte Joshua. Er war der Hauptleidtragende von Billys Schwitzkästen gewesen. Joshua studierte Computertechnik an einem College ganz in der Nähe. »Billy allein hat sie ganz bestimmt nicht haben wollen.«

»Billy sieht so gut aus«, sagte Jason. »Den würden doch alle haben wollen. Im Gegensatz zu mir.« Er war kahlrasiert bis auf seine Irokesenbürste, aber die Schule hatte ihn trotzdem nicht rausgeworfen.

»Die können ihn gar nicht rauswerfen«, bemerkte Ben. »Wenn sie es täten, würden sie Mom verlieren, und es gibt wohl keine Frau auf der Welt, die so viel und so schwer für so wenig Geld arbeitet.«

Seit Ben sprechen konnte, hörte er nicht mehr auf damit. Ruby fragte sich, warum sie sich je Sorgen gemacht hatte.

Billys Auszug schaffte Platz. Es verblüffte sie, wie wenig sie ihn vermißte. Sie schämte sich. Minus eins, behalte drei. Rubys Tagesablauf sah folgendermaßen aus, seit Billy weg war:

Um sechs Uhr weckte der Hund Ruby mit seinem Gebell, damit sie ihn rausließ, und das tat sie auch und ließ gleichzeitig die Katze rein (ihr Herz war nicht mehr so weich) und gab beiden zu fressen, und wenn sie damit fertig war, lief Ben schon draußen im Garten herum und kickte den Fußball gegen den Nachbarszaun – bäng, bäng, bäng: kein Wunder, daß sie sich beschwerten –, und Ruby sagte: »Ben, nicht so früh am Morgen«, und er sagte: »Du hast gesagt, nach acht wäre es okay«, und Ruby sagte: »Es ist aber erst halb acht«, und er sagte: »Da hab ich wohl wieder meine Uhr in die Wanne getunkt«, und Ruby gab es auf und deckte den Tisch und machte das Frühstück und hob die alten Hosen und Socken vom Vortag auf und leerte Joshuas Aschenbecher (angeblich mochte er den Geruch) und sagte: »Nicht so laut« zu Jasons Ghettoblaster, und dann kam Ben herein und erklärte, er sei halb erfroren, und vergaß, die Tür zuzumachen, und Ruby bat Joshua, die Kohlen reinzuholen, und er sagte: »In einer Minute«, und sie sagte: »Nein, jetzt«, und er sagte: »Wenn ich mein Rührei aufgegessen habe. Es ist sowieso nicht viel«, und Ruby sagte: »Und zwar deshalb nicht, weil du gestern keine Eier gekauft hast. Ich hab sowieso wieder nichts davon abgekriegt. Ja, soll ich denn wirklich die Eier verdienen, kaufen und zubereiten und, wenn ihr sie verputzt habt, auch noch alles saubermachen müssen – ohne auch nur was davon abzukriegen?« Aber die Jungs hörten nicht zu. Sie lasen Zeitung, lachten über eine Geschichte in Today, wälzten sich unter dem Tisch mit dem Hund herum (der Hund war ein Geschenk für Billy gewesen, etwas zum Liebhaben, aber er war nicht ein einziges Mal mit ihm spazieren gewesen, nicht ein einziges Mal), und ihre riesigen Stiefel lagen überall herum, aber was soll s, sie liebte ihre Jungs, und die liebten ihre Mutter, und seit Billy aus dem Weg war – wie herzlos! –, ging es doch zumindest fröhlich zu. Und um Viertel nach acht gingen alle aus dem Haus (die Betten blieben ungemacht, der Tisch unabgeräumt – neuerdings kam sie als erste zurück, dann war noch genug Zeit, das alles zu erledigen), und zumindest hatte sie jetzt ihren Führerschein und ein kleines Auto, und ein gewisser Mr. Abbott führte sie ab und an zum Essen aus, obwohl Jason sich jedesmal derartig aufführte, daß es sich schon deshalb kaum lohnte, ein Paar Ohrringe rauszusuchen, und sie war mittlerweile offizielle Schulsekretärin und wurde auf einen Kurs für mittlere Führungskräfte geschickt und machte sich sogar Hoffnungen auf eine Stelle beim Oberschulamt ...

Das war im Winter 1981. In dem Jahr meinte Ben: »Ich frage mich, warum der Weihnachtsmann immer so eine Ähnlichkeit mit unserer Mutter hat?«

Jason erwiderte: »Woher willst du das denn wissen?«, und Ben sagte: »Weil ich mich kneife, damit ich wach bleibe, und dann seh ich im Schein vom Flurlicht, daß der Weihnachtsmann unter seiner Kapuze eine Perücke aufhat, mit der er wie Mutter aussieht.« Und schließlich erklärte Ruby: »Jungs, es gibt gar keinen Weihnachtsmann«, und da lachten sie alle bloß und sagten, doch, doch. Und Ruby fragte sich, ob sie das auch wagen würden, wenn Billy noch da wäre.

Und weil die Jahre so schnell an einem vorbei- und über einen hinwegrauschen, war es dann ganz plötzlich soweit: Einer nach dem anderen zogen die Jungs aus, und sie hatte ihren Frieden und genug Platz und immer Eier zum Frühstück. Sogar die Tiere wurden ruhiger. Sie konnte sich ein neues Auto leisten. Mr. Abbott konnte über Nacht bleiben – sie wollte ihn nicht heiraten: sie war verheiratet gewesen –, Fernseher und Videorecorder blieben heil, die Türrahmen sauber, und eigentlich hätte sie sich jetzt einsam, elend und nutzlos fühlen müssen, aber sie fühlte sich ganz anders. Ruby war wieder sie selbst. Sie ging zum Friseur und ließ sich ihr graues Haar zu einem Henna-Braunton umfärben, der nach viel Geld aussah. Neben Mr. Abbott bemühte sich jetzt auch ein Mr. Roland um sie. Die drei Jungs kamen hin und wieder zu Besuch: Sie wohnten in London, sahen sich häufig und standen einander nahe, wie sie es gelernt hatten. Ruby war froh darüber. Schließlich bekam sie die erhoffte Stelle im Oberschulamt. Dann starb die Katze, das arme alte Ding. Ruby beschloß, sich keine neue zuzulegen, obwohl sie bei jungen Kätzchen schon in Versuchung geriet. Aber wer würde da nicht schwach?

Folgendermaßen sahen Rubys Morgenstunden aus, seit die Jungs fortgezogen waren:

Sie wachte auf, wann sie wollte (zugegeben pünktlich um Viertel nach sieben – wenn sich ein Lebensrhythmus erst einmal eingespielt hat, kann die Umstellung Jahrzehnte dauern), schlüpfte in einen seidenen Morgenrock und unpraktische Slipper, machte sich Kaffee und Toast (Rührei nur samstags und sonntags) und ging zurück ins Bett, wo sie zum Frühstück den Fernseher anmachte und sich mittels einer funktionierenden Fernbedienung nach Lust und Laune durch die Kanäle schaltete. Nach den Acht-Uhr-Nachrichten stand sie dann endgültig auf, duschte, zog sich an (ein langer, prüfender Blick über eine ganze Garderobe, danach erst die Entscheidung) und schminkte sich – da sie jetzt mehr als einen Lippenstift besaß und Augenbrauenstifte, die immer spitz waren, weil sie nicht zum Aufschreiben von telefonischen Nachrichten dienten – passend zu ihrer Stimmung. (Zweimal die Woche kam jemand, um zu putzen, die Bettlaken zu wechseln und die Mülleimer zu leeren: Ach, wie herrlich.)

Sie fütterte die tropischen Fische, sah zu, daß deren Heimstatt in Ordnung war, und redete mit ihnen. (Fische werden nicht laut, wenn sie etwas wollen, sind leichter zu handhaben als alle anderen Haustiere, kränkeln nur selten und sind entweder ganz wohlauf oder ganz tot: In dem Fall treiben sie mit dem Bauch nach oben an der Wasseroberfläche, während ihre einstigen Freunde ihre Innereien verspeisen.) Um viertel vor neun ging Ruby aus dem Haus, in aller Ruhe, und war um neun Uhr bei der Arbeit, wo sie Freunde und Kollegen traf, mit denen sie gut zurechtkam und für die sie keinerlei moralische Verantwortung trug.

Ruby freute sich ihres gerechten, längst fälligen Lohnes. Offenbar war doch alles gut ausgegangen.

Aber hat man eine Lebensweise erst einmal angenommen, wird man sie womöglich nie wieder los. Der Gezeitenstrom, der zum Stillstand zu kommen scheint, ist nur ein Trugbild. Die See ist im Stau, weiter nichts. Sie kommt wieder. Der Wellenkamm wird zum Tal und das Tal zur Welle, die ans Ufer schwappt. Im Winter 1983, dem dritten Jahr von Rubys friedlichem Leben, passierte etwas.

Ruby bekam einen Brief vom Jugendamt in Hounslow. Darin hieß es, eine junge Australierin – die sich als Liz vorgestellt habe, aber keine weiteren Angaben mache – habe kleine weibliche Zwillinge in der Geschäftsstelle abgegeben und gesagt, daß England sich darum kümmern solle. Der Vater, Liz zufolge ein Engländer, hatte die Familie schon vor einigen Jahren verlassen, und Liz sah nicht ein, warum auch sein Land sich aus der Affäre ziehen sollte. Sie wollte die Kinder nicht, habe sie nie gewollt. Sie hatte Ruby als Großmutter angegeben, ihnen die Adresse genannt und war verschwunden. Ob das Jugendamt Hounslow demnächst einmal jemanden vorbeischicken dürfe? Die Mädchen, derzeit in befristeter Unterbringung, seien schätzungsweise fünf bis sechs Jahre alt.

»Nein«, schrieb Ruby hitzig und hastig. »Nein! Kommt nicht in die Tüte!«

Sie kamen trotzdem. Es gibt nichts Entschlosseneres auf der Welt als ein Jugendamt auf der Suche nach einem Heim für ein elternloses Kind, erst recht, wenn es zwei sind. Ruby war ihre einzige Hoffnung. Was denn Ruby für ihre Enkelkinder wolle? Pflegefamilien?

»Pflegefamilien!« sagte Ruby. »Sie haben den Nagel auf den Kopf getroffen. Das genau ist es, was ich will.« Und in einem leichten Anflug von Schwäche: »Oder vielleicht besser doch nur eine Pflegefamilie. Zwillinge! Sie wollen bestimmt nicht getrennt werden.«

Die vom Jugendamt zuckten mit den Achseln. Schwer zu organisieren. Ruby biß die Zähne zusammen (sie wollte sie demnächst überkronen lassen) und blieb fest.

»Herr im Himmel«, sagte Ruby. »Was glauben Sie, wer ich bin? So 'ne Art Allzweckmutter? Und außerdem«, fügte sie listig hinzu, »gibt es rein gar keinen Beweis dafür, daß das wirklich die Kinder meines Sohnes sind«, und damit servierte sie das Jugendamt ab. Jedenfalls glaubte sie das.

Joshua, Jason und Ben waren schockiert. Kein Wunder. »So was Herzloses«, sagten sie. »Mom, wie konntest du nur. Damit hast du den armen Billy verstoßen. Das ist deine Chance, alles wiedergutzumachen.«

»Wenn der eigene Mann so ums Leben kommt wie euer Vater, bleibt einem nichts anderes übrig, als herzlos zu werden«, erwiderte sie, bevor sie es sich verkneifen konnte. Sie wollten mehr wissen, aber Ruby sagte nichts. Sie erkannte sich selbst kaum wieder.

»Warum willst du deine kleinen Enkelkinder denn nicht zu dir nehmen?« fragten sie. »Mit ihnen wäre dein Leben wieder ausgefüllt. Du mußt sehr einsam sein. Wir machen uns Sorgen um dich.«

»Mein Leben ist mehr als ausgefüllt, und ich bin nicht einsam.«

Doch das wollten die Jungs nicht hören. »Fleisch ist tiefer als Wasser«, sagten sie.

»Ihr meint wohl, daß Blut dicker als Wasser ist«, erwiderte Ruby. »Allerdings hab ich nie verstanden, was das bedeutet, und ich will 's auch gar nicht mehr wissen.«

Die Jungs behaupteten, erleichtert zu sein, daß sie wenigstens den Hund, der gestorben war, ordentlich begraben hatte, statt seinen armen alten Leichnam in den Mülleimer zu werfen. Herzlos! So kannten sie ihre Mutter gar nicht: zu allem imstande, zu jeder Grausamkeit, jeder Verantwortungslosigkeit.

»Ich kann das unmöglich«, sagte Ruby. »Ich müßte meinen Job aufgeben. Und mal angenommen, ich würde bei ihnen genauso versagen wie bei ihrem Vater: wie ich bei Billy versagt habe?«

Sie reagierten verblüfft. »Aber das stimmt doch gar nicht. Billy ist eben Billy, da kann niemand was dafür.«

Ruby war fast ein bißchen gekränkt. Was sie getan hatte, zählte also nicht! Ein Leben verschwendet mit Kochen, Putzen und Hetzen, um den Bus noch zu erwischen ...? »Nehmt ihr sie doch«, sagte sie, »wenn euch das Thema Blut und Wasser so am Herzen liegt.« Die Jungs waren schockiert. Sie beriefen sich auf ihre Jugend, das College, die Freiheit und ihre Unfähigkeit in Haushaltsdingen. Kein Wunder. Wobei das letzte Argument wirklich etwas für sich hatte. Sie konnten nicht einmal kochen. Rubys Schuld. Sie hätte irgendwie die Zeit finden müssen, die Jungs noch mehr Chaos anrichten zu lassen: genau das sagten sie ihr.

Ruby spreizte ihre manikürten Zehen wohlig in der warmen Zentralheizungsluft. »Niemals, niemals«, sagte sie. Aber Weihnachten stand vor der Tür, die gefährlichste Zeit des Jahres.

»Nur über Weihnachten«, sagten sie beim Jugendamt, wohl wissend, daß sie Ruby schon noch kriegen würden. »Die armen kleinen Mädchen! Sie haben Sehnsucht nacheinander. Oh, ja, sie sind jetzt getrennt. Die eine ist in Lancashire, die andere in Devon, und beide zeigen bereits Verhaltensauffälligkeiten. Störungen.«

»Schwitzkästen? Prügeleien? Kopfstöße?«

»Um Himmels willen, nein. Wir reden von kleinen Mädchen, nicht von Jungen in der Pubertät. Die beiden sind leider viel zu still und viel zu brav.«

»Eine Woche«, sagte Ruby. »Eine Woche, mehr nicht.«

Judith und Jane vor der Tür. Sie sahen sie mit Jacks Augen an: zwei stille, brave kleine Mädchen mit den roten Haaren ihres Vaters. Ruby spürte eine Art Schadenfreude bei ihrem Anblick, sie konnte es nicht ändern. Oder waren das gar nicht Jacks, sondern Billys Augen? Und machte das nicht alles noch schlimmer? Dieser Vorwurf – warum hast du mich vergessen? Bin ich denn nicht ebensosehr dein Sohn, dein Fleisch und Blut? Warum trauerst du nicht um mich? Siehst du, ich überlasse dir die Zwillinge an meiner Stelle, damit du es bei ihnen besser machen kannst ... Aber das war doch absurd: Sie hatten weder Jacks noch Billys Augen, sie hatten einfach die Augen verlorener Kinder, die herumgeschickt, abgeladen, getrennt, vereint und wieder auseinandergerissen worden waren, ohne zu erfahren, was das bedeutete und was sie bedeuteten, bis sie schließlich sogar die Sehnsucht verloren, es je zu erfahren. Kinder mit leeren Köpfen und leeren Herzen, abgestumpft. Strahlende Augen, die von Jahr zu Jahr stumpfer wurden. Nichts als Arbeit und nochmals Arbeit für den Menschen, der sich um sie kümmerte, Arbeit und nicht einen Moment Ruhe.

Ruby schlief schlecht an Heiligabend. Mitten in der Nacht wurde sie von Kinderlärm geweckt. Sie war wütend. Davon hatte sie in ihrem Leben nun wirklich genug gehabt. Sie ging ins Wohnzimmer, wo der Lärm herkam. Aufhören! Aufhören! Aufhören! Ihr Herz schlug hastig und hitzig.

Judith und Jane saßen auf dem Fußboden, starrten in den Kamin und warteten. Judith hielt den Mülleimerdeckel und die Tranchiergabel, Jane den Pfannendeckel und das Tranchiermesser. Ihre kleinen Augen glühten vor Anspannung. Sie bildeten eine geschlossene, zu allem entschlossene Einheit.

»Was macht ihr beiden denn hier? Geht sofort wieder ins Bett!«

»Wir warten auf den Weihnachtsmann«, erklärte Judith ungerührt.

»Er darf hier nicht rein«, bekräftigte Jane. »Dieser widerliche Kerl.«

»Aber er bringt doch Geschenke«, wandte Ruby ein. Hatten sie denn von nichts eine Ahnung?

»Nee, der tut doch nur so«, erwiderte Judith. »Und er verkleidet sich als jemand anders. Das hat Onkel Jason gesagt.«

»Er kommt einfach, ohne daß ihn jemand eingeladen hat«, meinte Jane, »und dazu ist er ganz voller Ruß. Das hat Onkel Joshua gesagt.«

»Wir schnappen ihn uns und machen ihn tot«, rief Judith.

»Wir lassen ihn nicht in dieses schöne Haus rein«, verkündete Jane. Die beiden trugen Pyjamas vom Großmarkt, verwaschen, ausgeleiert, plattgebügelt. Frischgebackene Mütter, das alte Lied. Pflegeleicht.

»So was Freches«, schimpfte Judith. »Platzt einfach rein, wenn er nicht erwünscht ist. Wenn er zu Hause bei seiner Frau sein sollte. Hat Onkel Ben gesagt.«

»Er ist ein böser alter Mann«, fügte Jane hinzu, »und sonst gar nichts.«

Und sie wetzten ihre Waffen auf ihren winzigen Oberschenkeln und starrten in den leeren, dunklen Kamin. Ihre übernächtigten kleinen Gesichter leuchteten, während sie auf den Hochstapler warteten, den Betrüger, den Auseinanderreißer.

»Das geht nicht«, sagte Ruby. »Das geht nun wirklich nicht. Der Weihnachtsmann und ich haben eine ganz besondere Beziehung. Er ist mein Freund. Und da kann ich nicht dulden, daß ihr so über ihn redet.«

Und das war das Ende von Ruby. Die kleinen Mädchen blieben, wenn auch nur, um eines Besseren belehrt zu werden. Aus einer Woche wurden zwei, daraus Monate, und aus Monaten wurden Jahre. Und das Schlimme war, daß es wirklich niemanden zu überraschen schien, weder das Jugendamt noch Ben noch Jason noch Joshua, nicht einmal Billy, von dem eines Tages tatsächlich ein Brief kam, auf den Ruby ihm antwortete, voller Zärtlichkeit und mit Bleistift, weil sie keinen Kugelschreiber finden konnte.

Ruby sagte zu Margaret: »Manche Frauen sind geborene Mütter, manche werden Mütter, und manche kriegen die Mutterschaft aufgedrückt. Ich habe mein Leben lang dagegen angekämpft, aber, ehrlich gesagt, glaube ich, daß ich dafür geboren wurde. Ich mach's nicht gut, ich mach's nicht schlecht, ich mach's halt einfach.«

Frohe Weihnachten Ihnen allen, ob jung oder alt, und mögen Ihre Geschichten auch so gut ausgehen!

Susanne Mischke
Delikatessen

Jonathan lebte vor knapp zweitausend Jahren in einem Getreidespeicher. Er und seine Angehörigen führten ein bequemes, ruhiges Leben, denn in der kleinen Stadt, die die Menschen »Bethlehem« nannten, herrschten, nahezu ideale Verhältnisse: Auf jede Ratte kam ein Mensch, der sie ernährte.

Jonathan war ein zart gebauter Bursche mit glänzendem, nußbraunem Fell und klugen schwarzen Äugelchen. Er konnte die Sterne deuten, zumindest wußte er die Namen von einigen, und dabei eigene Gedichte vortragen, und so war es kein Wunder, daß die Mädchen wie verrückt hinter ihm her waren. Vor kurzem hatte sich Jonathan in eine junge Rättin verliebt. Ihr Name war Rosa, weil sie ein hellrosa Schnäuzchen hatte.

Es ging auf den Winter zu. Die Menschenwelt wurde damals von einem gewissen Kaiser Augustus regiert. Der kam eines Tages auf die Idee, sein Volk zu zählen. Weil es auch unter den Menschen so etwas wie Wanderratten gibt, war das nicht so einfach, weshalb der Kaiser anordnete, daß jeder Mensch in seine Geburtsstadt zurückzukehren habe.

Bald strömten scharenweise Menschen nach Bethlehem. Sie und ihre Haustiere fraßen die Vorratskammern leer und lagerten selbst in den Winkeln, die bislang den Ratten vorbehalten waren. Mit den fremden Menschen kamen fremde Ratten. Räudige Wanderratten und fette, übelriechende Stadtratten, die dem Bethlehemer Rattenvolk die Nahrung streitig machten. Eine dieser Stadtratten, ein kräftiger Bursche mit riesigen Ohren und einem ellenlangen Schwanz, hatte es auf Rosa abgesehen. Er brachte ihr Leckerbissen, die Rosa noch nie gekostet hatte, und das wollte etwas heißen, denn Rosa und ihre Mischpoke lebten in einer Schlachterei und waren als Feinschmecker bekannt.

Bei dem Versuch, mit dem Eindringling Tacheles zu reden, büßte Jonathan seine Schwanzspitze ein. Das allerdings nahm Rosa dem Burschen übel, und Jonathan nutzte die Gunst der Stunde und beschwor sie, mit ihm aufs Land zu ziehen, zumindest so lange, bis diese Menschenplage vorüber wäre. Rosa war einverstanden.

Sie wanderten die ganze Nacht, und am Morgen streikte Rosa. Ihr zierlicher Körper hatte in den letzten Tagen an Umfang zugelegt, vermutlich durch die vielen Aufmerksamkeiten des Stadtburschen. Ihr Atem ging keuchend, und ihre zarten Pfoten waren wundgelaufen. Außerdem pfiff hier draußen, auf dem Feld, ein scharfer Wind, und beide froren erbärmlich. Jonathan sah sich ein bißchen in der Gegend um und fand einen geräumigen Stall, in dem ein Ochse und eine Kuh standen. Die zwei Wanderer nisteten sich in einem festgetretenen Heuhaufen hinter der Futterkrippe ein und fielen in einen erschöpften Schlaf.

Die folgenden Tage verliefen ruhig, und in den Nächten spazierten die zwei pfötchenhaltend um den Stall. Das Licht der Sterne ließ Rosas feine Schnurrhaare wie Silber glänzen, Jonathan ersann neue Gedichte und zeigte Rosa die Sternbilder. Zu jener Zeit sah man am Himmel einen Kometen, der einen mächtigen Schweif hinter sich her zog, was beide sehr aufregend fanden.

Eines Abends kam ein Menschenpaar auf einem

klapprigen Esel angeritten. Sie schlugen ihr Nachtlager im Stall auf und fluchten dabei auf die Wirtsleute von Bethlehem. Die Frau hatte ein hübsches Gesicht, soweit man das von Menschen überhaupt sagen kann, aber ihr Leib war sehr dick. Mitten in der Nacht hob ein fürchterliches Geschrei an. Der Mann machte Feuer und hastete von einer Ecke in die andere, während sich die Frau seltsam krümmte und sich ein verheißungsvoller Blutgeruch im Stall ausbreitete. Jonathan verfolgte die Szene gespannt. Er kümmerte sich nicht um Rosa, die in ihrem Heuhaufen zu jammern begonnen hatte. Sie war schon den ganzen Tag mäkelig gewesen, so daß er im Moment das Schauspiel dieser Menschengeburt ihrer anstrengenden Gesellschaft vorzog. Erst als das Neugeborene gewaschen und in ein Tuch gehüllt in die Futterkrippe gelegt wurde, verließ Jonathan seinen Posten. Es zog ihn zu dem Olivenbaum hinter dem Stall. Dort hatte der Mann, den die Frau Josef nannte, vorhin etwas vergraben. Jonathan mußte nicht lange suchen. Der Duft war betörend, und als er die trockene Erde weggescharrt hatte, triumphierte er: Hier lag die ultimative Delikatesse für seine verwöhnte Rosa, etwas ganz Extraordinäres, nicht einmal der Stadtbursche konnte da mithalten. Erwartungsfroh kehrte er zurück in ihr Nest – und stutzte. Neben Rosa lagen fünf winzige, nackte Geschöpfe.

»Wo treibst du dich herum?« giftete Rosa »und wonach riechst du überhaupt?« Jonathan war entzückt und verwirrt zugleich. Er liebkoste die schmollende Rosa und die kleinen Nackten. Dann überreichte er Rosa sein Geschenk: Es war ein Stück frische, allerzarteste Nabelschnur. Rosa schnupperte mißtrauisch, dann trat ein gieriges Leuchten in ihre Augen. Während sie mit dezentem Schmatzen aß, erzählte er ihr von der Menschengeburt, und Rosa bemerkte zwischen zwei Bissen: »Wir Ratten machen da nicht so ein Gequieke, das können wir uns gar nicht leisten. Gibt's eigentlich noch mehr von diesem köstlichen Zeugs? Ein Stück vom Mutterkuchen vielleicht? Ich muß zugeben, an diesen Geschmack könnte ich mich gewöhnen.«

Jonathan mußte noch dreimal zum Olivenbaum gehen, ehe Rosa endlich satt war und einschlief. Er atmete tief durch. Alles war wieder still und friedlich. Gerührt betrachtete er seine schlummernde Rosa. Die dünnhäutigen Jungen klebten an ihrem erschlafften Bauch, der sich im Rhythmus ihres Atems langsam hob und senkte. Ihre silbrigen Schnurrhaare waren ein bißchen blutverklebt.

Am Morgen mußte Jonathan entdecken, daß Füchse die Grube am Olivenbaum geleert hatten. Rosa reagierte sehr ungehalten, als sie davon hörte.

In den folgenden Tagen erging es Jonathan ähnlich wie diesem Josef. Beide hatten Mühe, Frau und Nachwuchs zu versorgen. Eines Abends beobachtete Jonathan, wie der Mann draußen vor dem Stall auf und ab ging, wie einer, der angestrengt nachdenkt. »Ich weiß nicht recht ...«, hörte er ihn inbrünstig seufzen, »... diese Geschichte mit dem Engel und dem Heiligen Geist ... reichlich seltsam. Wenn da mal nicht der neue Schreinergeselle dahintersteckt.«

Auch Jonathan seufzte tief. Zwar hatte ihm Rosa nie etwas von Engeln oder Geistern erzählt, so viel Chuzpe besaß nicht einmal sie, aber daß die fünf kleinen Ratten durch das bißchen Schnauzenreiben und Bauchfellkraulen unterm Sternenhimmel entstanden sein sollten, mochte er nicht so recht glauben. Erst heute morgen war ihm aufgefallen, daß die Kleinen ziemlich große Ohren hatten. Reichlich seltsam. Rosa behauptete, der Komet habe an allem Schuld, der bringe alles durcheinander.

Tatsächlich sollte ihnen der Komet noch einiges Ungemach bereiten. Am Abend kam ein zerlumpter Haufen Hirten wild gestikulierend hereingeschneit. Sie erzählten fellsträubende Geschichten von Engeln, die über ihrer Schafweide am Himmel herumflatterten wie Schwalben und dazu musizierten, und daß das Kind in diesem Stall ein König sei, der die Menschheit retten würde. Wovor, dachte Jonathan, etwa vor sich selber?

Täglich kamen nun mehr Leute aus den Dörfern, die das Kind sehen wollten. Jonathan fühlte sich in seiner Ruhe gestört, andererseits brachten die Menschen Kuchen, Dörrfleisch, getrocknete Feigen, Rosinen, Datteln, Nüsse und Ziegenkäse mit, wodurch sich die Kost der Stallbewohner äußerst abwechslungsreich gestaltete. Nur Rosa war nicht restlos zufrieden. Es verlangte sie nach jener Speise, die ihr Jonathan in der bewußten Nacht gebracht hatte. Ganz beiläufig erzählte sie ihm von ihrer Großmutter, die angeblich einem Säugling den kleinen Finger abgenagt hatte und seither behauptete, daß man diesen Geschmack sein Lebtag nicht mehr vergessen könne. Rosa ging Jonathan so lange auf die Nerven, bis er eines Nachts, als die Menschen schliefen, an die Krippe schlich. Vorsichtig kletterte er daran hoch. Riesig ragten die Köpfe der dumpf glotzenden Wiederkäuer neben ihm auf. Ihre Kiefer mahlten ständig, egal ob sie wach waren oder dösten.

Das Kind lag auf dem Bauch, es hatte die Augen geschlossen. Ein süßlicher Duft nach Muttermilch umgab es. Mondlicht fiel auf sein Gesicht, das rot und zerknittert war, wie die Rattenjungen am ersten Tag. Eine Hand lag dicht neben dem Kopf. Sie war fleischig und rosig.

Diese zarten Fingerchen! Besonders der kleine Finger war sehr dünn. Dünn wie ein Rattenschwanz. Ein Biß mit seinen kräftigen Zähnen würde genügen ... Er zögerte. Da schnaubte plötzlich einer der Wiederkäuer. Jonathan erschrak fast zu Tode. In Panik sprang er aus der Krippe und schlug hart auf dem Stallboden auf. Benommen taumelte er zurück, unter den Heuhaufen.

Rosa empfing ihn mit verächtlicher Miene und nannte ihn einen Feigling. Jonathan erwiderte nichts. Vielleicht hatte Rosa recht. Er verabscheute die Menschen, besonders seit sie seinen Vater mit vergiftetem Speck ermordet hatten. Aber dieses wehrlose Kind anzuknabbern, das brachte er dennoch nicht fertig.

Im ersten Morgengrauen erwachte er und spürte sofort, daß sich im Nest etwas verändert hatte. Rosa war nicht da. Ahnungsvoll schlich Jonathan zur Futterkrippe. Rosa erklomm gerade den Rand. Sie sah sich witternd um und bleckte ihre langen, scharfen Nagezähne. Dann kletterte sie zu dem Kind hinab. Heu raschelte. Ihre Schnauze war der Nase des Säuglings jetzt ganz nahe. Zwei rosige, zarte Näschen, dicht an dicht.

Jonathan holte tief Atem, aber er brachte keinen Ton heraus. Sie würde ihn wieder einen Feigling nennen, und garantiert würde sie ihn, den Spielverderber, verlassen und zu der Stadtratte zurückkehren. Durfte er sein Lebensglück riskieren, wegen einem Menschenkind, das ihn überhaupt nichts anging?

Sollen die Menschen doch selber auf ihre Kinder achten, dachte er. Was ist das eigentlich für eine Mutter, die immer schläft, wenn's brenzlig wird? Verärgert näherte er sich der schlafenden Frau, deren Hinterteil unter der Decke herausragte. Jonathan überwand seinen Widerwillen und schlug seine Zähne durch den dünnen Stoff des Kleides in das weiche Menschenfleisch. Mit einem Schrei fuhr die Frau hoch. Jonathan floh. Die Frau sah ihn und kreischte erneut, das Kind fing an zu plärren, der Mann sprang auf, die Wiederkäuer wandten die Köpfe. Ein Schatten glitt von der Krippe hinab ins Heu. Rosa. Irgend etwas hing ihr aus dem Maul.

Jonathan erreichte das Nest kurz vor Rosa und stellte sich schlafend. Sie fiel nicht darauf herein.

»Der Radau wäre nicht nötig gewesen«, bemerkte sie spitz, »ich wollte mir das Kind bloß mal ansehen, weil die Menschen so komische Sachen von ihm erzählen.«

Jonathan schwieg.

»Wäre ich nicht gekommen, wäre der kleine Kerl erstickt. Er hatte sich nämlich so unglücklich in seine Windel verheddert, daß er keine Luft mehr bekam und schon ganz blau war. Ich habe den Stoff durchgebissen.« Und sie zeigte ihm stolz einen Fetzen Windel, der ihr an den Zähnen hängengeblieben war.

Jonathan glaubte ihr nur zu gerne. »Du hast dem Kind das Leben gerettet«, verkündete er feierlich. »Du wirst in die Geschichte der Menschheit eingehen.«

»Nun werde bloß nicht melodramatisch«, antwortete Rosa unwirsch, drehte sich um und schlief ein. Am nächsten Tag erschienen drei skurrile Gestalten. Sie trugen wallende, glitzernde Gewänder, ritten auf zweihöckrigen Pferden und behaupteten, der Komet habe sie hergeleitet. Einer von ihnen hatte rabenschwarze Haut. Als Geschenk brachten sie ein gelbglänzendes Metall und ein dürres Kraut. Es stank penetrant, als der Mann es anzündete. Der ganze Stall stand plötzlich unter Qualm, er zog bis ins Rattennest, die Kleinen begannen zu husten, und Jonathan erinnerte sich mit Schrecken an die letzte Räuberaktion im Getreidespeicher.

»Jetzt reicht es«, sagte er zu Rosa.

Und die Ratten verließen den stinkenden Stall.

Leider waren sich die Menschen später zu fein, die Ratten in der Weihnachtsgeschichte zu erwähnen. Das wurde hiermit nachgeholt. Zudem wissen wir jetzt, warum die Muttergottes auf den alten Gemälden so wehmütig lächelt. So ein Rattenbiß im Hintern ist nämlich eine ziemlich schmerzhafte Angelegenheit …

Ruth Schweikert
Die Frau auf dem Foto

Auf dem Foto war sie jung und schön; dabei wirkte sie anrührend und unerreichbar zugleich, wie man es meist nur für Momente ist, dachte Alice, wenn es dämmert über der Stadt (la lumière des femmes nannten die Franzosen diese letzten, flach einfallenden Sonnenstrahlen), oder in den Augen des Liebenden, wenn er zu früh erwacht und der Geliebten beim Träumen zusieht. Ihre Züge waren ebenmäßig, die Haut schimmerte, die halblangen Haare waren in der Mitte gescheitelt und mit zwei schmalen Spangen aus dem Gesicht genommen. Ein bißchen merkwürdig schien, daß sie die Augen geschlossen hatte, obwohl sie offensichtlich nicht schlief und wußte, daß sie fotografiert wurde. Sie saß auf einem Hocker, lehnte den Kopf an die Wand, über die sich eine Tapete mit Rosenmuster zog, und lächelte halb spöttisch, halb stolz in die Kamera. Als verachte sie den Fotografen ein klein wenig, dachte Alice, weil er sie liebte und weil sie wußte, daß er sie gerade deswegen nur um so mehr liebte.

Das Bild war Ende der fünfziger Jahre des vorigen Jahrhunderts in einem Pariser Hotelzimmer aufgenommen worden, schwarz-weiß und unwirklich wie die Fotos von Sartre und Simone de Beauvoir. Da war sie jünger als ich jetzt, dachte Alice, als begreife sie es noch immer nicht, und rechnete aus, was sie längst auswendig wußte, beinahe zehn Jahre jünger.

Die Scheiben der Arth-Rigi-Bahn waren beschlagen.

Alice fror, und sie knöpfte den Mantel zu, den sie erst gestern gekauft hatte. Er war viel zu teuer gewesen, und sie hatte mit der Kreditkarte bezahlt. Darunter trug sie ein ebenso teures Kostüm und idiotisch dünne Strumpfhosen. Sogar die Unterwäsche war neu, als hätte sie ein Rendezvous mit einem neuen Geliebten. Draußen verhüllte ein dicker, wattiger Nebel die Landschaft, aber der Kondukteur hatte mit einem amüsierten Blick auf ihre eleganten Halbschuhe versichert, in den oberen Lagen sei es warm und der Himmel wolkenlos blau. Die meisten anderen Passagiere trugen Snowboardstiefel oder Skischuhe. Kinder schwitzten in ihren Wollpullovern und Daunenjacken. Aus den Rucksäcken roch es nach mit Vanillezucker bestäubten Plätzchen und Salamisandwichs. Es war der erste Samstag nach Weihnachten, kurz vor neun. Um zwölf wollten sie sich im Restaurant Rigi Kulm treffen, bei schönem Wetter auf der Terrasse. Alice war viel zu früh losgefahren. Geschlafen hatte sie sowieso kaum. Über die Weihnachtstage war sie mit den Kindern zu ihrer Mutter in die Kleinstadt gefahren. Die Kinder hatten Geld bekommen und Alice einen tannengrünen, selbstgestrickten Schal, den sie nie anziehen würde. »Kein Problem«, hatte Mutter gesagt, »wenn du am Samstag arbeiten mußt. Wir drei werden die Zeit schon rumkriegen. Sag bloß Frederik, er soll nicht dauernd vor dem Fernseher sitzen.«

Alice arbeitete im Universitätskrankenhaus der Großstadt, und manchmal hatte sie Dienst übers Wochenende. Aber heute nicht.

Sie überlegte, ob sie mit dem Finger ein Herz auf die Fensterscheibe malen sollte. Ein Herz für die Frau auf dem Foto. Allein die Vorstellung war absurd, und sie tat es dennoch oder gerade deswegen. Ein Herz, dachte sie, wie sie es als Kind jedes Jahr zum Muttertag auf Stoff oder Karton gemalt hatte. Eines dieser unbeholfenen Werke hing seit dreißig Jahren über dem Buffet im Wohnzimmer ihres Elternhauses. Bestimmt wischte Mutter den ausgebleichten Karton von Zeit zu Zeit mit einem feuchten Lappen ab. Zum Glück habe ich sie angelogen, dachte Alice und fühlte sich beschämt.

Wie schwarze Ochsen zogen die Jahre vorüber. Alice war siebenunddreißig, und im Januar würde sie achtunddreißig, und es wäre nach fünfzehn Geburtstagen mit René der erste Geburtstag ohne René. Die Formulierung gefiel ihr. Es war, als hätte sie in ihrem Leben bloß ein Wort ausgewechselt. Das Leben ist eine verworrene Erzählung, dachte sie, die man beharrlich korrigiert, bis nichts mehr von ihr übrig bleibt. René und sie waren übereingekommen, daß sie ihre Liebe ganz einfach ausgeschöpft hatten. Wie einen Vorrat, der unaufhaltsam zur Neige ging. Vielleicht hätte es gereicht, wenn etwas Neues in ihr Leben getreten wäre, ein drittes Kind oder ein Umzug. Tatsächlich hatten sie in den letzten zwei Jahren nicht mehr verhütet und unzählige Häuser und Wohnungen besichtigt, aber sie waren alle zu häßlich gewesen oder zu teuer, schlecht aufgeteilt, zu klein oder zu groß. Alice hatte eine Eileiterschwangerschaft gehabt, und danach hatten sie kaum noch miteinander geschlafen. Nach den Sommerferien in der Bretagne hatte René die Zweizimmerwohnung eines Arbeitskollegen übernommen, der eine Frau aus Thailand heiraten wollte und mehr Platz brauchte.

Sie hatten sich anständig voneinander getrennt, ohne erbärmliche Streitereien um Geld oder Schuld. Alle sechs Wochen trafen sie sich in einem Café mit grauen Resopaltischen und sprachen über die Kinder. Alice hatte angefangen zu rauchen, die leichtesten Zigaretten, die es gab, und manchmal kochte sie wieder Fleisch, probierte neue Rezepte aus, Chili con Carne oder Riz Casimir, Lammkotletts, asiatische Eintöpfe oder ungarisches Gulasch. Frederik und Fabienne kamen von der Schule nach Hause, warfen ihre Rucksäcke und Jacken auf den Boden, beugten sich über die Teller und aßen stumm und gierig wie ausgehungerte Flüchtlingskinder.

»Eigentlich sind wir beide froh, daß Papa weg ist, stimmt's, Fredi«, hatte Fabienne eines Abends gesagt, und Frederik hatte genickt, »du kochst viel besser seitdem. Ich habe dieses Kornzeugs immer gehaßt und Tofu sowieso. Tofu ist zum Kotzen.«

Fabienne war zehn und Frederik dreizehn. Frederik hatte die Haare zu einem Kamm aufgestellt und konnte in einem Atemzug »Faschos raus!« und »Verpiß dich, du schwule Sau!« brüllen, wenn der Nachbarjunge ihm die Hausaufgaben brachte, weil Frederik mal wieder nicht in der Schule gewesen war. »Mit dieser Scheißfrisur kann ich nicht auf die Straße«, sagte er morgens weinend vor dem Badezimmerspiegel, wenn er vergessen hatte, neues Haargel zu kaufen, und Alice hätte ihn umarmen und ihn wiegen mögen wie ein Baby. Manchmal legte sie sich abends in die Badewanne und hielt die Brause an ihr Geschlecht, bis sie kam. Sie kam mühelos und schnell. Manchmal vermißte sie den Geruch von Renés Sperma in ihrem Schoß und seine Zahnbürste im Bad, die sie immer eklig gefunden hatte, weil sie von Zahnpastaresten verklebt war und die Borsten in alle Richtungen zeigten.

Sie hatten die Nebelgrenze erreicht, und ein Raunen ging durch die Menge. Die Sonne strahlte hell, der Schnee glitzerte. Tuben mit Sonnencreme wurden aus den Rucksäcken geholt. Mütter schmierten ihre Kinder ein, die die Prozedur mit zusammengekniffenen Augen über sich ergehen ließen.

Die Frau auf dem Foto hieß Véronique Walther. Der Name stand wie ein Fremdkörper zwischen dem Bild der schönen jungen Frau und Alices verrückter Sehnsucht, die sie seit der Kindheit nährte, als müßte sie sich eines Tages erfüllen. Sie stellte sich vor, wie sie aufeinander zugehen und sich umarmen würden. Wie Mutter und Tochter. Das war natürlich dumm. Es war so entsetzlich dumm, daß Alice sich manchmal ihre eigene Sehnsucht nicht glaubte. Waltr, sagte Frau Walther am Telefon, und kaum hatte Alice ihren Namen genannt, verabschiedete sie sich, und Alice hörte sie schrill durch die Wohnung rufen: »Martin, für dich.«

»Sommer«, sagte Sekunden später Alices Vater. »Mimi bist du's?«

»Ja, ich bin's«, sagte Alice.

»Bald ist Weihnachten«, hatte er Ende November gesagt, »hast du einen besonderen Wunsch, und was ist mit den Kindern?«

»Mein Wunsch ist immer derselbe. Ich möchte Véronique kennenlernen«, sagte Alice, »ich meine Frau Walther.«

»Mal sehen, was sich machen läßt«, sagte ihr Vater nach langer Pause, »du weißt, es ist schwierig. Ihr einziges Kind –«

»– Carole ist verunglückt, ich weiß.«

Als damals Anfang der siebziger Jahre ihr Kinderzimmer neu tapeziert wurde, hatte Alice, sie war sechs oder sieben, Vater und Mutter von einem Warenhaus zum nächsten geschleppt, bis sie eine Tapete gefunden hatten, die derjenigen auf dem Foto zum Verwechseln ähnlich sah. Blaßrote Rosenknospen, die sich auf lindgrünem Grund in die Höhe rankten. »Die will ich«, sagte Alice, »genau die und sonst keine.«

»Aber Mimi«, wandte ihre Mutter ein, »die ist so düster. Warum nimmst du nicht was Kräftiges, Fröhliches, das zu einem Kind paßt?«

»Weil ich nicht will«, sagte Alice, »nenn mich nicht immer Mimi. Und außerdem will ich nie so alt und häßlich werden wie du.«

Alices Mutter war zusammengezuckt, und sie hatten die Rosentapete gekauft. Sie hatte den Eltern nichts von diesem Foto gesagt, das sie eines Nachmittags im Familienalbum des Vaters gefunden hatte. Das Album stand zuoberst im Bücherregal. Alice war allein zu Hause, und sie hatte die Leiter geholt, um das Regal nach Bildbänden abzusuchen, die ihre Mutter regelmäßig bestellte, wenn sie genügend Mondo- oder Silvapunkte gesammelt hatte. Alice liebte diese Bildbände, die Menschen aus fernen Ländern zeigten, aus Afrika oder Asien. Eine zwanzig Jahre ältere Cousine lebte in Zürich und hatte einen Freund, der Neger war. Mutter sagte, sie hoffe bloß, diese Katharina sei nicht so blöd, ihn zu heiraten. Alice hatte noch nie einen richtigen Neger gesehen. Statt dessen fand sie das Album. Ihr Vater als Kind, mit Eltern und Geschwistern. Seine Mutter 1910 als junge Frau. Vater allein mit Hut und Mantel in den Bergen und vor verfallenen Tempeln. Zwischen den eingeklebten Bildern lagen zwei lose Fotos. Beide zeigten dieselbe Frau, und es war, als offenbarten sie auf einen einzigen Blick ein lang verschwiegenes Geheimnis und seine Auflösung.

Auf dem zweites Foto trug die Frau ein wunderschönes Kleid, das bis zum Boden reichte. Sie war umringt von jungen Männern, die eine Art Uniform trugen. Einer von ihnen hatte den Arm um sie gelegt. Es war

Alices Vater. Er liebt nicht Mama, dachte sie, er liebt diese Frau. Vielleicht ist sie gestorben. Ja, so mußte es sein. Die fremde Frau war ihre richtige Mutter, und nach ihrem schrecklichen Tod hatte Papa die Mama geheiratet. In diesem Moment hätte Alice die beiden Bilder am liebsten verbrannt. Dann hätte sie die Frau für sich allein gehabt, sie wäre ein Teil ihrer Erinnerung und vielleicht sogar mit ihr älter geworden, dachte sie jetzt, wie ihre Mutter, die für Alice nie so jung und schön gewesen war wie Véronique. Aber sie hatte die Fotos nicht verbrannt. Sie hatte sie in ihrem Zimmer unter dem neuen braunen Wollteppich versteckt.

Die Bahn hielt. Alice stieg aus und blickte sich um. Als Kind war sie oft auf der Rigi gewesen, doch es war, als erinnerte die vertraute schneebedeckte Landschaft sie nicht an ihre eigene, sondern an die Kindheit einer anderen, unbekannten Person. Liebende brauchen ein gutes Gedächtnis, dachte sie, oder genügend Fotos, die sie an die Anfänge der Liebe erinnern, als sie noch unermeßlich schien. Denn eine Lüge ist oft genug nur eine alt gewordene Wahrheit.

Martin, Alices Vater, und Véronique lebten jetzt schon seit fünfzehn Jahren zusammen. Véronique war damals, als sie sich kennenlernten, schon verheiratet gewesen und Mutter einer kleinen Tochter. Nach dem Autounfall, bei dem beide ums Leben kamen, Carole und ihr Ehemann, hatte sie sich an ihre ungelebte Liebe zu Martin erinnert. Und Alices Vater hatte ja gesagt. Seine drei Kinder Alice, Viktor und Sebastian waren schließlich erwachsen oder doch beinahe. So einfach war das. Sie lebten in Viznau am Vierwaldstättersee und reisten viel.

Frau Walther würde mit der roten Bahn von Viznau her kommen. Frau Walther wäre eine kleine, hagere fünfundsiebzigjährige Frau, sportlich und ein wenig pedantisch. Sie würde sich über die Salatsauce beschweren, die zu sauer sei, und dann würden sie über das wunderbare Wetter reden. Alice würde ihr die Fotos zeigen, und sie würden sich wehmütig an die Hoffnungen und Wünsche erinnern, die man in der Jugend noch hat.

Später würde Alice in einen Helikopter steigen und sich selbst und Frau Walther mit einem Fernglas von oben betrachten, wie sie nebeneinander her durch den Schnee stapften, bis ihre Spur sich im Nebelmeer verlor.

Karin Hartig
Die vegetarische Weihnachtsgans

Eine Geschichte

1

Der Satz, der Juliane Gerbers Leben nachhaltig veränderte, fiel an einem Donnerstag im November, genauer gesagt in der letzten Stunde dieses Tages. Nach einer sehr ausgiebigen Martinsfeier war Ehemann Bruno wieder in seinen eigenen vier Reihenhauswänden eingetroffen; mit kleinen Abstrichen darf sein Zustand als »insgesamt wohlbehalten« bezeichnet werden. Er legte seinen Mantel sorgfältig neben die Garderobe, drückte das Kreuz durch und betrat das Wohnzimmer, wo Juliane auf dem Sofa hockte und einen Fernseh-Thriller verfolgte. Bukowski, der phlegmatische Familienhund, hatte sich auf ihren Füßen ausgebreitet und strahlte unbeirrbare Ruhe aus.

Und dann fiel er, der Satz.

»Julchen«, sprach Bruno mit schwerer Zunge, »ich habe den ersten Preis gewonnen!« An dieser Stelle schien es ihm angebracht, Halt an der Türfüllung zu suchen.

»Meinen Glückwunsch«, erwiderte Julchen ohne rechte Begeisterung, »allerdings scheint mir, du hast deinen Preis schon ausgetrunken.« Hinsichtlich der jährlichen Martinsfeier war Juliane völlig abgeklärt, Überraschungen konnte es keine mehr geben.

»Eine Gans«, präzisierte Bruno, »der erste Preis war eine Weihnachtsgans, etwas zu essen also.«

»Das ist aber schön, Liebling. Gute Nacht«, sagte Juliane so milde, als hätte ihre sechsjährige Tochter Gina ihr ein selbstgemaltes Bild gezeigt. Sie schenkte ihrem Mann noch ein Lächeln und widmete ihre ganze Aufmerksamkeit dann wieder dem Fernseher, wo die Auflösung der mörderischen Intrige kurz bevorstand.

»Eine große dicke Gans«, bekräftigte Bruno, schon im Abmarsch Richtung Bett begriffen, »für Weihnachten!«

Beim Frühstück am anderen Tag erfuhren auch Gina und der dreizehnjährige Tim von der glücklichen Hand, die ihr Vater bei der gestrigen Tombola bewiesen hatte. Man beglückwünschte ihn jedoch eher pflichtschuldig. Was war schon ein Weihnachtsbraten? Vor allem Tim brachte nur wenig Begeisterung auf. Der dritte Preis, eine kabellose Computermaus, wäre ihm bedeutend lieber gewesen.

»Der Hauptpreis ist für uns vier viel wertvoller«, widersprach Juliane, eine Aussage, die Bruno sogleich bestätigte.

Computermäuse taugten nicht als Festtagsbraten, meinte er, im übrigen werde die Gans Anfang Dezember geliefert, direkt vom Bauern. Dann entschwand er ein wenig verstimmt ins Büro, während Juliane den Kindern Pausenbrote schmierte und dabei über eine würdige Zubereitung des Bratens nachdachte. Die Buchhandlung, in der sie halbtags arbeitete, machte während der Vorweihnachtszeit, die ja bekanntlich bereits Ende August begann, mit dem Verkauf von Kochbüchern ein gutes Geschäft, und erst vor wenigen Tagen hatte ein Rezept in einem der aufwendig fotografierten Bände ihre Aufmerksamkeit geweckt. Dort wurde empfohlen, die Gans erst zu dünsten, bevor sie, mit Äpfeln und Sultaninen gefüllt, in die Bratröhre wanderte; auf diese Weise werde das Fleisch besonders zart. Ein Versprechen, das Juliane als verlockend empfand, war doch die letztjährige Weihnachtsgans ausgesprochen zäh ausgefallen. Nun, ob gedünstet oder nicht – auf jeden Fall mußte vor Lieferung des Geflügels Platz in der Tiefkühltruhe geschaffen werden.

Drei Wochen lang dachte niemand mehr an den wunderbaren Hauptgewinn. Die Kinder gingen zur Schule, wie immer, Bruno arbeitete Aktenberge ab, wie immer, und Juliane verkaufte Kochbücher und Belletristik, wie immer. Als es dann am Nachmittag des ersten Dezembersamstags schellte, war es die kleine Gina, die unverzüglich aufsprang. Sie war die einzige im Haus, die das Klingelgeräusch als freudiges Ereignis begriff und sofort zur Tür lief. Tim war meist zu versunken, Juliane zu beschäftigt und Bruno zu desinteressiert, um zu öffnen. Und Bukowski war schlichtweg zu faul. Wozu bellen, wozu aufstehen? Wer an dieser Haustür klingelte, kam grundsätzlich in freundlicher Absicht.

»Papa«, vermeldete das Kind mit hohem Stimmchen, »da ist ein Mann draußen, der will dich sprechen.«

Bruno nahm äußerst unwillig seinen Kopfhörer ab. Beim Musikhören ließ er sich nicht gerne stören. »Und wer ist der Mann? Was will er?«

»Das weiß ich nicht. Aber er hat ein ganz großes Paket für dich!«

»Juliane, hast du vielleicht etwas bestellt?« erkundigte er sich.

Nein, das hatte sie nicht. Achselzuckend ergriff Bruno also die dargebotene Hand seiner Tochter und ließ sich zur Haustür ziehen, wo ein junger Mann wartete, zu seinen Füßen ein großer, fest verschlossener Pappkarton. Er sei der Sohn vom Bauern und bringe die gewonnene Gans, erklärte er höflich und fügte noch hinzu, er wünsche frohe Festtage und einen gesegneten Appetit.

»Wollen wir hoffen, daß dieser Vogel nicht so tranig ist wie die polnische Fluggans von vergangenem Jahr«, meinte Bruno, während er dem jungen Mann ein Trinkgeld in die Hand drückte. Ein ordentliches Gewicht habe der Karton, lobte er auf dem Weg in die Küche, mindestens fünf Kilo, wenn nicht mehr. »Da hat sich der Chef aber nicht lumpen lassen. So eine anständige Gans kostet bestimmt achtzig Mark. Bukowski, hör auf zu knurren! Das ist unser Weihnachtsbraten, nicht deiner.«

Der Hund spitzte für einen Moment die Ohren, hörte aber keineswegs auf zu knurren. Nervös sog er die Luft ein, strich mit gesträubtem Nackenfell an dem Karton entlang, einmal, zweimal, bevor er schließlich ohrenbetäubend zu bellen begann.

»Bukowski, aus!« schimpfte Juliane. »Bist du sofort still!« Sie nahm den Hund am Halsband, schob ihn hinaus in den Flur und schloß die Küchentür ab; ein unabdingbarer Handgriff, da er sonst mit der Pfote die Klinke heruntergedrückt hätte und seelenruhig wieder zurück in die Küche spaziert wäre. Es gab noch ein paar andere Kunststücke, die der Hund beherrschte, von denen das gezielte Umstoßen noch nicht ganz geleerter Bierflaschen seine Lieblingsnummer darstellte, der er im übrigen auch seinen Namen verdankte: Einen Wischlappen benötigte man allerdings hinterher nicht – Bukowski besaß schließlich eine Zunge.

»Was ist bloß in ihn gefahren?« Juliane schüttelte den Kopf und öffnete den Deckel der Tiefkühltruhe, während der ausgesperrte Hund noch heftiger losbellte und Bruno sich daran machte, den Strick um den Karton zu lösen.

Dann geschahen binnen kürzester Zeit drei recht unterschiedliche Dinge: Erstens, Bruno sagte voller

Verblüffung: »Das darf ja wohl nicht wahr sein!« zweitens, er steckte die Hand in den Karton, und drittens, er zuckte mit einem wilden Aufschrei zurück. »Juliane, das Biest hat mich gebissen, nimm schnell das Kind weg!«

Auf Julianes Stirn machten sich ein paar Sorgenfalten breit. Im Umgang mit ihrem Mann war sie allerhand gewöhnt, doch schien er in der letzten Zeit ein wenig überarbeitet zu sein. »Liebster, wir sind alle urlaubsreif«, sagte sie milde, »aber glaub mir, tiefgefrorene Gänse beißen nicht.«

»Nun nimm doch das Kind endlich weg«, wiederholte Bruno und klappte hastig den Karton wieder zu, »also, das ist ja –«. Er rang heftig nach Atem.

Folgsam schob Juliane die Kleine zur Seite und bewegte sich vorsichtig auf den Karton zu. Trotz des bellenden und unablässig gegen die Türklinke springenden Hundes war in der Küche plötzlich ein lautes Zischen zu vernehmen. Der Karton öffnete sich abrupt, und ein langer weißer Hals mit einem kleinen Kopf bahnte sich den Weg ins Freie. Juliane erstarrte mitten in der Bewegung. Die Gans drückte beide Flügel hoch und stellte sich auf die Beine. Allmählich bekam es die kleine Gina mit der Angst zu tun. Jammernd flüchtete sie auf den Küchentisch, während ihre Eltern noch immer auf der Stelle verharrten und dem Inhalt des Kartons in die blauen Augen starrten. Gleichzeitig nahm das scharfe Zischen an Lautstärke zu.

»Um Himmels willen«, sagte Bruno einigermaßen nervös, »Juliane, was machen wir jetzt? Je länger ich darüber nachdenke, desto lebendiger erscheint mir diese Gans.«

Juliane war bleich geworden. »Pack das Vieh ganz

schnell wieder ein und bringe es dem Bauern zurück, ja?«

»Und wie soll ich das deiner Meinung nach anstellen?« erwiderte Bruno. Zögernd streckte er den Arm aus, um die Gans am Hals zu ergreifen. Ein gellender Trompetenton erklang, dann schnellte der Gänseschnabel nach vorn und zwickte Bruno zum zweitenmal in den Arm.

Bruno fluchte, Gina jammerte, die Gans zischte und trompete, Bukowski bellte in höchster Angriffslust – kurz gesagt, es herrschte heillose Verwirrung, und mitten in dem Spektakel breitete die Gans ihre Schwingen aus, flog auf und landete schließlich auf dem Küchenfußboden. Offenbar schien sie der Ansicht, daß Bruno Gerber ein ernst zu nehmender Widersacher sei. Mit zornig bebendem Bürzel watschelte sie zielstrebig auf ihn zu und biß ihn in die Wade.

»So, das reicht mir jetzt«, sagte Juliane und kletterte zu ihrer Tochter auf den Küchentisch. »Bruno, schaffe mir dieses Untier vom Hals!«

»Und wie?«

»Woher soll ich das wissen? Es ist deine Gans, nicht meine. Übrigens – sie nimmt wieder Kurs auf deine Beine.«

Ein Sprung, dann waren sie zu dritt auf dem Küchentisch versammelt. Gina drückte sich eng an ihre Mutter. »Warum beißt die Gans, Mama? Ich hab' Angst!«

»Kind«, sagte Bruno und warf einen verstohlenen Blick auf seine Frau, »ich glaube, wir haben es hier nicht mit einer Gans, sondern mit einem ziemlich wütenden Gänserich zu tun. Gänsemänner können ganz schön aggressiv sein.«

»Dieses Ungeheuer hier nicht mehr lange«, murmelte

Juliane doppeldeutig, »mir scheint, als paßte er ganz genau auf eins meiner Backbleche. Ich schlage vor, wir jagen ihn zunächst in den Garten, dann sind wir in Sicherheit und können weitersehen. Das Vieh ist nicht stubenrein und hat eine ziemlich nervöse Verdauung.«

Bruno warf einen abschätzenden Blick auf den flügelschlagenden Gänserich. Also gut, dann würde er unter Einsatz seines Lebens nacheinander Küchen-, Wohnzimmer- und Gartentür öffnen, Bukowski daran hindern, den unbekannten Gast zu zerfleischen, und das Untier irgendwie in den Garten dirigieren. Er sah seiner Frau tief in die Augen. »Versorgst du nachher meine Blessuren? Und wirst du mich weiterhin lieben, auch wenn er gleich meine Waden durchlöchert wie einen Schweizer Käse?« Mittlerweile schien er der Angelegenheit eine gewisse komische Note abzugewinnen, was Juliane kaum wunderte.

Als Jugendlicher habe er seine Sommerferien regelmäßig auf einem Bauernhof verbracht, vertraute er ihr noch an, bevor er seine Beine todesmutig auf den Boden schwang. Grundsätzlich kenne er sich also mit Gänsen aus. Dann wurde es still in der Küche. Lediglich Bukowski tobte noch immer seine gesamte Wut im Hausflur aus.

»Jetzt!« sagte Bruno entschlossen, machte drei schnelle Schritte zur Tür und drehte den Schlüssel um. Augenblicklich flog die Tür auf und der Hund in die Küche. Unter lautem Bellen umkreiste er den zischenden Gänserich, der ihn augenblicklich in die Lefzen zwickte. Während Bukowski jaulend unter dem Küchentisch Deckung suchte, reckte der Ganter erneut den Hals in die Waagerechte, gab einen weiteren gellenden Schrei von sich und watschelte dann voller Verachtung in den Flur. Bruno war mittlerweile im Wohnzimmer angelangt und hatte die Tür zum Garten geöffnet.

»Putputput«, rief er aufmunternd, »komm her, lieber Gänsemann! Nein, nicht ins Gästeklo. Komm schon, du dumme Gans. Nur noch ein paar Schritte, dann hast du es geschafft. Weg vom Sofa, wenn ich bitten darf! Jaaa, sehr schön.«

Plötzlich knallte es. Mit aller Macht hatte Bruno die Terrassentür zugeworfen. »Gina, Juliane, ihr könnt euch gefahrlos ins Wohnzimmer wagen, der Wadenbeißer ist draußen!« Aufatmend ließ er sich auf das Sofa fallen.

Gefolgt von Bukowski huschte die kleine Gina ans Fenster und betrachtete die Gans, die offenbar etwas verunsichert in dem Gärtchen stand und sich nicht mehr rührte. »Wenn er nicht beißt, ist er richtig süß«, teilte sie ihren Eltern mit, »darf ich ihn gleich füttern?«

»Nichts da«, wehrte Juliane ab, »die Gans geht noch heute dahin zurück, wo sie hergekommen ist.«

Bukowski knurrte Zustimmung. Mit nachdenklichen Blicken rollte Bruno seine Hosenbeine hoch und stellte fest, daß er von den Gänsebissen schwer gezeichnet war. »Das wird etliche blaue Flecken geben! Aber einem geschenkten Gaul schaut man bekanntlich nicht in den Schnabel. Kannst du dich an den Namen des Bauern erinnern, Juliane? Dann rufe ich gleich an und lasse das Biest wieder abholen.«

Nein, das könne sie nicht, sagte Juliane, sie habe den Gänseboten ja nicht einmal zu Gesicht bekommen.

»Hm«, erwiderte Bruno und verfiel für ein paar Minuten ins Grübeln, bis ihm der rettende Gedanke kam, am Montag bei seinem Chef in Erfahrung zu bringen, von welchem Bauernhof die Gans stamme. So lange müsse man sie wohl im Garten dulden. Als habe der

Gänserich verstanden, daß man ihm nur wenig Wohlwollen entgegenbrachte, öffnete er seinen Schnabel und stieß wieder eine Fanfare gellender Schreie aus, bevor er flügelschlagend den Garten durchquerte.

»Hoffentlich hört dieser Höllenradau bald auf«, äußerte Bruno besorgt, »Roseboom wird mir aufs Dach steigen! Der beschwert sich ja schon, wenn die Kinder mittags draußen spielen, was wird er dann erst zu dieser kreischenden Gans sagen?«

Im gleichen Moment klingelte das Telefon. Es war tatsächlich Roseboom. Für seine geharnischte Samstagsrede benötigte er lediglich zwei Minuten: Erstens, das sei ja wohl eine Unverschämtheit, zweitens, diese bösartige Kampfgans habe nach ihm geschnappt, drittens, falls Familie Gerber das Untier nicht schnellstens entfernte, würde er eigenhändig für das Ableben desselben sorgen, und viertens, das Ganze sei eine Unverschämtheit.

»Am Montag, Herr Roseboom, vorher geht es leider nicht!« rief Bruno, legte den Hörer zurück auf die Gabel und warf seiner Frau einen vielsagenden Blick zu.

»Hörte sich nicht gerade an wie Jauchzen und Frohlocken«, sagte Juliane.

Seine Miene verdüsterte sich. »Ach, hätte ich doch bloß die Computermaus gewonnen.«

»Gina, die Terrassentür bleibt heute zu«, warf Juliane ein und strich Bukowski, der vor der Scheibe Männchen machte und den Gänserich nicht aus den Augen ließ, beruhigend über den Kopf. »So, und nun kümmern wir uns nicht weiter um den Schreihals da draußen, sondern wischen den Küchenboden und den Flur.«

Tims Rückkehr warf alles wieder über den Haufen. Um halb acht kam er nach Hause, registrierte die unruhig auf der Terrasse herumwatschelnde Gans und taufte sie ohne große Umstände auf den Namen Gustav. Dann schickte er sich an, den großen Karton, in dem die Gans geliefert worden war, mit einer Decke auszupolstern.

»Was machst du da, Tim?« erkundigte sich sein Vater.

»Ich baue Gustav ein Bett, was sonst? Glaubst du vielleicht, ich lasse das arme Tier draußen im Freien übernachten?«

In diesem Moment begann Juliane zu ahnen, daß mit weiteren Unannehmlichkeiten zu rechnen war. »Hör mal zu, Tim«, sagte sie eindringlich, »Gänse haben ein schönes, dichtes Federkleid und sind völlig unempfindlich gegen die Witterungsbedingungen. Was meinst du, warum deine Daunen-Bettdecke so warm ist!«

»Aber er ist doch einsam da draußen«, sagte Tim und starrte mit sorgenvoll gerunzelter Stirn in den dunklen Garten hinaus. »Mama, wie würdest du dich denn fühlen, wenn man dich erst deiner Familie entrissen und dann in einen fremden Garten gesperrt hätte?«

Juliane gab zu, daß sie sich tatsächlich ein wenig einsam fühlen würde. Allerdings handele es sich hier nicht um ein verschlepptes Menschenkind, sondern um eine Gans, die ohnehin in drei Wochen ihr Leben verlieren würde.

»Mensch, bist du grausam«, stellte Tim entrüstet fest, »haben Tiere deiner Meinung nach keine Rechte? Gänse sind Herdentiere!«

Juliane schluckte. Offenbar hatte das Biologie-Referat, das ihr Sohn im September über artgerechte Tierhaltung angefertigt hatte, bleibende Spuren hinterlassen. Begütigend legte sie den Arm auf Tims Schulter. »Niemand will die Gans quälen. Weder friert sie, noch leidet sie Hunger. Im übrigen werden wir sie am Montag zurück zum Bauern bringen. Wir leben hier in einem Reihenhaus und haben eine Menge Nachbarn, auf die Rücksicht genommen werden muß. Roseboom hat sich schon beschwert.«

»Ach, der blöde Roseboom beschwert sich doch sowieso über alles«, schimpfte Tim, ein Argument, das leider nicht zu entkräften war. »Hat Gustav was zu trinken bekommen?«

Nein, das hatten die Eltern versäumt. Schnurstracks organisierte Tim den Reserve-Hundenapf aus dem Keller und füllte ihn mit Wasser, bevor er sich auf die Terrasse begab. Währenddessen verfolgten Juliane und Bruno jede Bewegung der Gans, aber es geschah nicht viel mehr, als daß Gustav den Jungen mit nach vorne gestrecktem Hals beobachtete und dabei mehrfach ein nasales »Ganggang« von sich gab.

»Vielleicht war er vorhin nur so aggressiv, weil man ihn in die Kiste gesperrt hatte«, mutmaßte Bruno, »aber das spielt ja nun auch keine Rolle mehr. Und paßt bitte alle auf, daß die Terrassentür geschlossen bleibt und Bukowski nicht entwischt.«

2.

Am nächsten Morgen, nach einer von zahllosen ungewohnten Geräuschen begleiteten Nacht, war Gustav verschwunden. In heller Aufregung rannten Tim und Gina in den Garten, stöberten unter jedem Busch und durchsuchten jede Ecke des kleinen Gartenhäuschens, aber vergeblich. Die Gans war wie vom Erdboden verschluckt. Nur ein paar kleine grüne Kleckse im Gras und auf der Terrasse zeugten davon, daß sie überhaupt dagewesen war.

»Dann wird er wohl einfach weggeflogen sein«, meinte Bruno achselzuckend, »Gänse fliegen zwar nicht besonders gut, aber für einen Ausbruch aus einem Garten scheint es zu reichen. Tja, das war's wohl. Kommt, Kinder, Frühstück!«

Tim stemmte die Hände in die Hüften und starrte seinen Vater böse an. »Gut, überlassen wir ihn einfach seinem Schicksal.«

Bruno zuckte zusammen. In Tims Worten hatte so viel Anklage, so viel Abscheu mitgeklungen, daß er sich unversehens verantwortungslos vorkam. »Nein, natürlich werden wir das nicht tun«, lenkte er also rasch ein, »laßt mich schnell etwas essen, dann ziehen wir los und suchen die Gans, in Ordnung?« Seufzend registrierte er ein zweifaches Kopfschütteln. Und schenkte dem Frühstückstisch einen langen, bedauernden Blick. Keine Stunde des Sonntags war ihm auch nur annähernd so heilig. »Meine Güte! Also gut, dann suche ich die verflixte Gans eben mit nüchternem Magen.«

Juliane hatte die Diskussion vom Fenster aus mit einem leichten Lächeln verfolgt. Sie brachte den Kindern ihre Jacken und pfiff nach dem Hund. »Und nehmt Bukowski mit! Er muß sowieso mal raus.«

Doch überraschenderweise kam auf ihren Pfiff hin niemand herangetrabt, um schwanzwedelnd an der Terrassentür hochzuspringen. Bald stand fest, daß nicht nur der Gänserich Gustav, sondern auch der Hund Bukowski verschwunden war.

»Eigenartig«, sagte Juliane, »weggelaufen ist er doch noch nie. Kinder, schaut mal in der Garage und auf der Straße nach. Papa und ich kontrollieren den Keller.«

Sie schwärmten in verschiedene Richtungen aus. Gina war die erste, die sich zum Rapport zurückmeldete und bekanntgab, daß Bukowski sich nicht auf der Straße aufhalte. Fünf Minuten später tauchte auch Tim wieder auf. Völlig außer Atem teilte er seinen Eltern mit, er sei bis hinten zum Sportplatz gelaufen. »Und ich habe alle Spaziergänger gefragt, ob sie nicht zufälligerweise eine Gans und einen Hund gesehen hätten, aber die haben alle nur gelacht«, plötzlich war er den Tränen nahe, »vielleicht sind sie beide überfahren worden ...?«

Seine Schwester wurde von der brüderlichen Verzweiflung angesteckt. Die bloße Vorstellung, ihr Hund könne verletzt oder gar tot sein, ließ sie aufschluchzen. Juliane suchte zu beruhigen, doch es fruchtete nichts. Im Geist schwante ihr längst Böses. Bukowski war zwar ein äußerst ruhiger Zeitgenosse, aber steckte nicht in jedem Hund ein Rest vom Wolf? Was also, wenn er sich während der Nacht davongestohlen und den Gänserich erlegt hatte?

Doch aus einer Gartenecke plötzlich leises Gelächter. »Kommt alle her«, rief Bruno halblaut, »ich habe die beiden gefunden. Ach, das glaubt mir keiner.« Den Zeigefinger auf die Lippen gedrückt, winkte er seine Familie herbei. Er stand etwa zwei Meter von Bukowskis Hundehütte entfernt. Unmittelbar vor der Hütte, flach auf dem Bauch liegend wie ein schmutziger Flokati, lauerte der Familienhund. Und aus der Hütte drang ein zischendes Geräusch.

»Gustav und Bukowski sind wieder da«, jubelten Gina und Tim.

Juliane atmete auf. »Du lieber Himmel, bin ich froh, daß nichts passiert ist! Bukowski, du bist doch kein Gefängniswärter, also ab mit dir ins Haus!« Nach der dritten Aufforderung endlich bequemte sich der Hund, aufzustehen. Scheelen Blickes schlich er an ihnen vorbei ins Haus.

Und Gustav? Der Gänserich ließ noch ein paar Minuten auf sich warten, bevor er sich erhob und mit ausgestrecktem Hals durch die halbrunde Öffnung der Hundehütte ins Freie trat. Seine leuchtend blauen Augen mit den orangefarbenen Lidern schimmerten eigentümlich fremd und kalt.

»Kinder, geht schnell ins Haus«, sagte Bruno hastig und wich einen Schritt zurück. Gustav jedoch mochte weder zubeißen noch angriffslustig zischen noch einen seiner gellenden Trompetenschreie ausstoßen. Er sagte nur einmal laut »naagnaag« und schlug ein wenig mit den Schwingen. Dann zupfte er einen Grashalm aus dem Boden.

Der Tag verlief einigermaßen friedlich, wenn man davon absah, daß Nachbar Roseboom seinen kostbaren Nachmittag damit verbrachte, den Gerberschen Garten zu beobachten. Von der Wohnzimmergardine nur unzureichend verdeckt, lauerte er unbeweglich am Fenster.

»Schau dir den alten Besserwisser an«, kommentierte Bruno den Anblick ohne jeden Respekt, »analysierte man seine Körpersprache, so könnte man glatt behaupten, er hätte nicht nur die Arme, sondern auch sein Gesicht verschränkt. Dabei besteht doch gar kein Grund zur Klage. Macht die Gans vielleicht Krach?«

Nein, Gustav war wie ausgewechselt. Hatte er am gestrigen Tag noch höchst lautstark gegen jedes Geräusch, jedes Auftauchen einer menschlichen oder vierbeinigen Gestalt protestiert, so rührte er sich heute kaum vom Fleck. Und er schwieg. Sogar die vielen gepflegten Grashalme um ihn herum verweigerte er.

»Ich dachte ja immer, der Satz ›Er läßt die Flügel hängen‹ sei nur so eine Redensart«, meinte Juliane, die in regelmäßigen Abständen ans Fenster eilte, »aber allmählich verstehe ich, was damit gemeint ist. Bruno, hast du eine Ahnung, was mit ihm los sein könnte?«

Nach einem flüchtigen Blick auf den Gänserich zuckte er mit den Achseln. »Ach, was weiß ich. Er wird sich wohl akklimatisieren müssen.«

In diesem Moment zwängte sich Tim zwischen seine Eltern. »Es ist doch total klar, was er hat! Erinnerst du dich denn nicht mehr daran, wie Bukowski dauernd seine Geschwister gesucht hat, als er gerade hier eingezogen war? Nun schaut, wie traurig Gustav aussieht. Er vermißt eine Familie. Gänse sind schließlich Herdentiere!«

Mit unterdrückter Stimme murmelte Bruno, dann sei ja alles in bester Ordnung, denn unter diesen Umständen werde morgen, wenn er Gustavs Wunsch nach gänsischer Gesellschaft erfüllte, die Wiedersehensfreude um so größer ausfallen. »Bin ja gespannt, ob er auch allen seinen Schwesterchen und Brüderchen in die Arme fallen wird«, setzte er ironisch hinzu, »wäre das nicht ein gans, gans rührendes Happy End?«

»Bruno!« sagte Juliane scharf.

»Papa!« entsetzte sich Tim.

»Wuff!« sagte Bukowski sonor, bevor er sich an der Scheibe aufrichtete und dem Glas ein paar frische Kratzer zufügte. Nebenan war Roseboom aufgetaucht. Mit mürrischem Gesichtsausdruck klaubte er eine schneeweiße Feder vom Rasen, begab sich an den Jägerzaun, der seinen Garten von dem der Gerbers trennte, und warf die Feder hinüber. Gustavs Hals versteifte sich. Auf Roseboom zuwatschelnd wirkte er, als ob sein Stimmungstief in diesem Moment sekundär wäre und es vorrangig gälte, sich zu verteidigen. Zwei Meter vom Zaun entfernt blieb er mit gesträubtem Gefieder stehen.

»Los, Gustav, gib's ihm!« rief Tim aufmunternd.

Roseboom und Gustav starrten sich an. Dann drohte Roseboom dem Gänserich sehr ausführlich mit der Faust. In diesem Moment zweifelten weder Bruno noch Juliane mehr daran, daß dieser Nachbar dazu imstande war, einer Gans offiziell den Krieg zu erklären. »Hoffentlich geht das gut«, sagte Juliane bedeutungsvoll, doch Bruno winkte ab. Morgen sei doch alles vorbei, sagte er. Nur noch vierundzwanzig Stunden!

3.

Als Bruno am Montagnachmittag aus dem Büro zurückkehrte, fand er seine Familie vollständig auf der überdachten Terrasse versammelt vor. Eingepackt in Jacken und Mützen fütterten sie Gustav mit eingeweichten Brotbröckchen. Im Schein der Außenlampe wirkte der aufgeplusterte Gänserich wie eine mit menschlichen Zügen ausgestattete Gestalt aus einem Disney-Zeichentrickfilm. Belustigt fragte sich Bruno, warum ihm als Ferienkind auf dem Bauernhof nie aufgefallen war, daß Gänse tatsächlich so etwas wie ein beifälliges »lecker!« auszudrücken vermochten.

»Sieht er nicht süß aus, wenn er den Hals lang macht und dann schluckt?« sagte Gina andächtig, woraufhin ihr Bruder dem Gänserich strahlend einen weiteren Brocken zuwarf. »Es geht ihm gut, Papa. Seit einer Stunde frißt er wieder!«

»Sicher. Eine feine Abschiedsmahlzeit habt ihr ihm da bereitet.« Schmunzelnd strich Bruno seiner Tochter über die Haare. »So, nun bringe ich Gustav zum Bauern zurück, anschließend bitte ich freundlichst um Hilfe bei der Reinigung der Terrasse. Durch Abspritzen allein wird sie wohl kaum wieder sauber.«

»Kannst dir ja von Roseboom den Hochdruckreiniger leihen«, bemerkte Tim und versuchte angestrengt, die Gans zu sich zu locken. »Komm, Gustav, laß dich noch ein bißchen mästen. Du hast doch drei Tage lang nichts gefressen!«

»Hat Roseboom sich heute wieder beschwert, Juliane?« Bruno bekam keine Antwort. Ein Seitenblick verriet ihm, daß seine Frau auf ihrer Unterlippe herumkaute. Doch er war lange genug mit ihr verheiratet, um dieses Signal korrekt zu deuten und zu wissen, daß sie im Geist gerade Anlauf zu einem höchstwahrscheinlich sehr komplizierten Satz nahm. Also schenkte Bruno ihr lediglich ein Lächeln und wandte sich dann seiner Tochter zu, die an seinem Jackenärmel zupfte.

»Du, Papa?«

»Ja, Liebes?«

Gina stand direkt vor ihm. Um ihm in die Augen sehen zu können, mußte sie den Kopf in einem steilen Winkel nach hinten in den Nacken legen. Die Dezemberkälte hatte ihr einen rosigen Schimmer auf die Wangen gezaubert. »Papa, können wir nicht –?«

»Was denn, Gina?«

Nun legte sie ihre kleinen Hände feierlich um seine Daumen. »Bitte, Papa.«

Der Gänserich schüttelte seine Flügel, sagte beiläufig »naagnaag« und verdrehte den Hals zu einem fragezeichenähnlichen Gebilde, bevor er mit dem Schnabel seine Rückenfedern zu putzen begann. Bruno sah ihm zu, ohne das Bild bewußt wahrzunehmen, denn ihm war unvermittelt klargeworden, warum Juliane so sehr auf ihrer Unterlippe nagte. Ungläubig betrachtete er erst seine

Frau, dann Gina, die noch immer an seinen Händen zog, und schließlich Tim, der unruhig mit den Brötchenresten in den Händen spielte.

»O nein«, sagte Bruno mit einem langsamen Kopfschütteln, »nein, das kommt nicht in Frage. Ihr glaubt doch nicht im Ernst ...«

»Aber Gustav ist doch so lieb und hübsch!« Gina hatte unverfälschte Kindersüße in der Stimme.

»Nein, meine Kleine, es ist völlig ausgeschlossen.«

Nun endlich meldete sich Tim zu Wort. »Papa, wir versprechen auch hoch und heilig, daß wir jeden Tag die Terrasse saubermachen! Du wirst überhaupt nicht merken, daß Gustav bei uns wohnt. Ach bitte, nur noch ein paar Tage!«

Das ist nicht fair, dachte Bruno, da war man den ganzen Tag abwesend, kommt abends in der Hoffnung auf einen gemütlichen Feierabend aus dem Büro zurück, und prompt muß man als erstes eine Entscheidung fällen, die den Haussegen für Stunden schief hängen lassen wird. Hilfesuchend drehte er seiner Frau den Kopf zu. »Juliane, sag du doch auch etwas!«

Dieser Satz war ein Fehler, wie Bruno schnell bemerkte. Juliane zog die Schultern hoch und meinte, es seien doch nur noch drei Wochen bis Heiligabend.

»Und was genau willst du damit sagen?«

Plötzlich begann sie zu lachen. »Wäre es denn wirklich so schlimm, Gustav hierzubehalten? Andere Leute halten sich chinesische Nackthunde oder exotische Schlangen oder gar kleine Krokodile, dagegen ist doch der vorübergehende Aufenthalt einer Hausgans geradezu eine Lappalie. Tante Mimi zwei Wochen lang hier logieren zu lassen wäre viel anstrengender.«

Abrupt ließ Bruno die Hände seiner Tochter los. »Ihr

habt die Sache längst beschlossen, und zwar ganz ohne mich, nicht wahr?«

Nicht direkt, Liebster, sagten Julianes Augen, wichtige Entscheidungen haben wir noch immer demokratisch getroffen.

»Papa, es kostet doch nichts! Und was meinst du, was für ein tolles Referat ich dann für Bio schreiben könnte«, fügte sein Sohn eifrig hinzu. »Eine Gans live im eigenen Garten hat sonst keiner in meiner Klasse!«

Bruno zögerte einen kurzen Moment, was Gina sofort spürte. Der Moment war gekommen, um sich einer ganz bestimmten und echten Notfällen vorbehaltenen Stimmlage zu bedienen. Zu allem Überfluß hakte auch noch Juliane nach und meinte, er möge doch wegen einer harmlosen Gans bitte nicht so fad reagieren. Mit schmalen Augen betrachtete Bruno den Gänserich, der noch immer sorgfältig sein Gefieder ordnete. »Gebissen hat das Mistvieh mich«, murmelte er, »meinen Rasen hat es verschandelt, und von der schönen Terrasse will ich jetzt gar nicht erst anfangen. Also wirklich –«

»Ich mache alles wieder weg, großes Ehrenwort!« unterbrach ihn Tim und hob die Hand zum Schwur, »außerdem hatten früher *alle* Leute Gänse!«

Sei kein Spielverderber, sagten Julianes Augen. Bruno seufzte abgrundtief. »Nun gut, offenbar bin ich überstimmt. Aber ich will mit der Sache nichts zu tun haben. Und in zwei Wochen drehe ich eurer Gans den Hals um ...«

Der letzte Halbsatz ging völlig unter, denn schon bei dem Wort »überstimmt« war auf der Terrasse ein mittlerer Tumult ausgebrochen. Tim warf jubelnd die Arme in die Luft, seine Schwester hüpfte auf der Stelle und rief fortwährend »Danke, Papa, danke!« Nur Juliane schwieg, aber sie lächelte dabei. Es war ihr berühmtes »Ich-habe-es-euch-doch-gleich-gesagt«-Lächeln, und Bruno fand es an der Zeit, sich einmal kurz und kräftig zu ärgern.

»Verflixte Demokratie«, sagte er, »und Roseboom wird uns steinigen.« Dann ging er ins Haus, ohne Gustav noch eines Blickes zu würdigen.

Seine Vermutung, was ihre Nachbarn betraf, erwies sich als richtig. Noch am selben Abend warf Franz Roseboom den Fehdehandschuh über den Gartenzaun. Der pedantische Endvierziger aus dem Eckhaus gehörte zur Spezies der nörgelnden Belehrer; eine Gattung so anstrengend und ermüdend wie ein Marathonlauf, wobei Marathonläufe im Gegensatz zu Nachbarschaftsverhältnissen den Vorteil eines absehbaren Endes haben.

Zu Rosebooms Lieblingsbeschäftigungen zählte es, ungefragt zu erklären, was man gar nicht wissen wollte. Parkte beispielsweise jemand im Halteverbot, so wies er den Fahrer explizit auf diesen Sachverhalt hin. Und er liebte es, das letzte Wort zu haben. Die Mehrheit der Nachbarschaft ging ihm aus dem Weg, das sparte Zeit und Nerven. Was seine Frau Elisabeth anbelangte, so trat sie so gut wie nie in Erscheinung. Ob diese unauffällige, schweigsame Frau darunter litt, daß man sie unbewußt für die unangenehme Art ihres Mannes mitbestrafte, war ihr nicht anzusehen.

An diesem Abend ging Roseboom die Sache so an, wie man es von ihm erwarten konnte. Kaum daß die Gerbers sich zum Abendbrot hingesetzt hatten, klingelte das Telefon. Bruno verzog das Gesicht, ließ seine Familie gestenreich wissen, wie typisch er es fände, wieder einmal als Märtyrer herhalten zu müssen, und hob ab.

»Guten Abend, Herr Roseboom ... Nein, leider nicht ... Nur bis Weihnachten, Herr Roseboom ... Glauben Sie vielleicht, der Krach Ihres Laubsaugers geht mir nicht auf die Nerven? Also, ich verbitte mir ...!« Dann war das Gespräch auch schon beendet. Gequält ließ Bruno seinen Blick über den Tisch wandern. »Wie erwartet hat er sich furchtbar aufgeregt. Kinder, nun seid doch vernünftig, die Gans gehört auf den Bauernhof! Dort kann sie schnattern und kreischen, so laut sie will.«

»Versprochen ist versprochen.« Tim protestierte mit vollem Mund, und obwohl Bruno sich ganz deutlich entsann, hinsichtlich der Gans kein offizielles Versprechen formuliert zu haben, war gegen dieses Argument nicht mehr anzukommen.

»Nun gut«, sagte er und wurde für ein Weilchen sehr nachdenklich. »Ich schlage vor, ihr beiden geht morgen los und informiert die Nachbarschaft, daß wir für zwei Wochen eine Gans beherbergen. Ist die Ausnahmesituation nämlich allgemein bekannt, wird das die Angelegenheit möglicherweise vereinfachen. Einverstanden?«

Die Kinder versprachen alles, was der Vater ihnen abverlangte. Und so bezog Gustav für drei Wochen Bukowskis Hundehütte als Ferienquartier, Kost und Logis inklusive. Es gab ordentliches, nahrhaftes Gras, dazu frisches Wasser und täglich ein paar Extrahappen in Form aufgeweichter Brötchen und gekochter Kartoffeln, was seine anfängliche Feindseligkeit abzubauen half. Bei seinen endlosen Watschelgängen durch den Garten kam er nun gelegentlich an der Terrassentür vorbei, warf einen neugierigen Blick ins Wohnzimmer und zog dann weiter Richtung Zaun.

»Schau doch, wie klug Gustav ist!« informierte Tim

seinen Vater, »er frißt alles, was grün ist, nur den Efeu nicht. Efeu ist nämlich giftig!«

Angesichts des zerrupften Bildes, den sein Garten bereits bot, wäre es Bruno andersherum bedeutend lieber gewesen. Doch statt sich mit einem sarkastischen Kommentar Luft zu machen, der ihm doch nur wieder vorwurfsvolle Blicke eingebracht hätte, drückte er seinem Sohn einen Geldschein in die Hand. Tim solle im Zoogeschäft ein Säckchen Getreide beschaffen. Möglicherweise konnte man den Gänserich mittels Erweiterung des Nahrungsangebotes dazu bringen, die Pflanzen zu verschonen.

Gustav jedoch liebte die Vielfalt. Nun fraß er beides, Getreide *und* Pflanzen.

Übrigens schlief er im Stehen und auf einem Bein; Kopf und Hals bog er dabei nach hinten, der Schnabel wurde unter einen Flügel gesteckt. Eine merkwürdige Stellung, fanden die Gerbers, und so instabil! Doch Ginas Befürchtung, ihn eines Morgens umgefallen und mit einem gebrochenen Flügel vorzufinden, erwies sich als überflüssig.

Anfassen ließ Gustav sich nicht; stets hielt er eine Distanz von ein bis zwei Metern zu den Menschen ein. Doch was seine durchdringenden Signale der Abwehr anbelangte, so sparte er sich diese nunmehr für Gelegenheiten auf, bei denen aus Gänsesicht keine andere Reaktion möglich war. Jedwedes Klingeln an der Gerberschen Haustür beispielsweise stieß auf Abneigung. Auch der Anblick von Nachbar Roseboom löste eine augenblickliche Alarmmeldung aus. Und ging die Nachbarskatze, die gleichfalls Roseboom hieß, auf Streifzug, was sie häufig und leider auch nachts tat, dann mußte Gustav erst recht zischen und trompeten; als anständiger Gänserich konnte er nicht anders. Nachdem Juliane und Bruno drei Nächte hintereinander mehrmals hochgeschreckt waren, fanden sich beide an die Zeit erinnert, als die Kinder noch ganz klein gewesen waren. So ging es noch zwei weitere Nächte, dann hatten sie sich an die Geräusche gewöhnt und registrierten es allenfalls im Halbschlaf, wenn Gustav wieder einmal die Katze lautstark aufforderte, seinen Garten zu verlassen.

Wer sich allerdings nicht an die Geräusche gewöhnte, war Nachbar Roseboom.

Mit Juliane als Gesprächspartnerin gab er sich nicht ab, nein, Bruno mußte für seine Tiraden herhalten. Da es sich um tägliche Tiraden handelte, so pünktlich zur Abendbrotzeit losgelassen, daß man die Uhr danach hätte stellen können, ging Bruno dazu über, sich nicht eher ein Brot zu schmieren, bis daß er den leidigen Anruf hinter sich gebracht hatte.

So eine unglaubliche Unverschämtheit, grollte Roseboom.

Das sei dieser Telefonterror auch, konterte Bruno.

Notwehr sei das, erregte sich Roseboom im Gegenzug, nichts als Notwehr! Er gebe dem verehrten Herrn Nachbar nochmals die Chance, diese Kampfgans abzuschaffen. Sei das Vieh morgen früh noch da, werde er sich offiziell beschweren.

Bei wem denn, bitte schön, fragte Bruno grantig nach. Seines Wissens seien diese Reihenhäuser zum größten Teil Eigenheime, da gebe es keinen Hausverwalter, der seine Zeit mit den Nörgeleien eines chronisch unzufriedenen Mieters vertun müßte.

Gut, dann werde er ja sehen, was er von dieser Sturheit hätte, rief Roseboom und legte auf.

Am nächsten Tag unterlief Roseboom ein gravierender Fehler.

Gustav vertrat sich wieder einmal die Watschelbeine, als ihn auf der anderen, der feindlichen Seite des Gartenzauns etwas zu interessieren begann. Er steckte den Kopf durch den Jägerzaun, um eine offensichtlich sehr schmackhafte Pflanze zu erreichen. Doch plötzlich tauchte wie ein Blitz aus heiterem Himmel Nachbar Roseboom auf. »Verschwinde, du Mistvieh!« rief er voller Zorn, dann holte er aus und warf einen Stein nach dem Gänserich.

Glücklicherweise verfehlte er Gustav. Und glücklicherweise wollte es der Zufall, daß Juliane genau im Moment der Eskalation den Wohnzimmervorhang zur Seite schob, um mehr Licht für den Adventsschmuck zu bekommen, den sie mit Gina bastelte. Den fliegenden Stein sehen und aufspringen war eins. Nachdem sie tief Luft geholt hatte, teilte sie dem Nachbarn folgendes mit: Zum einen sei es unsäglich charakterlos, ein Tier mit Steinen zu bewerfen, zum anderen würde sie ihm den Tierschutzverein auf den Hals hetzen, falls er sich jemals wieder an der Gans vergriffe.

»Das war ein klarer Fall von Hausfriedensbruch!« brüllte Roseboom.

In Julianes Augen war das Bedürfnis, stets das letzte Wort haben zu müssen, durch und durch lächerlich. Nein, Siege errang man auf andere Weise und auf einem anderen Niveau. Sie betrachtete Gustav, der völlig unversehrt schien, sich aber nur langsam beruhigen wollte. Es bestand nun nicht mehr der geringste Zweifel, daß Roseboom mit harten Bandagen zu kämpfen bereit war und auch vor der Anwendung unlauterer Mittel nicht zurückschreckte, wenn es um die Durchsetzung eigener Interessen ging.

Gegen den Nachbarn von rechts hatte Gustav übrigens nichts einzuwenden. Oscar Niemeyer war ein ruhiger, freundlicher Rentner, der in seinem ganzen Leben noch niemals mit der Faust gedroht hatte, und als Bruno ihn kurz nach Gustavs Einzug vorsichtig fragte, ob ihn die Gans eigentlich störe, wehrte Niemeyer nur schmunzelnd ab. »Ach, das bißchen Geschnatter macht mir nichts aus«, sagte er gemütlich. »Ein prachtvolles Tier, Herr Nachbar, dieser Braten wird vorzüglich schmekken!«

Was Gustav und Bukowski betraf, so gingen sie sich aus dem Weg. Sie ignorierten sich, waren weniger als Luft füreinander – um so handfester mußten also die indirekten Reaktionen ausfallen. Bis zum vierten Dezember hatte man, klingelte man bei Gerbers an der Haustür, mit nicht mehr zu rechnen gehabt, als daß die kleine Gina freudig öffnete und Bukowski sich Minuten später müde heranschleppte. Nach diesem vierten Dezember jedoch änderte sich das. Betätigte man den Klingelknopf – nein, so weit kam man gar nicht, denn noch vor dem Klingeln meldete sich Gustav aus dem Hintergarten und trompetete Alarm, ein Geräusch, das jeden Besucher vorsichtig werden ließ und Bukowski aufweckte. Dann fegte ein völlig entfesselter Hund um die Ecke und richtete sich unter ohrenbetäubendem Bellen an der Haustür auf, was in jedem Besucher erste Gedanken an einen formlosen Rückzug auslöste. Etwa zu dem Zeitpunkt, an dem die wenigsten sich noch daran erinnern konnten, weswegen sie ursprünglich diesen Klingelknopf hatten betätigen wollen, tauchte dann Gina auf. Sie schob den tobenden Bukowski zur Seite, öffnete die Tür und schenkte dem Besucher – falls er überhaupt noch vor dem Haus stand – ein Lächeln, das wegen einiger fehlender Milchzähne einen besonderen Liebreiz hatte. Und dann sagte sie gerne etwas wie: »Du brauchst wirklich nicht mehr zu klingeln!«

Vormittags funktionierte das Ganze ein wenig anders, denn dann war Gina in der Schule und lernte Wörter wie »Mama«, »Papa« und »Gustav« zu schreiben. Dann blieb es Gustav und Bukowski überlassen, bis zu welchem Grad sie den Paketboten oder den Mann von der Weihnachtssammlung des Müttergenesungswerks in Angst und Schrecken versetzten.

»Den Klingelknopf könnten wir eigentlich abschaffen«, stellte Bruno abends tiefsinnig fest, »mittlerweile frage ich mich sowieso, warum manche Leute zehntausend Mark für eine Alarmanlage ausgeben. Mehr als eine Gans und einen Hund braucht man doch nicht, um ein Reihenhaus in einen Hochsicherheitstrakt zu verwandeln!«

Juliane zog ihn zärtlich zu sich herunter und küßte ihn. Tim rannte nach oben in sein Zimmer, kurz darauf kehrte er mit einem Buch zurück. »Heute habe ich etwas ganz Tolles in meinem Lateinbuch gefunden!«

»Also, ich habe zwar neun Jahre lang Latein gehabt, aber in der ganzen Zeit niemals etwas ganz Tolles in meinem Lateinbuch gefunden«, murmelte Bruno, woraufhin Juliane ihn mahnend mit dem Ellenbogen anstieß.

»Hört zu«, sagte Tim unter eifrigem Blättern, »es geht um die heiligen Gänse der Juno. Im Jahre 387 stießen die Kelten unter Brennus von Norden auf Rom zu und vernichteten das römische Heer an der Allia. Das war der dies ... der dies ...«

»Du meinst den ›dies ater‹, den schwarzen Tag.«

»Genau. Die Kelten – es waren Gallier – nahmen Rom ein bis auf das Kapitol. Und jetzt kommt's: Bei einem nächtlichen Angriff warnten die auf Staatskosten gefütterten Gänse durch großes Geschrei und Flügelschlagen die Wachen, so daß der Vorstoß erfolgreich zurückgeschlagen werden konnte. Ein Waffenstillstand wurde durch Goldzahlung erreicht: Brennus warf noch sein Schwert auf die Waage, als die Römer gegen die Menge zu protestieren versuchten. Das war die Sache mit ›Wehe den Besiegten‹«, Tim klappte sein Lateinbuch zu, »aber die ist unwichtig. Papa, hast du gewußt, daß Rom von Gänsen gerettet wurde?«

»Neun Jahre Latein, mein Sohn«, sagte Bruno nur, »neun grausame Jahre!«

Tim freute sich noch immer. »Ganz normale Gänse, so wie unser Gustav! Das hätte ich wirklich nicht gedacht.«

Er war rundherum stolz und glücklich. Und Bruno mochte ihn nicht mehr darauf hinweisen, daß Gänse – von denjenigen, die sich an der segensreichen Rettung Roms beteiligt hatten, einmal abgesehen – ansonsten keine heiligen Tiere, sondern Opfertiere waren, die gern verzehrt und in der Medizin verwendet wurden.

Die Familie setzte sich zum Essen hin. An den Fenstern glitzerten aus Goldfolie ausgeschnittene Sterne, es duftete nach frischem Tannengrün, und wie jeden Abend zählte Gina ihre sämtlichen Weihnachtswünsche auf. Am dringlichsten schien der Bademantel für ihre Puppe Carolin zu sein – oder vielleicht doch eher ein neues Fahrrad?

Doch wieder mischte sich Roseboom telefonisch in die Mahlzeit ein. »Herr Gerber, seit einer Woche raubt mir Ihre Gans nun die Nachtruhe. In Anbetracht Ihrer Verbohrtheit bleibt mir nur noch ein Ultimatum. Entweder das Vieh verschwindet noch am heutigen Abend, oder ich werde mich zu wehren wissen.«

»Äußerst interessant. Darf ich um Erläuterung bitten?« sagte Bruno mit vollem Mund. Angesichts der tagtäglichen Belästigung hielt er es mittlerweile nicht mehr für ein Gebot der Höflichkeit, mit dem Essen zu warten.

»Warten Sie's einfach ab!« In Roseboom Stimme schwang rätselhafte Vorfreude mit.

Nach dieser Mahlzeit entwischten beide Kinder im Schutz der Dunkelheit auf die Terrasse und beschworen den Gänserich, nachts unter allen Umständen den Schnabel zu halten. »Mach meinem Papa nicht soviel Streß, hörst du?« vernahm man Tims Flüsterstimme. »Ich weiß jetzt, daß dein Ur-Ur-Ur-Urgroßvater Rom gerettet hat, aber da war auch eine ganze Armee im Anmarsch. Du mußt ganz brav und leise sein, Gustav. Versprochen?«

Gustav schnatterte zwar etwas, was unter Umständen als Zustimmung hätte gedeutet werden können, hielt sich jedoch nicht an die Bitte der Kinder. Zweimal spazierte die verhaßte Katze im Verlauf der Nacht mitten durch sein Revier, zweimal meldete er notgedrungen die Provokation des Feindes – und beide Male weckte er damit Roseboom aus dem Tiefschlaf.

Morgens um vier rückte ein Streifenwagen an. Als die beiden Beamten aus dem Wagen stiegen, lag tiefster Nachtfrieden in der Straße. Nirgendwo brannte Licht, von dem hellerleuchteten Küchenfenster des Eckhauses einmal abgesehen. Im Bademantel stürzte Roseboom auf die Obrigkeit zu und verkündete, das habe ja reichlich lange gedauert, bevor er mit einer weitreichenden Handbewegung in Richtung des vermeintlichen Lärms deutete, der so grausam seine Nachtruhe gestört hatte. Man lauschte. Sah ihn verwundert an und lauschte weiter. Doch nein, man hörte nichts. Insofern verständlich, als es nichts zu hören gab, die Katze hatte den Gerberschen Garten ja längst verlassen.

Aber dieses Geschnattere und Gekreische im Hintergarten des Nachbarhauses, das mußten die Herren doch vernehmen!

Zum zweitenmal lauschte man – und hörte noch immer nichts. Der Einladung des erregten Herrn Roseboom, ihm in seinen Garten zu folgen und sich über den Jägerzaun hinweg den Verursacher des Lärms anzuschauen, mochten die beiden Wachtmeister nicht folgen. Nach einer sachlichen Ermahnung, die Dienste der Polizei in Zukunft nur aus triftigem Grund zu beanspruchen, stiegen sie wieder in ihr Auto und fuhren zurück zur Wache.

4.

Einen Tag später begann es zu regnen. Was Gustavs orangefarbene Watschelfüße im Alleingang nicht geschafft hatten, gelang ihnen im Regen geradezu spielend. Fast über Nacht verwandelte sich der vormals tiefgrüne Rasen in einen rutschigen Morast, aus dem nur noch vereinzelt ein paar Grasbüschel hervorlugten. Und diese Büschel fraß Gustav auch noch ab. Die Tatsache, daß Bruno in der warmen Jahreszeit so liebevoll wie regelmäßig Stickstoffdünger ausstreute, um barfuß auf watteweichem Rasen Federball spielen zu können, hatte in Gustavs begrenzter Gedankenwelt keinen Platz. Gras war eben Futter, Punkt.

»Meine Güte«, sagte Bruno voller Abscheu, als er durch das Wohnzimmerfenster den zunehmenden Verfall seines Gartens betrachtete, »hier sieht es ja aus wie nach einem Schweinerennen im Regen.«

»Liebling, nun sei doch einfach froh, daß jetzt nicht Sommer ist und niemand barfuß herumlaufen will.« Begütigend legte Juliane ihre Arme um seinen Hals. »Bis wir den Garten wieder nutzen, haben Zeit und Frühlingssonne längst alles wieder gerichtet. Zudem sind Gustavs Hinterlassenschaften wahrscheinlich ein ausgezeichneter Naturdünger.«

Bruno enthielt sich jeden Kommentars. Außerordentlich kritisch starrte er auf den herumwatschelnden Gänserich. Jeder Schritt seiner breiten Schwimmfüße auf dem Morast erzeugte ein schmatzendes Geräusch. »Naagnaagnaag«, sagte er und wackelte auf die Terrasse zu, wo er sich nach Gänseart vor Juliane und Bruno verneigte. Daß Juliane die Bewegung sofort nachahmte, nahm Bruno noch kopfschüttelnd zur Kenntnis, als sie dann gleichfalls zu schnattern begann, geriet er ein wenig aus der Fassung. Welchen Sinn es ihrer Meinung nach habe, mit seinem Weihnachtsbraten Konversation zu betreiben?

Einen Sinn habe es nicht, antwortete Juliane sehr fröhlich, aber es mache Spaß. Mit einem eigentümlichen Blick richtete sie sich wieder auf. »Sag mal, Bruno, wer soll Gustav eigentlich schlachten?«

»Ich natürlich«, sagte Bruno, »wer denn sonst?«

Daraufhin sagte Juliane nichts mehr.

Roseboom war nach der Pleite mit der örtlichen Polizei noch nicht bereit, die Waffen zu strecken. Ganz im Gegenteil. Als die Gerbers den Gänserich mit Futter und frischem Wasser versorgten, wurde Bruno wieder einmal der Gestalt des Nachbarn am Fenster gewahr. »Roseboom steht auf seinem Posten wie eine von den drei Erinnyen höchstpersönlich«, stellte Bruno kopfschüttelnd fest, »gleich entsteigt er dem Tartarus und rächt sich gar fürchterlich! Meine Güte, ob wir jemals Ruhe vor diesem pedantischen Kleingeist haben werden?« Ohne nachzudenken, hob er die rechte Hand und tippte sich an die Stirn. Die Folgen dieser unbedachten Geste ließen nicht lange auf sich warten.

»Sie haben mir vorhin einen Vogel gezeigt. Wollen Sie auch noch eine Anzeige wegen Beleidigung?« schnaubte Roseboom voller Genugtuung am Telefon. Rein rechtlich sei der Tatbestand der Körperverletzung nun erfüllt, denn wieder habe die Gans ihn in der vergangenen Nacht dauernd aus dem Schlaf gerissen. Mittlerweile sei er vor Müdigkeit kaum noch in der Lage, seinem Broterwerb nachzugehen. »Ich habe mich anwaltlich beraten lassen. Jeder Mensch hat ein Anrecht auf ungestörte Nachtruhe, Herr Gerber, und ich versichere Ihnen, daß die Angelegenheit juristische Folgen haben wird, wenn Sie das Vieh nicht endlich abschaffen!«

»Ach, nun lassen Sie mich doch einfach in Ruhe«, sagte Bruno schlicht.

Nach dem Essen fiel Juliane ein, daß der Briefträger sich morgens wieder einmal nicht getraut hatte, die Post durch den Briefschlitz zu schieben. Ob Bruno freundlicherweise zu Niemeyers hinübergehen und ihre Post holen könne?

Bruno ging. Nach zehn Minuten stand er wieder im Wohnzimmer, allerdings rot vor Zorn. »Juliane, die Sache wird ernst. Niemeyer sagte, der Postbote habe Bukowki heute eine Bestie genannt. Und Roseboom ist vorhin von Tür zu Tür gegangen!«

»Ja und?« sagte sie verwundert.

»Er hat zur Attacke geblasen. Eine allgemeine Mobilmachung gegen die Gans! Ob du es glaubst oder nicht – er wagt es tatsächlich, Unterschriften zu sammeln.

Niemeyers berichteten, auf der Liste stünde schon ein halbes Dutzend Namen. Manzkes, Schulzes, alle wollen, daß die Gans verschwindet, und zwar sofort. Sag mal, haben *wir* uns jemals darüber beschwert, daß die Fischers im Sommer jeden Samstag bis zum Morgengrauen draußen feiern und singen? Haben wir jemals per Unterschriftensammlung abzustellen versucht, daß Herr Moll am Wochenende genau dann seinen Rasenmäher anwirft, wenn normale Leute in Ruhe frühstücken wollen? Haben wir das?«

»Nein«, erwiderte Juliane wahrheitsgemäß. Wie so oft blieb sie erstaunlich ruhig. »Soll Roseboom doch Unterschriften sammeln, so viel er will. Ausrichten kann er damit nichts.«

Genau daran zweifle er, sagte Bruno und rieb sich nachdenklich das Kinn. Vor ein paar Jahren habe es doch ein Gerichtsurteil zu einem ähnlichen Fall gegeben. »Damals war es ein Hahn, dessen Krähen die Nachbarschaft störte. Nach einem längeren Rechtsstreit wurde der Besitzer schließlich dazu verdonnert, dafür zu sorgen, daß der Hahn die gesetzlichen Ruhezeiten einhält. Und im Falle der Zuwiderhandlung –« Mit der flachen Hand machte Bruno eine eindeutige Geste in Halshöhe.

Trotz der brenzligen Lage brach Juliane in Gelächter aus. Krähen könne Gustav nun wirklich nicht, überhaupt sei das Tier nachts ausgesprochen schweigsam. Nur aufschrecken und stören dürfe man es halt nicht.

»Dann erkläre das bitte Roseboom und seiner Katze«, sagte Bruno düster, »das Luder legt es doch regelrecht darauf an, unsere Gans aufzuschrecken! Und ich versichere dir, daß Roseboom keine Ruhe geben wird, bis er die ganze Stadt gegen uns aufgehetzt hat.«

»Laß ihn nur zetern«, entgegnete Juliane mit einem

feinen Lächeln, »wir haben nämlich etwas auf unserer Seite, was der alte Querulant nicht hat: die Zeit.«

Endlich begriff Bruno, worauf sie hinauswollte. Verblüfft betrachtete er seine Frau. »Aber natürlich! Falls Roseboom tatsächlich Ernst machen und ein Verfahren anstrengen sollte, wäre Gustav ja längst weg, bis die Sache in Gang käme! Wie gut, daß die Mühlen der Justiz so langsam mahlen.« Lächelnd setzte er hinzu: »Ich hätte nie gedacht, daß ich mich jemals darüber freuen würde.«

Juliane lehnte mit verschränkten Armen an der Wand. Wieder begann sie nachdenklich auf ihrer Unterlippe zu kauen. Plötzlich ging ein Ruck durch ihren Körper. »Und noch etwas: Gustav wird ab jetzt in der Garage schlafen.«

»Wird er nicht.«

»Bruno, willst du dir und uns allen die Vorweihnachtszeit durch einen Krieg mit der Nachbarschaft vergällen? Nächtliche Ruhestörung ist ein ernst zu nehmender Vorwurf, also sollten wir dafür sorgen, daß Gustav nachts keine Katzen mehr zu sehen kriegt. Laß uns in der Garage eine Plane auf dem Boden auslegen und ein bißchen Stroh darauf schütten.« Sie warf ihm einen langen Blick zu. »Wenn du mir nicht hilfst, mache ich es eben alleine. Oder ist es dir vielleicht lieber, er schliefe nachts im Keller?«

Auch diese neuen Zusammenhänge mußte Bruno erst mühsam begreifen. Doch dann verstand er, daß seine sanftmütige Frau sich nicht daran hindern lassen würde, das Auto aus der Garage zu fahren und dieselbe in ein Gänsehotel umzuwandeln. Auf ihren unerklärlichen weiblichen Instinkt war leider Verlaß, und um nichts in der Welt wollte er sich eines nahen Tages dem Vorwurf ausgesetzt sehen, er hätte doch nur auf seine Frau zu hören brauchen.

Erstmals in seinem Gänseleben betrat Gustav also eine Garage. Er reagierte leise gekränkt. Schnatterte minutenlang seinen Unwillen gegen die nackten Betonwände mit den aufgehängten Sommerreifen – welch unwürdige Herberge! –, bevor er sich durch ein paar hingeworfene Brotstückchen ablenken ließ. Und dann verstummte er tatsächlich.

Julianes Plan funktionierte. Mehrfach wandelte die Katze in dieser Nacht durch den Garten der Gerbers, ohne daß jemand zischte, mit den Flügeln schlug oder ihre Ohren mit gellenden Trompetentönen beleidigte. Mutiger geworden, wagte sie sich sogar bis zur Terrasse vor, doch noch immer gab es keinen Gänsealarm. Nach dem dritten Kontrollgang fand die Katze das Spiel so langweilig, daß sie zurück in ihr Haus schlüpfte. Die ganze Nacht hindurch lag also paradiesische Ruhe über der Straße. Bis zu dem Moment, an dem Bruno und Juliane die Garage öffneten, um die Gans wieder hinaus in den Garten zu treiben.

»Ach du liebes Bißchen«, äußerte Bruno schwach, »hier sieht's ja aus wie – wie –« Dann brach er ab, weil ihm auf die schnelle kein Vergleich einfiel, der den Zustand des Garagenbodens auch nur annähernd beschrieb.

»Wie gut, daß wir wenigstens die Plane ausgelegt haben«, entgegnete Juliane sanft. »Aber mach dir keine Sorgen, Liebster, in ein paar Tagen ist alles vorbei.«

Und Gustav sagte wieder einmal nur »naagnaag« und fächelte mit den Flügeln, bevor er sich zum Gänsemarsch in den Garten bequemte.

Daß ihre Entscheidung tatsächlich voll instinktiver Weitsicht und genau zum richtigen Zeitpunkt erfolgt war, ging Juliane erst im Laufe des Tages auf. Die Unterschriftensammlung war nur ein Teil von Roseebooms ausgeklügeltem Schlachtplan gewesen; gleichzeitig hatte er das Ordnungsamt der Stadt verständigt. Als es am Nachmittag bei Gerbers an der Haustür klingelte, sah sich die sehr erschrockene Juliane unvermittelt einem Außendienstmitarbeiter des Amtes gegenüber, der seinen Ausweis zückte und dann sachlich auf die Beschwerde des Herrn Roseboom zu sprechen kam. Viel brauchte er nicht zu erklären, ein paar Handbewegungen in Richtung Garten, wo Gustav randalierte, während Bukowski sich vor ihm die Lunge aus dem Leib bellte, reichten vollkommen aus.

»Ja«, erwiderte Juliane rasch und hielt Bukowski die Schnauze zu, »wir haben uns schon gedacht, daß es Schwierigkeiten geben würde.«

»Ungestörter Schlaf ist Menschenrecht, Frau Gerber.« Der Bedienstete des Ordnungsamtes blickte bedeutungsvoll. »Ich muß Sie dringend auffordern, den nächtlichen Lärm abzustellen. Schließlich ist das hier keine ländliche Gegend, wo Tiergeräusche gewissermaßen in Kauf genommen werden müssen, sondern ein reines Wohngebiet.«

Juliane hatte gerade ein stummes Dankgebet Richtung Himmel geschickt. Welch Glück, daß sie gestern hinsichtlich Gustav und der Garage so unbeugsam gewesen war. Erleichtert sagte sie: »Das Problem ist bereits gelöst. Die Gans lebt nur übergangsweise hier, und angesichts des kommenden Weihnachtsfestes läßt sich ihre Lebenserwartung mit noch exakt elf Tagen beziffern.«

»Das erwähnte Ihr Nachbar bereits zum Zeitpunkt der Beschwerde, dennoch muß ich –«

»Ich sagte doch, das Problem ist gelöst!« fiel sie dem

Beamten ins Wort, »die Gans verbringt die Nacht nicht mehr im Garten, sondern in der Garage, und seitdem herrscht Ruhe. Oder hat Herr Roseboom etwa Gegenteiliges behauptet?« Sie schenkte dem Mann ein Lächeln. Diese Angelegenheit erforderte diplomatisches Feingefühl, und jeder schroffe Kommentar hätte sich zu ihren Ungunsten ausgewirkt. »Sehen Sie? Wer würde es denn schon kurz vor Weihnachten auf Streit mit der Nachbarschaft anlegen?«

Oh, da könne er aber tolle Geschichten erzählen, entgegnete der Beamte; Menschen, die das Recht für sich selber gepachtet zu haben meinten, gebe es leider überall, einige ließen sich sogar nur durch Ordnungsstrafen und Bußgelder überzeugen. Es folgte wieder dieser bedeutungsvolle Blick. »Frau Gerber, darf ich Sie bitten, mir die Garage kurz zu zeigen?« Ganz offenkundig wollte er einen Beweis.

Mit einer Hand zog Juliane das metallene Tor hoch, mit der anderen hielt sie Bukowski am Halsband fest, damit er unter keinen Umständen in die Garage lief. Einem Zweibeiner wäre es möglicherweise noch gelungen, unbefleckten Fußes auf der anderen Seite anzukommen, einem Vierbeiner jedoch kaum. Gina blieb freiwillig in der Einfahrt stehen. Sie hatte gerade neue Winterschuhe bekommen, die sie zur Zeit noch wie kostbare Kleinodien hütete.

Das Tor hatte sich erst zur Hälfte geöffnet, als Julianes Besucher schon abwinkte. »Das reicht«, bemerkte der Beamte lakonisch, »schön, daß Sie eine einvernehmliche Lösung gefunden haben. Im Falle weiterer Beschwerden schlage ich vor, das Tier auch während der Mittagsruhe in die Garage zu schaffen.« Freundlich reichte er Juliane die Hand. Schon im Gehen begriffen, wandte er sich noch mal um. »Übrigens, letztes Jahr hat meine Frau die Weihnachtsgans mit Maronen und Feigen gefüllt. Ein wahrer Gaumenschmaus!«

Als Bruno spätnachmittags nach Hause kam, hörte er sich ohne erkennbare Regung an, was seine Frau zu berichten hatte. Dann, ohne auch nur ein Wort zu sagen, griff er zum Telefon.

»Herr Roseboom, Sie haben Ihren Willen also bekommen. Dürfen wir uns jetzt endlich ohne weitere Belästigung auf Weihnachten freuen, ja? ... Nein, das vergessen Sie am besten sofort. Nun hören Sie doch auf –« Plötzlich ließ er den Hörer sinken und sah fassungslos auf Juliane. »Mitten im Satz aufgelegt. Und weißt du, was er verlangt hat? Gustav soll nicht nur nachts, sondern auch tagsüber in der Garage bleiben. Die Lärmbelästigung durch die Kinder und Bukowski sei schon unerträglich genug.«

»Kommt nicht in Frage!« rief Tim erschüttert. »Das ist Tierquälerei! Gänse brauchen eine Weide und frische Luft!«

Juliane zog ihren Sohn zu sich. »Niemand denkt daran, Gustav wegzusperren. Das müssen wir übrigens auch gar nicht. Der Mann vom Ordnungsamt war absolut zufrieden mit unserer einvernehmlichen Lösung.«

»Einvernehmlich, daß ich nicht lache«, knurrte Bruno.

»Übrigens«, sagte Tim befriedigt. »In meinem Biobuch steht, daß Gänse gerne im Wasser plantschen. Könnten wir nicht für Gustav ein kleines Badebecken anlegen?«

»Nein!« sagte Bruno.

Zwei Tage lang herrschte Ruhe. Zu Julianes und Brunos Erstaunen sah Roseboom von weiteren Anrufen ab. Nachts schlief Gustav in der Garage, tagsüber tummelte er sich im Garten. Doch insgesamt war es ein bißchen viel der Ruhe, fand Juliane. Irgend etwas an dem Gänserich schien sich zu verändern; was es genau war, vermochte sie indes nicht zu sagen. Öffnete man morgens die Garage, verhielt sich Gustav wie immer, tagsüber jedoch baute er regelrecht ab. Als drei Tage später Ginas Freundin klingelte und daraufhin zum ersten Mal der gellende Trompetenschrei ausblieb, wuchs ihre Irritation. Vom Wohnzimmerfenster aus warf Juliane einen prüfenden Blick auf die Gans, die ganz und gar still auf der Terrasse saß und mit geschlossenen Augen über den Sinn des Lebens zu sinnieren schien. Besorgt trat sie hinaus ins Freie. »He, was ist los mit dir? Bist du vielleicht krank?«

Statt einer Antwort fiel Gustav um. Ohne einen Mucks von sich zu geben, kippte er zur Seite und blieb dort liegen, als fände sich kein Fünkchen Energie mehr in seinem Leib.

Wäre Gustav ein Mensch gewesen, hätte Juliane ihm nun unverzüglich die Temperatur gemessen und wahrscheinlich einen Blick in seinen Hals geworfen. In Anbetracht der biologischen Fremdheit jedoch fühlte sie sich rettungslos überfordert. Bekamen Gänse manchmal Schnupfen? Hatten sie im unteren Teil ihres endlosen Halses vielleicht gar Mandeln, die sich entzünden konnten?

Kurzerhand packte sie die Gans in die windgeschützte Hundehütte, rief ihren Sohn vom Computer weg und fuhr mit ihm in die Stadtbibliothek. Dort stöberten sie durch die Regale, bis sie ein Handbuch für Hobby-Geflügelhalter gefunden hatten. Schon auf der Rückfahrt vertiefte sich Tim so konzentriert in jenen Teil des Ratgebers, der auf Geflügelkrankheiten im allgemeinen und speziellen einging, daß Juliane förmlich zusammenzuckte, als er plötzlich »O nein! Der arme, arme Gustav!« rief.

»Was ist los? Hast du herausbekommen, woran Gustav leidet?«

Bleich geworden, begann Tim vorzulesen, welche Krankheiten seiner Meinung nach in Betracht kamen. Klassische Geflügelpest. Paratyphus. Geflügelcholera. Rachitis. Zehenverkrümmung. Vielleicht auch Pneumoaerocystitis – aber das konnte er noch nicht richtig aussprechen. Jedenfalls gingen die meisten jener Krankheiten mit einer hohen Sterberate einher.

»So schlimm wird's wohl nicht gleich sein«, meinte Juliane, »schau lieber mal nach, ob es so etwas wie Gänseschnupfen gibt.«

Tim blätterte weiter. »Ja, Gänseschnupfen gibt es auch. Hat er schleimiges Sekret in den Nasenlöchern? Bildet sich gelb-käsiger Belag in Schnabelhöhe und im Rachen? Treten seine Augen schon beulenartig vor?« Die grausigen Einzelheiten machten ihm offenkundig zu schaffen.

Seine Mutter konnte sich eines Lächelns nicht erwehren. Nein, das passe alles nicht zu Gustavs Symptomen. Da allgemeine Mattigkeit und Störungen des zentralen Nervensystems jedoch in dem Handbuch nicht aufgeführt wurden, drängte Tim alsbald auf einen Besuch beim Tierarzt. Listig fügte er hinzu, im übrigen habe sich ja nun geklärt, daß es an Heiligabend keinen Gänsebraten geben könne. »Also, ich finde das richtig toll von Gustav, daß er jetzt krank geworden ist«, sagte er und lachte laut auf.

»Wie meinst du das?« Juliane warf ihm einen kritischen Seitenblick zu.

»Ein Tier, das krank ist, muß Medikamente einnehmen. Und bis die wieder aus dem Körper heraus sind, vergehen Tage, ach was, da vergehen Wochen! So lange wird niemand auf die Idee kommen, Gustav umzubringen.« Tim erwiderte ihren Blick. Triumph leuchtete in seinen Augen. »Oder willst du vielleicht an Weihnachten Fleisch essen, das voller Medizin ist?«

Nein, das wollte Juliane natürlich nicht. Mittlerweile wußte sie insgesamt nicht mehr so genau, wie der Heiligabend verlaufen sollte. Nur eins stand fest: Was den Speiseplan an diesem Festtag anging, hatten Tim und sein Vater gänzlich unterschiedliche Vorstellungen.

»Nun laß' uns erst einmal nach Gustav schauen«, lenkte sie ihren Sohn ab. »Vielleicht hat er nur eine schlechte Phase. Könnte es sein, daß ihm einfach zu langweilig ist?«

Tim wehrte ab. Langeweile sei zwar etwas Furchtbares, würde aber jemanden nicht binnen dreier Tage so umkrempeln und schon gar nicht in Ohnmacht fallen lassen. Und als Juliane auf die Terrasse trat, konnte auch sie nicht anders, als zuzugeben, daß der Junge recht hatte. Kein Schnattern gab es mehr, kein geschäftiges »naagnaag«. Schläfrig hockte Gustav vor Bukowskis Hundehütte, döste vor sich hin und sah in unbestimmte Fernen.

»Gustav ist ja schon fast so phlegmatisch wie Bukowski«, stellte Juliane fest. »Doch erkältet ist er anscheinend nicht. Tim, weißt du zufällig, ob Dr. Schumann auch Gänse behandelt?«

Es war allerdings gar nicht nötig, diesbezüglich genauere Nachforschungen anzustellen, denn schon am nächsten Morgen, während das allgemeine Sieben-Uhr-Durcheinander herrschte, kam Licht in das Dunkel.

Juliane belegte Butterbrote und fragte gleichzeitig unregelmäßige englische Verben ab, während Tims Aufmerksamkeit sich nicht so recht zwischen »to go – went – gone« und Gustavs morgendlichem Befinden entscheiden konnte.

Dann fehlte auch noch sein zweiter Schuh. Er lief ins Wohnzimmer, ohne das Licht einzuschalten, und angelte erfolgreich unter dem Sofa herum. Beim Aufstehen streiften seine Augen den Garten, in dem ebenso Dunkelheit herrschte wie im Wohnzimmer. Und dann erblickte er einen Schatten am Gartenzaun. Mißtrauisch näherte er sich der Fensterscheibe.

»Beeile dich, Tim, der Bus kommt gleich!«

Er starrte aus dem Fenster. Nein, es handelte sich nicht nur um einen, sondern um zwei Schatten. Der größere stand im Nachbargarten, der kleinere Schatten hingegen befand sich auf ihrer Seite des Zaunes und hatte einen ziemlich langen Hals. »Mama, komm schnell«, rief er aufgebracht. »Da draußen steht Roseboom! Er macht irgendwas mit Gustav, aber ich weiß nicht, was!«

Angestrengt versuchte er zu erkennen, was im Garten vor sich ging. Roseboom rührte sich nicht vom Fleck, bewegte aber seinen rechten Arm. Es war immer wieder die gleiche Pendelbewegung, mit wenig Schwung über den Zaun hinweg ausgeführt. Und dann endlich begriff Tim, daß der Nachbar Futter streute. In der gleichen Sekunde erschien seine Mutter neben ihm.

»Roseboom vergiftet Gustav!« tuschelte er. »Jetzt weiß ich endlich, warum er so anders geworden ist. Hoffentlich stirbt er nicht!«

Juliane, die grundsätzlich an das Gute im Menschen glaubte, wollte ihren Augen nicht trauen. Als dritter im Bunde tauchte auch noch Bukowski am Fenster auf. Unter seinem hechelnden Atem beschlug die Scheibe.

Tim ballte die Fäuste in ohnmächtiger Wut. »Mama, wir müssen etwas unternehmen!« sagte er verzweifelt. »Gustav frißt die ganze Zeit Gift!«

Mittlerweile wußte auch Juliane, daß Roseboom zu den letzten, Endgültigkeit schaffenden Waffen gegriffen hatte. »Du bleibst im Wohnzimmer, und halte mir ja den Hund fest!« befahl sie ihrem Sohn, dann riß sie die Terrassentür auf und eilte zum Zaun, so schnell, daß Roseboom zwar zwei, drei Schritte zurückweichen, nicht aber in die Sicherheit seines Wohnzimmers entwischen konnte.

»Was machen Sie da?« rief sie fuchsteufelswild. »Was geben Sie unserer Gans für Futter?«

»Ach, nur ein paar Leckerchen für das brave Gänschen«, sagte Roseboom. Trotz des Halbdunkels war zu erkennen, daß ein säuerliches, dünnes Lächeln auf seinem Gesicht lag.

»Leckerchen? Was meinen Sie damit?«

»Sie sehen doch, daß es dem Schreihals schmeckt! Und benimmt er sich neuerdings nicht wunderbar friedlich? Die Nachbarschaft ist mir jedenfalls unendlich dankbar.«

Friedlich, dachte Juliane, er hat »friedlich« gesagt, nicht »tot«. Aber im Zusammenhang mit einer Weihnachtsgans waren diese beiden Wörter leider nicht allzuweit voneinander entfernt. »Was sind Sie nur für ein Mensch!« stellte sie erbittert fest. »Wie kann man kaltlächelnd ein Tier vergiften! Sie sollten sich in Grund und Boden schämen!«

»Glauben Sie allen Ernstes, ich mache mich wegen einer Gans strafbar?« Triumphierend warf er Gustav das letzte Bröckchen vor die Füße. »Nein, das war kein Gift. Nur ein paar kleine Temperamentzügler, mehr nicht.« Dann zog er sich ohne ein weiteres Wort zurück.

Temperamentzügler? Ganz allmählich begann Juliane zu begreifen, was hier gespielt wurde. Ein Schlafmittel hatte ihr Nachbar dem Gänserich verabreicht! Sie starrte auf Gustav, der nun sichtlich von Lethargie erfaßt wurde. Unzusammenhängendes schnatternd taumelte er Richtung Hundehütte. Dort sackte er zusammen und verstummte mit einem leisen, schläfrigen Zischlaut.

Aufgebracht kehrte Juliane ins Wohnzimmer zurück. Ihrem in fiebriger Aufregung auf sie wartenden Sohn erläuterte sie rasch, was es mit Gustavs »Vergiftung« auf sich hatte, dann schickte sie beide Kinder in die Schule. Was für eine wunderbare Adventszeit!, dachte sie und setzte sich an den Küchentisch.

In Sachen Rooseboom bestand dringender Handlungsbedarf. Brunos Rückkehr abzuwarten hielt Juliane jedoch für unklug. Nein, es mußte sofort etwas geschehen. Sie zwang sich zur Ruhe, denn Wut und Empörung würden sie bei dem kommenden Wortgefecht unweigerlich den kürzeren ziehen lassen. Überdies war die Macht des letzten Wortes, die Roseboom so gerne ausübte, nicht zu unterschätzen. Gegen seine unfaire Argumentationsweise half nur ein einziges Kraut: kalte Sachlichkeit.

Bald öffnete die Buchhandlung. Juliane würde sich kurz fassen müssen.

In Mantel und Schal baute sie sich vor der Haustür ihrer Nachbarn auf und klingelte. Leider war es Frau Roseboom, die ihr die Tür öffnete, so daß sich Juliane notgedrungen ein schwaches Lächeln abrang. »Guten Tag. Ich hätte gerne Ihren Mann gesprochen.«

»Er ist vor einer Minute aus dem Haus gegangen«, sagte Frau Roseboom, »um vier kommt er wieder.«

Juliane musterte ihre Nachbarin, die trotz der frühen Tageszeit schon ihre Küchenschürze umgebunden hatte. Wortlos drehte sie sich um. Dann geschah etwas Eigenartiges. Frau Roseboom nämlich bat sie, einen Moment zu warten. Und sie benutzte tatsächlich das Wort »bitte«.

»Ja?« Juliane drehte sich verblüfft um.

»Frau Gerber, es tut mir so leid«, murmelte Frau Roseboom, unruhig an den Bändern ihrer Schürze zupfend, »ich wollte das alles nicht. Aber Sie wissen ja, wie er ist.«

Was Elisabeth Rosenboom mit dem letzten Halbsatz meinte, begriff Juliane sofort. Kopfschüttelnd trat sie einen Schritt auf die Nachbarin zu. »Meine Güte, konnten Sie ihm die Schlaftabletten denn nicht ausreden? Das ist doch Tierquälerei!«

Ja, das wisse sie, entgegnete sie, wobei sich ihre Wangen leicht röteten. Aber Franz sei nun einmal nicht zu bremsen, wenn er sich etwas in den Kopf gesetzt habe. Dann wiederholte sie stockend, wie sehr sie das alles bedauere. Die Gans sei doch so ein hübsches Tier.

Sie schämt sich, dachte Juliane entgeistert, sie schämt sich in Grund und Boden, nicht der Mann, unter dessen Knute sie steht. Verlegenheit stieg in ihr auf. Sie blickte auf die Uhr; es war höchste Zeit, zum Bus zu gehen.

»Einen Moment noch«, bat Frau Roseboom, »bitte warten Sie – ich hole Ihnen eben …« Sie hastete die schmale Treppe hinauf und kehrte gleich darauf mit einem Kunststoffdöschen in der Hand zurück. »Hier, nehmen Sie das mit. Dann richten die Pillen wenigstens keinen Schaden mehr an.«

Auf dem Döschen stand der Name eines bekannten Baldrianpräparates. Rasch steckte Juliane die Packung in ihre Manteltasche. Wie erstaunlich, daß Elisabeth Roseboom um Gustavs willen eine fürchterliche Abreibung von ihrem Ehemann in Kauf nahm.

»Ich danke Ihnen«, sagte sie mit verwunderter Herzlichkeit, »aber heute nachmittag werde ich wiederkommen. Und dann wird sich Ihr Mann einiges anhören müssen.«

Der Nachmittag kam. Kurz nach vier Uhr rumpelte Roseebooms Auto nebenan in die Garage, und obgleich Bruno längst über das frühmorgendliche Geschehen informiert war und darauf brannte, seinem Nachbarn höchstpersönlich den Kopf abzureißen, nahm Juliane die Sache ein zweites Mal selbst in Angriff.

»Ja bitte?« Sehr unfreundlich blickte Roseboom durch die halb geöffnete Haustür.

»Was ich Ihnen jetzt sagen werde, sage ich nur ein einziges Mal«, erklärte Juliane ganz ruhig. »Vorhin habe ich zwei längere Telefonate geführt, zum einen mit dem Ordnungsamt, zum anderen mit dem Tierschutzbund. In Anbetracht der Tatsache, daß es für Ihre Aktion mit den Baldrianpillen Zeugen gibt, kann ich Ihnen nur dringend davon abraten, sich unserer Gans ein weiteres Mal zu nähern. Sollten Sie diese Warnung in den Wind schlagen, werden Sie behördlichen Besuch bekommen, und zwar bald. Das Ordnungsamt schätzt keine Wildwest-Methoden. Auch sollten Sie wissen, daß der Tierschutzbund die Wegnahme Ihrer Katze durchsetzen kann. Wer einem Tier mit Tabletten bewußt Schaden zufügt, dem wird unter Umständen das Recht abgesprochen, selber ein Tier halten zu dürfen.«

Roseboom machte schmale Augen. An der Katze hing

er mit abgöttischer Liebe, wesentlich mehr als an seiner Frau, und dieses edle, sanfte Wesen einem so gewöhnlichen Tier wie einer Gans opfern zu müssen, war ein Preis, den er nicht zu zahlen gewillt war. Dennoch brauste er auf. »Das war doch nur Baldrian!«

»Ende der Durchsage«, sagte Juliane sehr akzentuiert. Dann ging sie. Und zum ersten Mal, seit sie Franz Roseboom kannte, behielt sie das letzte Wort.

5.

Wieder kehrte Ruhe ein. Ganz allmählich wich die Anspannung der Nachbarschaftsfehde und machte Platz für Adventsstimmung und weihnachtliche Vorfreude. Im ganzen Haus duftete es nach selbstgebackenen Keksen. Was Gustav betraf, so benötigte er anderthalb Tage, um seinen Baldrianrausch endgültig auszuschlafen, dann fand er zu alter Form zurück. Endlich unbehelligt von nachbarlichen Querelen watschelte er tagsüber im Matsch des Gartens herum. Nachts besudelte er die strohbedeckte Plastikplane in der Garage.

Und kein einziges Mal mehr klingelte während des Abendessens das Telefon.

Tim beschäftigte sich in diesen Tagen nur wenig mit seinem Computer. Man fand ihn häufig lesend in der Sofaecke, das Handbuch für Geflügelhalter in der Hand. Und abends liebte er es, seiner Familie kleine Quizfragen zu stellen, auf die niemand eine Antwort wußte.

»Papa, was ist der Grund für tote Küken mit schlechtem Geruch?«

»Weiß ich nicht.«

»Eine Nabelinfektion natürlich, was sonst?!«

Das fand Bruno zwar interessant, aber nicht interessant genug, um das Thema weiter zu verfolgen. Schon gar nicht beim Essen. Überdies sei das Thema Gans über kurz oder lang erledigt.

»Eigentlich könnten wir Gustav doch behalten«, bemerkte sein Sohn unschuldig, »dann werde ich Mitglied im Geflügelzuchtverein und gehe mit Gustav auf Ausstellungen! Er kriegt bestimmt die Note ›vorzüglich‹. Das bedeutet, das Tier macht einen überragenden Gesamteindruck. Und zu Weihnachten schenken wir ihm eine hübsche Gänsefrau und haben bald den Garten voller süßer kleiner Küken!«

Gina fand die Idee wundervoll. Bruno allerdings überhaupt nicht.

»Tim, mach dir bitte keine falschen Hoffnungen. Ich weiß, wie niedlich Gänseküken sind, aber in diesem Garten wird es keine geben, hörst du? Wir haben unser ganzes Leben ohne Gans gelebt, und so wird es auch ab Weihnachten wieder sein. Alles klar?«

»Alles klar.« Unbewegten Gesichtes stand Tim auf und verschwand in seinem Zimmer.

»Du bist doof, Papa«, sagte Gina und verschwand ebenfalls in ihrem Zimmer.

»Vielleicht bist du beim nächsten Mal etwas zartfühlender, ja?« sagte Juliane und verschwand – nein, nicht in ihrem Zimmer, sondern im Obergeschoß.

Eine halbe Stunde verging. Auf dem Weg nach unten nahm Juliane Tims Papierkorb mit, um ihn auszuleeren. Gedankenverloren kippte sie Schulheftseiten und fehlerhafte Computerausdrucke in die Altpapiertonne, als plötzlich ein zusammengeknülltes farbiges Blatt Papier ihre Aufmerksamkeit weckte. Sie strich es glatt und stellte fest, daß es sich um eine herausgerissene Seite aus dem Handbuch für Hobby-Geflügelhalter handelte.

Die Kapitelüberschrift lautete »Aussondern und Schlachten«.

Juliane spürte, wie ihr der Hals eng wurde. Hastig überflog sie den Text: »Mit einem kräftigen Schlag des Beils schlagen wir den Kopf ab. Sogleich nehmen wir das Tier, wobei wir es weiterhin an den Flügeln und Läufen halten, vom Hackklotz und lassen es über einem Topf ausbluten. Dabei halten wir mit der freien Hand den Hals senkrecht nach unten, damit das Blut ohne Probleme in den Topf läuft. Nachdem die Zuckungen des geschlachteten Tiers abgeklungen sind, rupfen wir es, entfernen die Läufe und nehmen die Innereien heraus.«

Sie ließ die Buchseite zurück in die Altpapiertonne fallen und warf den Deckel zu. Tim und Gina wird das Herz brechen, dachte sie. Wie sollte man unter diesen Umständen Weihnachten feiern?

Sie würde gründlich nachdenken müssen. Denn viel Zeit, um eine Lösung zu finden, blieb nicht mehr.

Am Freitagabend gönnten sich Bruno und Juliane einen Kinobesuch. Den französischen Autorenfilm, den Juliane ausgesucht hatte, goutierte Bruno zwar nicht, doch als er sich nach Ende der Vorstellung in jenem gemütlichen kleinen Lokal wiederfand, wo man die Lasagne genau nach seinem Geschmack zubereitete, ließ er sich wieder mit dem Abend versöhnen.

»Kommt mir so vor, als sei es eine Ewigkeit her, daß wir zu zweit ausgegangen wären, nur wir beide und ganz ohne Kinder«, sagte er zärtlich und ergriff Julianes Hand.

»Letztes Jahr war es genau andersherum«, lächelte sie,

»da raste die Adventszeit förmlich vorbei. Ist dir eigentlich aufgefallen, daß Roseboom neuerdings respektvollen Abstand vom Gartenzaun hält? Und als ihm gestern früh Tim über den Weg lief, hat er tatsächlich ›Guten Morgen‹ gesagt!«

»Nun«, Bruno lachte, »das verdanken wir alles dir.«

Mit leisem Stolz spießte sie ihr letztes Stück Pizza auf. »Wenn Rosenboom wüßte, daß ich weder mit dem Ordnungsamt noch mit dem Tierschutzverein telefoniert hatte und alles nur Bluff war!«

Und in ein paar Tagen könne man sich endlich dem Weihnachtsfrieden hingeben, entgegnete Bruno mit einem glücklichen Seufzer. Keine Aufregungen mehr, statt dessen gemütlicher Kerzenschein, Ausschlafen, gutes Essen und viel frische Luft. Allerdings bestehe er darauf, vor dem Fest gemeinsam Garage und Terrasse aufzuräumen. So am 23. Dezember, wenn Gustav in die ewigen Schnattergründe eingegangen sein würde.

Juliane dachte gleichfalls an die kommenden Weihnachtsfreuden. Kerzenschein und »Stille Nacht«, Spaziergänge und aufgeregte Kinder. Auch die Geschenke hatte sie größtenteils schon besorgt. Was ihr nach wie vor große Sorgen bereitete, war das Weihnachtsessen. Noch immer wußte sie nicht, womit sie Bruno hätte bewegen können, seine Absichten zu ändern. Eine glatte Forderung wäre der Sache wenig dienlich gewesen; nein, es mußte anders ablaufen. Der angestrebte Weihnachtsfrieden betraf schließlich nicht nur die Kinder, sondern auch ihren Mann und sie selbst.

»Bruno«, begann sie vorsichtig, »sollen wir an Heiligabend nicht lieber eine schöne Lammkeule essen? Irgendwie ist mir der Appetit auf Gänsefleisch vergangen.«

»Der kommt wieder«, versprach er. »Oh, was für ein Vergnügen es sein wird, Bissen für Bissen jenes Biest zu vertilgen, das uns um ein Haar zu den Desperados der Straße gemacht hätte! Aber eins schwöre ich dir: Bei der nächsten Gans werde ich mich dreimal vergewissern, daß ihre Körpertemperatur exakt minus achtzehn Grad beträgt.«

»Ach, Bruno«, sagte Juliane still, »ich weiß nicht so recht. Die Kinder –«

»Fang jetzt bitte nicht an, auf deiner Unterlippe zu kauen. Du meinst, die Kinder werden etwas dagegen haben, daß ich Gustav ins Jenseits befördere? Nun, das gibt sich auch wieder. In den nächsten Tagen knöpfe ich mir die beiden mal vor. Aber jetzt hätte ich große Lust auf einen Abstecher ins ›Café Exil‹, dort spielen sie freitags immer so schönen Dixie.«

Juliane ließ sich doch noch von Brunos guter Laune anstecken. Sie tanzten viel und so ausgelassen wie schon lange nicht mehr. Als sie kurz vor halb zwei nach Hause gingen, glitzerten zwischen dicken Wolkenpaketen ein paar Sterne am Himmel. Bruno führte sich nun ziemlich albern auf, was an den Cocktails lag, die er sich gegönnt hatte. In solchen Momenten konnte es vorkommen, daß seine ansonsten wohlweislich unter Verschluß gehaltene Neigung zum Singen hervorbrach. Prompt stimmte er das Lied von dem Fuchs an, der die Gans gestohlen hat.

»Leise«, zischte ihm Juliane zu.

»Wieso denn? Mein rostiger Belcanto versöhnt alle Nachbarn, die momentan böse mit uns sind. Sonst wird dich der Jäger holen mit dem Schießgewe-he-hehr«

»Bruno, du solltest wissen, daß mir die Angelegenheit mit Gustav schwer im Magen liegt!«

Statt darauf einzugehen, drückte er ihr einen Kuß auf

die kalte Nasenspitze. Dann fiel ihm unvermittelt die sogenannte Gänsekantate ein, die seine Großmutter früher oft und gerne gesungen hat: »Was machen wir Gänse am Martinstag? Gi, ga, gack! Man führt uns aus dem Stall hinaus in einem fetten Martinsschmaus, gi, ga, gick! Und bricht uns das Genick.«

»Leise«, sagte Juliane wieder. »Was du da singst, hat leider keine erkennbare Melodie, außerdem wirst du noch die Kinder wecken. Gib mir doch mal den Haustürschlüssel.«

Er begann, in seinen Taschen herumzukramen. »Weißt du was? Ganz plötzlich habe ich das Bedürfnis, unserem verehrten Herrn Nachbar ein Ständchen zu bringen.« Bevor sie überhaupt begreifen konnte, wie ihr geschah, zog er seine Frau an der Hand vor die Roseboomsche Haustür und leitete seine Darbietung mit einem dröhnenden »mimimi« ein.

»Meine Güte, du bringst uns in Teufels Küche!« flüsterte Juliane erschrocken, »laß uns schnell verschwinden, bevor Roseboom wach wird!«

»Aber das wird er nicht«, meinte Bruno im Brustton der Überzeugung, »ach bitte, laß mich singen.«

»Nein. Wir gehen jetzt.« Heftig zerrte Juliane an dem Schlüsselbund in seiner Hand, zerrte an seinem Ärmel, zerrte nach Leibeskräften, um Schlimmes zu verhindern.

Davon wurde leider Gustav wach. Und als dann das Schlüsselbund gegen das metallene Garagentor schepperte, sah der Gänserich sich gezwungen, eine sofortige wiederholte und markerschütternd laute Alarmmeldung loszulassen.

In jäher Ernüchterung blickte Bruno seine Frau an. »Nichts wie weg hier!«

Sie erreichten ihre eigene Haustür noch rechtzeitig, bevor nebenan das Licht anging. Außer Atem und sehr aufgeregt standen sie voreinander in der dunklen Diele und lauschten, ob nun ein erboster Roseboom oder gar ein Streifenwagen auftauchen würde – doch nichts geschah. Gustav schwieg auch wieder, auf der Straße blieb alles still, und kurz darauf erlosch bei ihren Nachbarn das Licht.

Am nächsten Morgen fiel das Aufstehen schwer. Während des Frühstücks hockten beide Kinder im Schlafanzug auf der Küchenbank und redeten auf ihren verschlafenen Vater ein, endlich einen Weihnachtsbaum zu besorgen. Mitten in der Diskussion klingelte jemand. Juliane warf einen Blick durch das Fenster.

»Hoher Besuch«, meinte sie trocken, »aber diesmal hat er seine Gattin vorgeschickt. Was könnte sie denn nur von uns wollen?«

Bruno verzog angewidert das Gesicht. »Bitte wimmele sie einfach ab, ja?«

Schließlich war es Gina, die aufstand. Ihre ewig rutschende Schlafanzughose hochziehend hopste sie zur Tür, stand aber einen Moment später schon wieder in der Küche. Sie schaute ihre Eltern ernst an: »Frau Roseboom will euch sprechen. Und sie hat Kekse für uns mitgebracht.«

»Sie hat Kekse mitgebracht?« Verblüfft wechselte Juliane einen Blick mit ihrem Mann.

»Ja, Kekse, sogar ganz viele!«

Das Ereignis war so unerhört, daß sich auch Tim und Bukowski bemüßigt fühlten, Richtung Haustür zu wandern. Noch unerhörter war, daß ihnen tatsächlich eine strahlende Elisabeth Roseboom ohne Küchenschürze entgegenkam. Auf ihren ausgestreckten Händen ruhte eine Gebäckschale respektabler Größe, gefüllt mit Lebkuchen, Heidesand, Anisplätzchen, Dominosteinen und Vanillekipferln.

»Guten Morgen! Diesen bunten Teller wollte ich Ihnen als kleines Dankeschön vorbeibringen, auch im Namen meines Mannes.«

Juliane und Bruno verstanden nun gar nichts mehr. Fragend blickten sie die Nachbarin an.

»Ihre Gans hat wirklich ein Meisterstück vollbracht«, plauderte sie weiter, »wenn ich nur daran denke, was alles hätte gestohlen werden können.«

»Was ... meinen Sie?« erkundigte sich Juliane. Heimlich tastete sie nach Brunos Hand.

»Ja, haben Sie etwa von den beiden Einbrechern nichts mitbekommen?«

Bruno hatte immer noch nicht seine Sprache wiedergefunden. Juliane war zwar ähnlich verblüfft, aber ihr gelang es immerhin »Nein, Frau Roseboom, was ist bloß passiert?« auszurufen.

»Also, heute nacht gegen halb zwei hat mich mein Mann geweckt. Da draußen seien Geräusche, sagte er, gleich darauf fing Gustav an zu schreien. Und dann schaute Franz aus dem kleinen Fenster im Treppenhaus.«

»Und da waren wirklich Einbrecher?« unterbrach sie Tim ehrfürchtig.

»Gleich zwei!« Aufgeregt ließ Elisabeth Roseboom die Gebäckschale sinken. »Sie hatten sich gerade an unserer Haustür zu schaffen gemacht. Als Gustav sie hörte und laut wurde, sind sie wie der geölte Blitz weggerannt, wahrscheinlich durch einen der Gärten Richtung Hauptstraße. Es war sinnlos, die Polizei zu rufen.«

»Schade, daß Sie die beiden Gauner nicht geschnappt

haben«, sagte Juliane und hielt für einen Moment die Luft an, um nicht loszulachen.

Frau Roseboom war wirklich überglücklich. »Wenn Ihre Gans nicht gewesen wäre ...! Ach, der Schrecken steckt mir noch immer in den Gliedern. Wiedersehen und ein schönes Wochenende.« Sie wandte sich zur Tür.

Für den Rest des Tages waren die Kinder kaum noch zu bändigen. Gustav hatte Einbrecher verjagt, ihr Gustav, den niemand leiden konnte und dessen pure Existenz die gesamte Straße störte! Ein klarer Beweis dafür, daß für ihn keine andere Bewertung als »vorzüglich« in Frage käme. Tim ging sogar so weit, seinen Sheriffstern mit dem Namen »Gustav« zu beschriften und ein Bändchen hindurch zu ziehen. Der Gänserich jedoch war entschieden dagegen, daß man ihm einen Orden umhängte. Schimpfend nahm er Reißaus.

»Das hast du klasse gemacht«, jubelte Gina ihm nach, »und wenn du groß bist, dann wirst du Gänsekommissar.«

Selbstverständlich verfütterten die Kinder mindestens die Hälfte des Roseboomschen Gebäcks an ihre Wundergans. Daß sie davon keine Magenbeschwerden bekam, sprach für die Qualität der Kekse.

6.

Am Wochenende erschien Großmutter Gerber. Sie schenkte jedem Kind eine Tafel Vollmilchschokolade, verzehrte mit großem Genuß drei Scheiben Christstollen und verlangte anschließend nach einem Likörchen. Den Anblick des friedlich herumwatschelnden Gänserichs fand sie nur wenig überraschend.

»Na, seid ihr offenbar doch noch zur Vernunft gekommen, Kinder«, teilte sie Bruno und Juliane mit, »seit Jahren rede und rede ich, daß diese tiefgefrorenen Gänse aus dem Supermarkt nichts taugen, aber wie ich sehe, habt ihr endlich dazugelernt. Es geht doch nichts über eine ordentliche, hiesige Gans, die ganz frisch zum Fest geschlachtet wird, nicht wahr? Heiligabend dürft ihr also wieder mit mir rechnen.« Zufrieden griff sie in die blaue Keramikschale, die mit selbstgebackenem Gebäck gefüllt war. »Übrigens, Juliane, in dem Lebkuchen ist zuviel Koriander.«

Tims Gesicht hatte sich etwa in der Mitte ihrer Ausführungen bewölkt. Das Wort »schlachten« machte ihn von Tag zu Tag nervöser. Man mußte es nicht einmal aussprechen; Gustav anzusehen und gleichzeitig an Weihnachten zu denken reichte schon aus. Und die Anzahl der geschlossenen Türchen auf seinem Adventskalender nahm schnell ab, so gnadenlos schnell, als öffneten sich täglich zwei Türchen auf einmal. Mit einer steifen Bewegung des Armes legte er den Lebkuchen, den er sich genommen hatte, in die Schale zurück.

»Tim, was ist?« rief seine Großmutter, »du mußt essen, damit du was auf die Rippen bekommst! Der Watschelmann da draußen soll ja auch ordentlich futtern.« Aufmunternd kniff sie ihr Enkelkind in den mageren Oberarm.

Genau wie bei Hänsel und Gretel, dachte Tim mit klopfendem Herzen. Erst mästen, dann die Speckschicht prüfen, und dann …

»Ob ich mal rausgehe und Gustav Gesellschaft leiste?« fragte er seine Mutter leise.

»Unfug«, belustigte sich seine Großmutter, »das ist doch nur eine Gans, die bald in die Röhre kommt.«

»Nein, Gustav kommt nicht in den Backofen«, sagte er mit lodernden Augen, »Gustav nicht!«

»Frikadellen ißt du doch auch, ohne das Schwein zu beweinen, das sein Fleisch dafür hergeben mußte, oder etwa nicht? Übrigens, Gänsefleisch ist sehr gesund. Durch Einstechen der Haut vor dem Zubereiten kann man erreichen, daß kaum mehr Kalorien übrigbleiben als bei einer Lammkeule.«

»Laß' gut sein, Dora«, warnte Bruno, »wir haben es hier mit einem äußerst sensiblen Thema zu tun, also überfordere Tim bitte nicht.«

Tim starrte auf seine Knie. Als er nach einer langen Minute den Kopf hob, standen Tränen der Wut und der Verzweiflung in seinen Augen. »Ich esse keine Familienmitglieder!« schleuderte er seiner Großmutter entgegen. »Und ich esse nichts, was einen Namen hat, und überhaupt werde ich nie wieder ein Stück Fleisch essen!« Damit rannte er aus dem Wohnzimmer. Juliane war sofort auf den Beinen und folgte ihm.

»Da hast du's, Mutter«, sagte Bruno ärgerlich, »jetzt ist er wieder stundenlang nicht ansprechbar.«

Ohne jedes Verständnis schüttelte Dora Gerber den Kopf. Als er ein junger Bursche gewesen sei, habe er doch auf dem Bauernhof jedes Jahr aufs neue die Schlachtung von Kuh, Schwein und Geflügel miterlebt, sagte sie, und das, ohne Schaden zu nehmen. »So ist die Natur nun einmal. Auch Tim muß das lernen!«

»Aber *wie* er das lernt, darfst du ruhig uns überlassen«, brummte Bruno und entschied sich zu einem Themawechsel. »Gina, wollen wir zusammen Quartett oder Schwarzer Peter spielen?«

Die Kleine hatte das Gespräch mit ernstem Gesicht verfolgt, sich aber bislang jeder Äußerung enthalten.

Nun stand sie auf und legte ihrer Oma die Tafel Schokolade in den Schoß. »Da, die kannst du selber essen. Du willst Gustav totmachen, obwohl er die Einbrecher verjagt hat.«

Sie verschwand. So blieben nur noch Bruno, seine Mutter und der Hund Bukowski im Wohnzimmer zurück.

»Deine Familie scheint so kurz vor Weihnachten richtig hysterisch zu werden«, bemerkte Dora spitz, woraufhin Bruno nur mit den Achseln zuckte und aus dem Fenster starrte. Gustav dekorierte gerade die Terrasse mit zwei frischen grasgrünen Klecksen. »Ich schlage vor, wir vergessen dieses Jahr die neumodischen Ideen, die Juliane beim Kochen immer hat, und füllen sie ganz klassisch mit Äpfeln.«

»Wen?« sagte Bruno abwesend.

In diesem Moment kehrte Juliane ins Wohnzimmer zurück. Sichtlich um Fassung ringend, beugte sie sich zu Bruno hinunter und flüsterte ihm ins Ohr, Tim sei bereits im Begriff gewesen, seine Sachen zu packen und mit Gustav auszureißen; Gina wolle gleichfalls ausreißen und habe als Ziel Afrika ins Auge gefaßt, wisse nur nicht so ganz, wie man dahin komme. »Wir müssen sofort etwas tun«, raunte sie ihm zu. »Als erstes mußt du Dora wegschicken. Du weißt, wieviel Sitzfleisch sie hat, von selber wird sie niemals gehen.«

»Es gehört sich nicht, in Anwesenheit anderer Leute zu flüstern«, stellte Dora mit hochgezogenen Augenbrauen fest, »Bruno, gib deiner Mutter noch ein Likörchen.«

Das ist nicht fair, dachte er wieder einmal. Als ob diese elende Gans nicht schon genug Schaden angerichtet hätte! Der Garten war ruiniert, Terrasse und Garage nicht minder, und nun kam auch noch Dora und redete so lange unbedacht daher, bis seine Kinder fliehen wollten. Stumm fragte er seine Frau, womit er das eigentlich alles verdient habe, und Juliane antwortete ebenso stumm, so sei das Leben nun einmal.

»Liebe Dora«, begann er, »es war wirklich schön, dich wieder einmal hier zu haben, und …«

In diesem Moment wurde er von seiner Mutter unterbrochen, der die Füllung der Gans offenbar keine Ruhe ließ. Ob Juliane mit klassischen Äpfeln einverstanden sei?

Ihre Schwiegertochter saß wie auf Kohlen. Sie ahnte, daß es Bruno schwerfallen würde, sich auf elegante, aber rasche Weise aus der sonntäglichen Umklammerung seiner Mutter zu befreien. Zeit war jedoch etwas, was ihr in Anbetracht der Situation nicht unbegrenzt zur Verfügung stand. Nun gut, dachte sie, dann eben die Holzhammermethode. Dora konnte sie es ja ohnehin nicht recht machen.

»Dora«, sagte Juliane also fest, »bitte nimm es uns nicht übel, aber Bruno und ich müssen dich jetzt bitten, zu gehen. Wir haben gerade ein Problem mit den Kindern, das dringend besprochen und gelöst werden muß.«

Doras anklagender Blick legte sich auf ihren Sohn. Bruno jedoch streckte nur die Hand aus, um ihr aus dem Sofa hochzuhelfen. Mit verkniffenem Gesicht ließ sie sich zur Tür begleiten. Erwähnte ganz plötzlich, der nette Herr Metz von gegenüber sei richtiggehend erpicht darauf, den Heiligabend mit ihr zu verbringen, und in Anbetracht der Umstände … Diesen letzten Satz ließ sie auf wirkungsvolle Weise unvollendet. Endlich schloß sich die Haustür hinter ihr.

Tim verweigerte das Abendbrot. Nach einem längeren

Gespräch mit seinen Eltern war er zwar zu einem kleinen Käsebrot zu überreden, den Wurstteller jedoch schob er an die äußerste Tischkante. Und aus dem Hot Dog, den Juliane zubereitet hatte, zog er das Würstchen heraus und legte es schweigend seiner Mutter auf den Teller. Bruno brauste auf, Juliane redete gut zu, doch nein, niemals wieder in seinem ganzen Leben werde er ein Würstchen essen. Es folgte ein Verzicht auf sämtliche Weihnachtsgeschenke in den kommenden zwanzig Jahren, wenn nur Gustav nicht ... Neue Tränen flossen.

Eine Stunde später hatten sich alle Auswanderungspläne erledigt, und Tim und Gina schliefen tief und fest in ihren Betten. Zum Glück waren die Kinder doch einigermaßen leicht zu beruhigen gewesen. Ein Vorschlag Tims, mit verheulten Augen geäußert, ein verhaltenes Lächeln seiner Mutter – und schon war für die Kinder alles beschlossene Sache. Während Juliane sich etwas später erleichtert an den Resten des Christstollens gütlich tat, wirkte Bruno ungewohnt schweigsam.

»Liebster, wenn du wüßtest, wie froh ich bin, daß wir das hinter uns haben. Nie wieder hätte Tim uns verziehen«, sagte Juliane. Mit Daumen und Zeigefinger sammelte sie die letzten Krümel auf, dann legte sie sehr zufrieden ihren Kopf an Brunos Schulter. »Eigentlich bemerkenswert, daß Dora überhaupt noch etwas vom Gebäck übriggelassen hat. Deine Mutter war ja heute mal wieder in Hochform. Bruno, du bist so still, was ist los mit dir?«

Ärgerlich setzte er sich auf. »Ist dir eigentlich klar, in was für Schwierigkeiten du uns eben geritten hast?«

Das Gegenteil sei doch der Fall, versicherte Juliane arglos. Angesichts der Tatsache, daß die Kinder ihre Angst verloren hätten, könne man durchaus von einem

Erfolg auf ganzer Linie sprechen und sich auf ein entspanntes Weihnachtsfest freuen.

»Du hättest das unbedingt vorher mit mir absprechen müssen. Oder glaubst du im Ernst, ich mache dieses alberne Spielchen mit, das Tim sich da ausgedacht hast? Nein, Juliane, ich weigere mich.«

»So«, erwiderte Juliane kühl, »du weigerst dich also.«

»Ich halte es für ausgesprochen verlogen, Gustav das Leben zu schenken und statt dessen eine andere, anonyme Gans in die Bratröhre zu schieben, insbesondere, da die Damen und Herren Kinder bis auf weiteres kein Fleisch mehr zu essen gedenken. Diese andere Gans hat nämlich genau so wenig oder genau so viel eine Seele wie das Vieh draußen im Garten. Und was du da vorhin im Alleingang entschieden hast, zwingt mich leider zu einer Vielzahl von Lügen. Denn nun muß ich behaupten, Gustav verschont zu haben, und ihm heimlich irgendwo im Wald die Gurgel umdrehen, und ...«

»So etwas Unmenschliches würdest du fertigbringen?« Juliane starrte ihn an.

»Gustav ist nur eine Gans. Ein Nutztier, Juliane! Damals auf dem Land gehörte der Tod zum Leben. Kälbchen und Ferkel wurden geboren, wochenlang spielten wir Kinder mit den niedlichen Viechern, und dann verschwanden sie irgendwann spurlos. Dora hat absolut recht: So ist die Natur, und Tim muß das lernen. Vorhin habe ich nur nichts dazu gesagt, weil ich dem Jungen nicht in den Rücken fallen wollte.«

Juliane rückte ein Stück ab. Sie war des Themas nicht nur müde, sondern ehrlich erschüttert, wie hartherzig ihr Mann sich aufführte.

»Juliane, nun sei doch nicht so stur! In China essen sie Hunde, am Ganges krepieren Menschen, aber die heiligen Kühe überleben, ach, es gibt da Beispiele reichlich, auch hierzulande. Du brauchst doch nur an die armen Hühner in den Legebatterien zu denken! Wo also fängt die Menschlichkeit an, wo hört sie auf?«

Juliane stand auf. Sie fühlte sich innerlich ausgelaugt und wollte nicht mehr diskutieren, weder über heilige Kühe noch über die Gans. »Warum hast du dich eigentlich den ganzen Monat über so für Gustav eingesetzt und dich für ihn stark gemacht?«

»Das war eine Frage des Prinzips. Ich lasse mir doch nicht von irgendwelchen Nachbarn vorschreiben, wie ich zu leben habe.«

Sie blies die Kerzen des Adventskranzes aus. »Bruno, ich finde, du solltest dir schleunigst ein paar Gedanken darüber machen, wie du deinem Sohn und deiner Tochter in Zukunft in die Augen sehen willst. Gute Nacht.«

»Das laß' nur meine Sorge sein«, rief er ihr nach, bevor die Wohnzimmertür ins Schloß fiel, »im übrigen habe ich die Gans gewonnen, nicht die Kinder, also habe ich auch ein Recht auf meinen Gänsebraten!«

7.

Der nächste Tag schlich vorüber. Gleich nach dem Frühstück rief Dora an und verkündete, die Einladung von Herrn Metz annehmen zu wollen. Allerdings würde sie den ersten Weihnachtstag gerne bei ihrem Sohn verbringen, vorausgesetzt, sie sei überhaupt erwünscht. Den nadelspitzen Unterton geflissentlich überhörend, versicherte Bruno, die ganze Familie freue sich sehr auf ihren Besuch. Ob er am morgigen Vormittag die Kinder vorbeibringen dürfe? Warum die vorübergehende Abwesenheit ihrer Enkel nötig sei, könne sie sich ja wohl denken.

Während er später im Keller allerlei Aufräumarbeiten nachging und den Weihnachtsbaum zurechtmachte, packte Juliane Geschenke ein. Sie kaute immer heftiger auf ihrer Unterlippe herum, konnte kaum noch damit aufhören, lauschte mit einem Ohr dem Schnattern des Gänserichs und wünschte sich nichts sehnlicher, als daß Bruno niemals zu jener verhängnisvollen Martinsfeier gegangen wäre.

Ab morgen würde wieder Stille im Garten herrschen. Totenstille. Es sei denn ...

Natürlich konnte sie Brunos Argumentation folgen, dazu bedurfte es ja nur einer Handvoll funktionierender Gehirnzellen. Aber ebenso gut verstand sie die Kinder. Wer hatte denn nun recht – Herz oder Verstand?

Am späten Vormittag kehrten Tim und Gina lärmend und aufgeregt aus der Schule zurück. Endlich Weihnachtsferien! Sie verlangten Tesafilm und Geschenkpapier, Türen wurden verriegelt, im Obergeschoß brach geheimnisvolle Ruhe aus. Und Juliane, die all diese Rituale liebte, weil sie nun einmal für »Weihnachten mit Kindern« standen wie sonst kaum etwas, konnte sich noch immer nicht freuen.

Was Brunos vorweihnachtliche Stimmung anging, so schwieg er sich aus.

Dann brach der 23. Dezember an. Es ist soweit, dachte Juliane und sah zu, wie Bruno die Kinder ins Auto lud. Als er wenig später den Wagen wieder in der Garageneinfahrt abstellte, hatte seine Frau das Haus mit unbestimmtem Ziel verlassen. Bruno sammelte alle Utensilien zusammen, die er brauchen würde, holte den großen Karton, in dem man Gustav geliefert hatte, und trat ans

Wohnzimmerfenster. Sein Blick wanderte über die schlammige Parzelle, die einmal ein wunderschöner Garten gewesen war. Ganz rechts auf der über und über mit Klecksen bedeckten Terrasse begann der Gänserich sein Gefieder zu putzen. »Naagnaag«, murmelte er mit verbogenem Hals.

Bruno atmete tief durch. Ohne die Augen von Gustav zu nehmen, streifte er sich Handschuhe über und faltete die Decke auseinander. Dann trat er ins Freie.

Gegen Mittag kehrte Juliane nach Hause zurück. Keine Sekunde länger hätte sie es in der überfüllten Innenstadt ausgehalten, wo niemand sich friedlich auf Weihnachten zu freuen schien, sondern nur Hektik und Einkaufsstreß herrschten. Die unablässig aus den Lautsprechern jubilierenden Knabenchöre gaben ihr den Rest, besangen sie doch ausnahmslos Weihnachtsgefühle, die ihr, Juliane, in diesem Jahren verwehrt bleiben würden. Alles geheuchelt, alles falsch. Sie ließ ihren Mantel fallen und rannte durch den Flur zum Wohnzimmerfenster.

Der Garten lag still und leer vor ihr. Gustav war nicht mehr da.

Kurz darauf warf Bruno sein Schlüsselbund auf die Kommode, das gewohnte Zeichen für seine Rückkehr. Juliane reagierte nicht, sondern fuhr fort, einen Rotkohl zu zerkleinern. Alles würde so sein, wie Bruno es sich vorstellte: Gänsebraten, Rotkohl, Kartoffelklöße. Wieder und wieder trieb sie mit mechanischen Bewegungen das Messer durch den Kohl.

»Juliane?« rief er und spähte durch die Küchentür.

Sie sah nicht auf. Ließ nur für einen Moment das Messer sinken.

»Ach, Juliane –«

Wider Willen drehte sie sich nun doch um, anklagend, enttäuscht – und stellte fest, daß interessanterweise auch Brunos Äußeres gelitten hatte. Auf seiner rechten Wange leuchtete eine tiefe Schramme, seine Stirn war ebenso zerkratzt wie seine Hände, und an einem seiner Jackenärmel spreizte sich ein ordentlicher Riß.

»Du siehst nett aus«, sagte Juliane, »geschieht dir aber ganz recht, du Henker. Übrigens, zubereiten mußt du deinen Braten selber. Ich stehe nicht zur Verfügung, nur daß du es weißt.«

»Was für ein Braten?« erwiderte Bruno grimmig und schob seine Ärmel hoch, um sich die Hände zu waschen. »Siehst du hier vielleicht irgendwas, was Ähnlichkeit mit einem Braten hätte?«

Juliane hielt inne. Mit gerunzelter Stirn betrachtete sie seinen mahlenden Unterkiefer. Warum knirscht er nur so heftig mit den Zähnen, dachte sie, nach getaner Arbeit müßte er doch eigentlich durch und durch zufrieden sein?

»Sag mal, Bruno –«

»Ja?«

»Ist Gustav ... Hast du ihn ...«

Sorgfältig trocknete er sich die Finger ab. »Nein, ich habe ihn nicht. Menschenskind, meine Hände sehen aus, als hätte ich mit Rosebooms Katze gekämpft.«

Sie baute sich vor ihm auf. Zupfte an seiner Jacke herum, wie Gina es so häufig tat, wenn sie aufgeregt war. »Bruno, nun sag mir endlich, was mit Gustav passiert ist!«

»Nichts ist mit ihm passiert.« Plötzlich überzog ein Lächeln sein lädiertes Gesicht, ein Lächeln voller Selbstironie und komischer Verzweiflung. »Glaubst du vielleicht, das Biest hätte mich rangelassen? In den Karton habe ich ihn ja noch gekriegt, aber als ich im Wald den Deckel öffnete, drehte er völlig durch. Gebissen hat er mich, und dann ist er abgehauen. Ich bin immer hinter ihm her, mitten durchs Gestrüpp. Jedesmal, wenn ich ihn fast erwischt hatte, flatterte er laut schimpfend weiter. Und dazu diese vorwurfsvollen, strafenden Blicke!«

Juliane lächelte. Sie konnte sich die wilde Verfolgungsjagd im Wald sehr plastisch vorstellen. Belustigt legte sie ihren Kopf an Brunos Schulter. »Das heißt, er treibt sich noch immer im Unterholz herum?«

»Das wäre ja noch schöner«, brummte er. »Vielleicht kannst du angesichts meiner Verletzungen deine Schadenfreude etwas zügeln?«

»Entschuldige, Liebling«, lachte Juliane, »bitte erzähl weiter!«

»Also, nach einer halben Stunde gelang es mir endlich, die Decke über Gustav zu werfen und ihn mir zu schnappen. Und dann ... dann hatte ich keine Lust mehr auf einen Nahkampf. Ich habe ihn also in den Karton gestopft und zum Bauern gebracht. Da kann er jetzt schnattern und kreischen, so viel und so lange er will. Und zwei attraktive Gänsedamen kriegt er auch noch dazu.« Mit einem erschöpften Seufzer strich er ihr über die Haare. »Hat allerdings eine Kleinigkeit gekostet, doch das war mir egal. Diese dumme, blöde Gans!«

Er hat sich erweichen lassen, dachte Juliane selig, er hat es doch nicht übers Herz gebracht, Gustav zu schlachten.

»Frohe Weihnachten«, flüsterte sie.

»Gleichfalls«, flüsterte er zurück, »aber morgen werden wir wohl hungern, fürchte ich.«

Juliane küßte ihn auf den Mund. »Werden wir nicht. Allerdings solltest du dir allmählich eine plausible

Erklärung zurechtlegen, warum du so bejammernswert aussiehst. Die Kinder werden sicherlich Fragen stellen.«

8.

Not macht bekanntlich erfinderisch. Nach dem Kaffeetrinken, das endlich von jener gelösten Stimmung geprägt war, nach der Juliane sich so lange vergeblich gesehnt hatte, zog sie sich mit einem Stapel Kochbücher an den Küchentisch zurück. Die Preisfrage lautete: Was macht eine vierköpfige Familie, der kurz vor Heiligabend das Festmahl abhanden kommt, zumal wenn der Ehemann Gänsebraten über alles liebt, die beiden Sprößlinge sich jedoch neuerdings weigern, Fleisch zu essen?

Keine halbe Stunde später erklang ein triumphierender Jubelruf aus der Küche. Mit unbändigem Vergnügen schrieb Juliane einen Einkaufszettel. Fast alles, was sie brauchte, würde sie im Supermarkt um die Ecke bekommen. Ach, eigentlich war die Sache furchtbar einfach gewesen. Wie bei allen großen Erfindungen der Menschheit hatte man nur darauf kommen müssen.

Bruno und die Kinder reinigten zu diesem Zeitpunkt Terrasse, Garten und Garage. Draußen war es zwar kalt, und die Tätigkeit bereitete wenig Vergnügen, doch niemand beschwerte sich. Hauptsache, Gustav zählte nicht zu den Opfern des Weihnachtsfestes.

Nach dem Mittagessen holten Tim und Gina ihre Fahrräder aus der Garage. »Wir fahren mal eben zum Bauernhof, okay?«

»Was um alles auf der Welt wollt ihr denn da?« Bruno verschanzte sich hinter seiner Zeitung. Er war ganz und gar nicht in Form. Seit er beim Abspritzen der Terrasse nasse Füße bekommen hatte, fröstelte er am ganzen Körper, zum anderen schien ihm, als gäbe es momentan kein anderes Thema auf dieser Welt als Weihnachtsgänse. Da, schon wieder! Mit schmalen Augen überflog er das Rezept für die Zubereitung einer sogenannten »Pommerschen Hochzeitsgans«. Schmeckte gewiß ausgezeichnet. Nun ja, vorausgesetzt, man hatte eine Gans.

»Wir wollen Gustav besuchen«, erklärte Tim mit einem strahlenden Lächeln, »was sonst? Die übriggebliebenen Kartoffeln vom Mittagessen nehmen wir übrigens für ihn mit.«

Bruno fand es himmelschreiend ungerecht, daß Gustav, seine rechtmäßig gewonnene Weihnachtsgans, sich auf dem Bauernhof amüsierte und von lieben Besuchern auch noch Lunchpakete mitgebracht bekam, während er, Bruno, bratenlos würde darben müssen. »Schönen Gruß«, murmelte er säuerlich. Und einerlei, was er tat oder dachte – für den Rest des Tages ließ ihm das Thema »Festessen« keine Ruhe. Sogar bis ins Bett verfolgte es ihn. »Liebling, was gibt es denn nun morgen nach der Bescherung?« flüsterte er, nachdem er die Nachttischlampe ausgeschaltet hatte.

»Wird nicht verraten.« Juliane drehte sich zur anderen Seite.

»Lammkeule? Fasan? Rehrücken?« Allein der Gedanke ließ ihm das Wasser im Munde zusammenlaufen. Ob im Vorratsschrank vielleicht noch ein Gläschen Ardenner Pastete aufzutreiben war?

»Nein. Gib dir keine Mühe, ich schweige wie ein Grab.«

Daraufhin nahm Bruno sich heimlich vor, morgen Tim und Gina zu befragen. Er war überzeugt, daß Juliane den

Kindern gegenüber etwas mitteilsamer sein würde, irrte sich aber wieder einmal.

»Noch neun Stunden bis zur Bescherung«, sagte Gina anderntags beim Frühstück, »neun Stunden sind soooo lang! Du, Mama, was gibt es eigentlich nachher zu essen?«

Juliane legte nur lächelnd ihren Zeigefinger an die Lippen. Dann forderte sie Bruno und die Kinder auf, das Wohnzimmer aufzuräumen und fürs Fest herzurichten. Sie selber sei anderweitig beschäftigt.

»Und was machst du in der Zeit?« rief Bruno ihr hinterher.

»Kochen. Was sonst?« Schon zog sie die Küchentür hinter sich zu, der Schlüssel drehte sich im Schloß. Und dabei blieb es auch.

Es war nichts zu machen. Ab und an schickte Bruno eins der Kinder unter fadenscheinigen Begründungen in die Küche – mal forderte er Gina auf, ein Messer zu holen, mal sollte Tim nach Bindfaden suchen –, doch Juliane durchschaute die Sache sofort; sowohl Messer als auch Schnur wurden in Sekundenschnelle durch die spaltbreit geöffnete Türe geschoben. Als Bruno sich schließlich dazu genötigt sah, selber vor der Küche Position zu beziehen, hörte er Juliane leise summend hantieren. Fett zischte in einer Pfanne, Wasser sprudelte. Was auch immer sie da auch zubereitete, es roch appetitlich und sehr würzig. Aber zu sehen bekam er leider nichts.

»Ich weiß genau, daß du da draußen lauerst!« tönte es plötzlich aus der Küche. Dann wurde das Schlüsselloch von innen verhängt.

Gemeinsam schmückten sie am frühen Nachmittag den Baum. Ginas Ungeduld wuchs mit jeder Viertelstunde, die verstrich. Schließlich fing es draußen an zu dämmern, die Wartezeit neigte sich dem Ende zu. Nach dem Weihnachtsgottesdienst wanderte Familie Gerber sehr aufgeräumt ihrem Reihenhaus entgegen. An Bäumen und Schaufenstern blinkten unzählige Lichterketten. Besonders Juliane wurde es warm ums Herz.

»Frohe Weihnachten!« Frau Roseboom winkte aus dem Küchenfenster des Nachbarhauses.

»Frohe Weihnachten!« schallte es gleich vierfach zurück.

Juliane beeilte sich, in der Küche die letzten Vorkehrungen zu treffen. Und dann war es – endlich – Zeit für die Bescherung. Tim bekam unter anderem eine kabellose Computermaus, und Gina das ersehnte neue Fahrrad. Was Juliane und Bruno betraf, so schenkten sie sich seit vier Jahren traditionell eine Wochenendreise in eine europäische Großstadt, wobei das Ziel abwechselnd ausgesucht wurde. Dieses Mal war Bruno für die Planung zuständig gewesen.

»Barcelona!« staunte Juliane, als sie den Umschlag mit Prospekten und Reiseunterlagen geöffnet hatte, »also, darauf wäre ich nicht gekommen. Im März ist es dort bestimmt schon so warm, daß wir die Wintermäntel zu Hause lassen können. Ach, endlich kriege ich Gaudís ›Sagrada Familia‹ zu sehen!«

Zerknülltes Geschenkpapier und abgerissene Schleifen wurden weggeräumt, Heiligabendgemütlichkeit breitete sich aus. Alle waren beschäftigt, sogar Bukowski, der mit Hingabe an seinem neuen Hundeknochen deluxe herumnagte. Wunderschön ist das, dachte Juliane, eine prächtig geschmückte Tanne, Frieden im Haus, dazu der Widerschein von Lichterglanz in den Augen der Kinder – was will der Mensch mehr?

Ja, aber trotz der wunderbaren Stimmung brauchte der Mensch etwas zu essen. Schon gegen halb sieben, als feiner Duft das Haus zu durchziehen begann, waren die ersten dezenten Hinweise zu vernehmen, man habe Hunger.

»Mensch, riecht das lecker«, sagte Tim, als er gemeinsam mit seinem Vater den Tisch deckte, »wenn du wüßtest, wie gespannt ich bin, was es gleich gibt!«

»Und ich erst, mein Sohn. Juliane, wie lange dauert's noch?«

»Bin schon fertig.« Sie steckte den Kopf ins Wohnzimmer. »Habt ihr auch alle eure Hände gewaschen? Dann setzt euch hin und hört mir einen Moment zu. Bruno, was war es noch, was du unbedingt an Heiligabend essen wolltest?«

»Laß mich überlegen«, zwinkerte er ihr zu, »ich glaube, ich hatte irgendwann mal vage an einen Gänsebraten gedacht.«

»Keinen Gänsebraten!« krähte Gina, und Tim fügte ernst hinzu: »Gar kein Fleisch, Mama!«

»Schön. Dann wollen wir doch mal sehen, was das Christkind zu diesen schwierigen Wünschen sagt.« Ihr Kopf verschwand wieder.

Zwei Minuten später öffnete sich die Wohnzimmertür bis zum Anschlag, ein Backblech wurde sichtbar, mit feierlichem Gesicht trat Juliane ein. Den aufgeregt schnuppernden Bukowski neben den Beinen, trug sie das Backblech zum Tisch. »Verehrtes Publikum, ich bitte um Ihre geschätzte Aufmerksamkeit. Hier präsentiere ich Ihnen Anneliese!«

Unter verwirrtem Schweigen starrte ihre Familie auf das Blech. Was dort zwischen einer hübschen Dekoration aus grünem Blattgemüse ruhte, war ganz eindeutig eine Gans. Allerdings unterschied sie sich erheblich von dem Bild, das gebratene Gänse für gewöhnlich bieten, wenn man sie aufträgt. Weder reckte sie dem hungrigen Betrachter zwei amputierte Schenkel entgegen, noch war sie kopf-, hals- und federlos. Nein, diese Gans verfügte über sämtliche arttypischen Gliedmaßen und trug ein hübsches aufgeplustertes Federkleid. Davon abgesehen besaß sie auch noch einen Kopf mit braunen Knopfäuglein. Alles in allem erinnerte die Gans stark an Gustav, wenn er vor der Hundehütte gehockt und sein matschiges Revier bewacht hatte. Nur schneeweiß war sie eben nicht, eher goldbraun.

»Anneliese? Das ist Gustav, wie er leibt und lebt.« Bruno erholte sich endlich von seiner Verblüffung.

»Fast«, strahlte Juliane, »bis auf die Augenfarbe. Hat auch ganz schön lange gedauert, die Teigkruste so wirklichkeitsgetreu zu modellieren. Jede Feder mußte ich einzeln formen! Ein Glück, daß Tim noch die Linolschnittmesser aus dem Kunstunterricht im Schreibtisch hatte.«

Plötzlich fing ihr Sohn an zu maulen. »Mama, das esse ich nicht. Unter dem Teig ist doch ...«

»Kein einziges Gramm Fleisch«, unterbrach Juliane ihn. »Es handelt sich hier um die erste vegetarische Weihnachtsgans der Welt!«

Bruno stand auf und begann plötzlich schallend zu lachen. »Juliane, du bist ein echtes Genie!« Und dann applaudierte er so lange, bis die beiden Kinder endlich alles begriffen und ebenfalls begeistert zu klatschen begannen. Schließlich nahm er ihr das Backblech aus den Händen und setzte es mitten auf dem Tisch ab. »Wenn ich diesen Vogel richtig einschätze, dann werden wir das Tranchierbesteck heute wohl nicht brauchen, stimmt's?«

»Stimmt. Anneliese ist gefüllt mit Gemüse, Grünkern und vielen anderen guten Sachen. Kein Skelett, keine Knochen, keine Abfälle ...«

Anneliese schmeckte köstlich, sowohl die Kruste aus feinstem Mürbeteig als auch die fleischlose Füllung und die Beilagen. Juliane hatte ganze Arbeit geleistet. Und obgleich Bruno den Geschmack einer echten Weihnachtsgans nicht wiederfand und ihn trotz allen Wohlgeschmacks heftig vermißte, so überspielte er dies souverän. Den Kindern fehlte es an nichts, im Gegenteil, beide kauten mit vollen Backen und verlangten alsbald eine zweite Portion.

Erst nach der dritten Portion ließ Tim es ein wenig langsamer angehen. Ein wenig Platz für Nachtisch mußte schließlich auch noch bleiben. »Du, Mama, wie spät ist es eigentlich?«

»Gleich neun. Übrigens, Tim, vorhin wollte ich dir die Linolschnittmesser ...«

»Moment«, wie elektrisiert sprang der Junge auf, »da fällt mir was ein – bin gleich wieder da.«

Zwei Stufen auf einmal nehmend jagte er die Treppe hinauf. Doch schon zwei Minuten später saß er wieder auf seinem Platz, ließ hastig seine Serviette auf den Schoß fallen und knabberte weiter Mürbeteig.

»Warum hattest du es denn gerade so eilig?«

»Ach, ich mußte nur schnell etwas nachsehen.« Während er oberhalb des Tisches seiner Mutter ein bezauberndes Lächeln schenkte, trat er unter dem Tisch seiner Schwester unauffällig gegen das Schienbein; eine Kombination, die er so häufig geübt hatte, daß sie sogar im Schlaf noch geglückt wäre. »Gibt's eigentlich keinen Nachtisch?«

»Gab es in diesem Haus schon mal einen Heiligabend

ohne Nachtisch?« erwiderte Juliane fast entrüstet. »Also, um das Thema ›Linolschnittmesser‹ zu Ende zu bringen: Vorhin wollte ich sie zurück in die Schreibtischschublade legen. Ging aber nicht, weil dein Zimmer abgeschlossen war. Das ist aber jetzt nach der Bescherung nicht mehr nötig, du zerstreuter Professor!«

»Okay.« Tim warf seiner Schwester einen undefinierbaren Blick zu. Dann stand er erneut auf und begann, den Tisch abzudecken, ohne jede Aufforderung. Gina rutschte gleichfalls von ihrem Stuhl. Sie machte Anstalten, die schwere Servierplatte vom Tisch zu ziehen, wurde aber im letzten Augenblick von ihrem Bruder gebremst. »Laß sein, Gina, die Platte ist doch viel zu schwer für dich!«

Mit einem vielsagenden Blick in Richtung ihres Mannes seufzte Juliane auf. Zu schade, daß dieses chevalereske Verhalten hohen Feiertagen wie Geburtstagen und Weihnachten vorbehalten war.

Eine halbe Stunde später hatte die Familie auch mit dem Dessert abgeschlossen. Die Literpackung Vanilleeis: leer. Die Schüssel mit heißen Kirschen: leer. Die beiden Kinder: randvoll. Gina bekundete, sicherlich eine Woche nichts mehr essen zu können, vielleicht auch einen ganzen Monat lang. Was Tim betraf, so bat er lediglich darum, endlich aufstehen und in sein Zimmer gehen zu dürfen.

Gut gelaunt winkte Bruno die Kinder zu sich her. Seine Tochter zog er an sich und drückte ihr einen Kuß auf die Stirn, bei Tim hingegen begnügte er sich mit einem kollegialen Schulterklopfen. Aus leidvoller Erfahrung wußte er, dass dreizehnjährige Jungs in der Regel wenig empfänglich für Vaterküsse sind. »Selbstverständlich könnt ihr aufstehen. Du brennst sicherlich darauf, die Computermaus auszuprobieren, nicht wahr?«

Tim zögerte ein wenig. »Klar. Komm, Bukowski, wir gehen hoch, die Maus installieren.«

Bukowski hörte nur das Wort Maus, was für ihn Anlaß genug war, um begeistert an Tim hochzuspringen. Maus konnte man zwar niemals fangen, aber zumindest konnte man Maus jagen, und Jagen war etwas, was trotz aller Faulheit fest in seinem Hundeinstinkt verankert war. Zu dritt zogen sie ab, es wurde still im Wohnzimmer. Und Bruno nutzte die Gelegenheit, um Juliane sehr, sehr ausführlich zu küssen, bevor er ihr mitteilte, dieses Weihnachtsfest sei in der Tat etwas ganz Besonderes. Dann entkorkte er voller Zufriedenheit eine zweite Flasche Rotwein.

Ein Stockwerk höher öffnete Tim seinen Schreibtisch und entnahm ihm eine handgeschriebene Liste. »Bukowski, du paßt auf, ob jemand die Treppe hochkommt! Also, was sagt der Hund?«

»Wuff«, antwortete Bukowski folgsam.

»Braver Junge. Gina, du kontrollierst das Fenster!«

Die Kleine hopste an ihm vorbei. »Das Fenster ist zu, das sieht man doch! Ist der Scheck von der Kiuritih oder wie das heißt jetzt endlich fertig?«

Erstens hieße das security-check, verbesserte Tim, wobei er sich vor der Tür aufbaute, die sein Zimmer von der schmalen Abstellkammer unter der Dachschräge trennte. Zweitens – seine Stimme nahm den Tonfall eines gereizten Regisseurs an, dessen Anweisungen ständig über den Haufen geworfen werden –, zweitens sei der Sicherheitsaspekt von äußerster Wichtigkeit, das habe er nun schon mehrfach erklärt! Aus zwei Metern Distanz schickte er ihr einen drohenden Blick. »Hör' mir gut zu:

Wenn du auch nur ein einziges Wort verrätst, dann passiert ein Unglück, klar?«

Natürlich wußte Gina Bescheid; kleinen Schwestern blieb auf dem Sektor »Fehler und deren Folgen« ja bekanntlich kaum etwas erspart. War es ihnen nach langem Bitten und Flehen tatsächlich einmal gelungen, zur Geheimnisträgerin ernannt zu werden, und es rutschte ihnen dann doch versehentlich auch nur eine halbe Silbe heraus, so drohten schärfste Strafen, mindestens jedoch die Anwendung mittelalterlicher Foltermethoden. Mit Verrätern hatten große Brüder nun einmal wenig im Sinn. »Klar«, flüsterte sie also und versuchte, ein verschwörerisches Ganovengesicht aufzusetzen. Oder zumindest das, was sie dafür hielt.

Tim richtete sich auf. Mit einer gönnerhaften Handbewegung machte er den Zugang zur Abstellkammer frei. »Okay, dann darfst du jetzt aufschließen.«

Die schmale Holztür öffnete sich. Nacheinander traten die Kinder in die Kammer und knieten sich vor einen mit Styropor verkleideten Kasten. »Gina, ich brauche die Checkliste!« Vorsichtig hob Tim den Deckel des Behälters an. Jegliche Grobheit war jetzt aus seiner Stimme verschwunden. »So, lies mir mal die Zahlen vor. Und hör endlich auf, hier so herumzuzappeln, das ist gefährlich!«

Angestrengt starrte die Kleine auf ein Meßgerät. Nannte eine Zahl, korrigierte sich jedoch im gleichen Atemzug. Als Erstkläßlerin, die gerade erst damit begonnen hat, sich mit dem kleinen Einmaleins anzufreunden, durfte man schließlich noch vor komplizierten, weil zweistelligen Zahlen ins Grübeln kommen. »Da steht erst eine drei und dann eine acht. Achtunddreißig?«

»Achtunddreißig Grad, sehr gut«, murmelte Tim und vermerkte etwas auf seiner Liste.

»Laß' mich mal gucken«, flüsterte Gina.

»Ja, aber mach' schnell, wir haben eine Menge zu tun!«

Ginas Kopf näherte sich dem spaltbreit geöffneten Behälter. Plötzlich entfuhr ihr ein Aufschrei. »Tim, du hast es kaputtgemacht, du bist ja so gemein!« Tränen der Wut und Enttäuschung stiegen ihr in die Augen.

»Was?« Ihr Bruder fuhr hoch. Er ließ seine Liste fallen und drängte Gina beiseite. »Wieso kaputt ...«

In diesem Augenblick sah er, was ihr solchen Kummer bereitete. Für einen kurzen Moment wirkte auch er ehrlich erschrocken, ja schockiert, doch dann zeigte sich unversehens ein Lächeln auf seinem Gesicht. Das Lächeln breitete sich aus und wuchs und zog sich schließlich von einem Ohr zum anderen; Freude, Triumph, alles war darin enthalten. »Gina, es ist nicht kaputt! Nun schau doch mal genau hin!«

»Bist du sicher?« Zögernd rutschte sie wieder näher an die Kiste heran. Mit dem Ärmel wischte sie sich über die Wangen.

»Klar. Die Frau vom Bauernhof hat doch gesagt, wenn wir gut darauf aufpassen, klappt es irgendwann in den nächsten Tagen! Du brauchst also nicht mehr zu weinen, es ist alles in Ordnung.«

Noch über eine halbe Stunde verbrachten sie in der Abstellkammer. Nebeneinander vor der Kiste kniend, wagten sie vor lauter Aufregung kaum, sich zu unterhalten, obgleich die Angelegenheit nur schrittweise und insgesamt viel langsamer voranging, als sie es sich vorgestellt hatten.

Irgendwann richtete Gina sich auf. Zwar glühten ihre Wangen, aber sie glühten vom angestrengten Hingucken und Aufpassen, keineswegs vor Glück. Überdeutlich war ihrem Gesichtsausdruck zu entnehmen, daß sie noch nicht so genau wußte, wie sie die ganze Sache einzuordnen hatte. Mit gerunzelter Stirn wandte sie sich ihrem Bruder zu. »Ist es das, Tim, ist es das wirklich?«

»Ganz schön cool, nicht?«

»Aber ... aber irgendwie sieht Gustav doch ganz anders aus!« Sie deutete mit dem Finger auf den Styroporkasten. »Nie im Leben war der als Baby so häßlich! Und dieser komische nasse Kopf ist besonders häßlich, und überhaupt ...«

»Du dumme Pute!« schnaubte Tim verächtlich, »das hier ist auch keine Gans, sondern ein Huhn, und außerdem ist es noch nicht mal richtig geschlüpft! Glaubst du vielleicht, du sahst besser aus, als du geboren wurdest? Frag Mama nach dem Fotoalbum, du warst total schrumpelig!«

»Ach so«, sagte Gina still und rückte ein wenig von ihrem Bruder ab. Daß Bukowski gerade lauschend den Kopf gehoben hatte, bekam sie nicht mit. Auch Tim war ganz und gar auf die Geschehnisse in ihrem Brutapparat konzentriert. Nun, genaugenommen gab es zum jetzigen Zeitpunkt weniger Geschehnisse als Geräusche zu verzeichnen. Ein so zartes, leises Piepgeräusch allerdings hatte Tim in seinem ganzen Leben noch niemals vernommen.

»Hast du das gehört, Gina? Es piept, es ist gesund!«

»Ja, aber wieso hat es keine Federn?« jammerte Gina mit wachsender Verzweiflung. Noch immer überstieg der Anblick ihr geistiges Fassungsvermögen, allen brüderlichen Erläuterungen zum Trotz. Die Küken, die sie bislang kennengelernt hatte, waren süß, gelb und flauschig gewesen. Dieses hier hingegen war nackt und hatte einen viel zu großen Kopf.

»Natürlich hat es Federn, nur sieht man die noch

nicht«, brummte Tim. »Weißt du denn nicht mehr, was die Bäuerin gesagt hat? Erst wenn die Eihülle getrocknet ist, wird es so aussehen wie ein richtiges Küken. Mann, das ist das schönste Geschenk, das ich je zu Weihnachten bekommen habe!«

»Ach so«, wiederholte Gina und versuchte, nicht daran zu denken, wie sie die Bauersfrau am vergangenen Vormittag angeschwindelt hatten. Nun ja, ein richtiger Schwindel war es eigentlich gar nicht gewesen, höchstens eine großzügige Auslegung der Wahrheit. Eine winzig kleine Korrektur sozusagen.

»Und eure Eltern sind auch bestimmt einverstanden?« Prüfend hatte Frau Borchert ihnen in die Augen gesehen. Einerseits wäre ihr nichts lieber gewesen, als Tim und Gina auf handfeste Weise über den Verlust ihres Gänserichs Gustav hinwegzutrösten, indem sie ihnen dieses Ei überließ. Andererseits hatte deren Vater sehr ordentlich für Gustavs Pensionsplatz bezahlt. So oder so wäre es also ausgesprochen ungünstig, es sich mit dem Mann zu verscherzen.

Unbedingt, hatten die Kinder unisono gerufen und mit geröteten Wangen, klar doch, Gustav habe doch nur wegen des Lärms das Feld räumen müssen!

Ein logischeres, überzeugenderes Argument war auch der Bauersfrau nicht eingefallen. Gemeinsam hatten sie dann den kleinen Styroporbrüter aus dem Gerätehaus geholt und einer Henne ein Ei aus dem Nest geklaut. Und so kam es, daß Tim und Gina am Heiligabend in einer halbdunklen Abstellkammer saßen und einem Hühnerküken dabei zusahen, wie es sich mühsam aus seiner Schale herausquälte.

Noch immer beanspruchte die Angelegenheit ihre volle Konzentration. Bukowski hatte sich längst in Tims

Bett verzogen. Als im Treppenhaus eine Stufe knarrte, spitzte er kaum die Ohren. Familienmitglieder kläffte man nicht an, schon gar nicht den Chef. Außerdem fühlte er sich rettungslos überfressen.

»Guck mal«, jubelte Gina, »es bewegt sich, und es piept! O Tim, ich glaube, wir haben alles richtig gemacht!«

»Haben wir«, versicherte ihr Bruder stolz, »aber kreisch nicht so laut, das fällt doch auf!« Er dachte schon daran, daß sie nun im Garten einen richtigen kleinen Stall bauen müßten.

Im Flur waren vorsichtige Schritte zu hören, gleich darauf drückte jemand vorsichtig von außen die Türklinke herunter und schob sich ganz leise ins Zimmer. Mit geschlossenen Augen wedelte Bukowski sehr zaghaft mit dem Schwanz. Hoffentlich kam Herrchen nicht auf den Gedanken, ihn aus dem Bett zu jagen. In seiner überfüllten Verfassung lag es sich auf der Matratze einfach besser als unten auf dem Boden.

Gina war plötzlich kaum noch zu bremsen. Die Gewißheit, daß dieses wenig niedliche, verklebte Etwas sich bald zu einem flauschigen Küken entwickeln würde, stimmte sie glücklich und löste eine gewisse Redseligkeit in ihr aus. »Du, Tim, kann ich es morgen früh mitnehmen in Mamas und Papas Bett?«

»Bist du denn wahnsinnig!« schimpfte er, »das hier ist ein Geheimnis, Mensch!«

An der Tür überlegte Bruno, ob er sich bemerkbar machen sollte. Was um alles in der Welt taten seine Kinder an Heiligabend in der Abstellkammer? Auf Zehenspitzen trat er näher. Er lauschte sehr interessiert. Zu dumm, daß Bukowski mittlerweile zu schnarchen begonnen hatte, so verstand er kaum, was seine Kinder sprachen.

»Bist du auch ganz sicher, daß ihm warm genug ist?«

»Ja, natürlich, aber hör' jetzt auf, mich zu nerven, Gina!«

Bruno stutzte. Wem sollte warm genug sein? Was ging hier vor?

»Du, Tim, ist das eigentlich ein Junge oder ein Mädchen?«

Ihr Bruder lachte auf. Sorgfältig faltete er seine Checkliste zusammen. »Keine Ahnung! Aber wenn's ein Junge ist, wird man es wohl irgendwann hören.«

Schweigend suchte Bruno Halt an der Türfüllung. Seine Stimmung konnte nur noch sehr bedingt als »weihnachtlich« bezeichnet werden.

»Dann wird daraus ein schöner bunter Gockelhahn, nicht?« vergewisserte Gina sich voller Tiefsinn. »Und jeden Morgen schreit er *kikeriki*, und wir kommen nie mehr zu spät in die Schule?«

Tim grinste. »Kann sein.«

»Papa wird sich freuen«, sagte Gina.

ENTE

Charlotte Link

Keine Probleme mit dem Advent

»Ich gestalte meinen Adventskranz dieses Jahr ganz in Blau«, sagte meine Freundin mit wichtiger Miene, »dunkelblaue Kerzen und dazu vielleicht violette Seidenschleifen. Die Tannenzapfen könnte ich mit blauem Glitzerspray einsprühen. Wie findest du das?«

»Schön.«

»Wie wird dein Adventskranz aussehen?«

Ich mußte ihr gestehen, daß ich mir darüber noch keine Gedanken gemacht hatte, beziehungsweise, daß meine Gedanken höchst destruktiver Natur waren. Ich hatte beschlossen, in diesem Jahr auf den Weihnachtsrummel zu verzichten. Keinen Adventskranz, keine Kerzen, keine Lieder von fallenden Flocken und klingenden Glocken. Man wird schließlich erwachsen.

Als ich am Nachmittag meinen Freund Stefan besuchte, Musikstudent und ebenso erwachsen wie ich, packte der gerade ein Paket seiner Mutter aus und betrachtete verzückt einen gewaltigen, mit Silbersternen übersäten Adventskalender, der zwischen Dominosteinen und selbstgebackenen Mandelplätzchen zum Vorschein kam. Auf dem Bild turtelte ein rotbackiger, strahlender Nikolaus mit einem lieblichen Engelskindlein, das ein glückliches blankäugiges Reh am Zügel führte. Das Reh zog einen Schlitten, auf dem sich die Geschenkpäckchen nur so stapelten. Zuoberst saß eine Babypuppe, die ganz so aussah, als würde sie »Mama« und »Papa« schreien, wenn man sie in den Rücken piekste.

Ringsum schwirrten natürlich noch viel mehr Engel durch die Gegend, mit noch mehr Rehen an Zügeln, die noch mehr Schlitten mit Geschenken zogen. Ganz zart konnte man dazwischen die Überraschungsfenster mit den magischen Zahlen eins bis vierundzwanzig erkennen.

»Toll«, sagte ich spontan »aber den hängst du nicht an die Wand, oder?«

Stefan untersuchte den Kalender gerade mit sachkundigen Fingern. »Da ist Schokolade drin«, murmelte er.

Ich hatte einen Vorschlag. »Pack sie aus, und wir feiern eine Schokoladenorgie!«

Er starrte mich an, als hätte ich den Verstand verloren.

»Bist du verrückt? Ich mache jeden Tag ein Fenster auf, mehr nicht!«

»In welcher Farbe dekorierst du dieses Jahr deinen Adventskranz?« fragte ich ironisch. Stefan wies in eine Ecke, aus der ein paar grüne Zweige, gelbe Kerzen und goldene Schleifen blitzten. «Schau ihn dir an. Selbstgemacht!«

Ich kapitulierte. Ich wollte nicht die einzige sein, die keinen Adventskranz hat, keinen Adventskalender und keine Mandelplätzchen. Ich ging in die Stadt und kaufte ein, ein wenig verschämt und sehr hastig, aber niemand um mich herum schien etwas dabei zu finden. Mein Kalender war noch größer als der von Stefan, ansonsten aber dem seinen recht ähnlich, nur daß sich zwischen die Engel noch kleine niedliche Wichtelmännchen mischten, von denen einige sogar daran dachten, den hungrigen, Geschenkschlitten ziehenden Rehen in all dem Schnee ein paar Büschel Heu vor die Nase zu halten. Ich überlegte lange, in welcher Farbe ich meinen Adventskranz gestalten sollte: Nicht blau und nicht gelb, man imitiert schließlich seine Freunde nicht gern. Ich entschied mich für Rosarot – wenn schon, denn schon!

»Wundere dich nicht«, sagte ich zu Hause zu meinem Kater Max, der mein Tun mit irritierten Blicken verfolgte »wir haben morgen den ersten Advent!« Nun ließ mich der Eifer nicht mehr los. Ich steckte die Kerzen auf die Zweige, hängte den Kalender an die Wand, rollte den Plätzchenteig in der Küche aus und schaltete das Radio ein. »Leise rieselt der Schnee …«

Aha. Hatte ich mir doch gedacht.

Die Wohnung war warm, der Duft der Plätzchen süß. Unwillkürlich erwachten Kindheitserinnerungen in mir und stimmten mich nachdenklich und ein bißchen melancholisch. Entschlossen, mich von meiner Melancholie nicht zur Strecke bringen zu lassen, versuchte ich meine Gefühle zu analysieren: Ich bin zu erwachsen, um Advent zu feiern, hatte ich gedacht. Advent als das Fest der Kinder? Sicherlich kein Fest, das mit dem Ende der Kindheit ebenfalls endet. Aber eines, das seinen Zauber aus diesen Tagen bezieht. Auf einmal, ganz flüchtig, bedauerte ich, daß es nie mehr wie früher sein würde.

In Ermangelung eines anderen Gesprächspartners erzählte ich Max, was ich empfand: »Früher war die Vorweihnachtszeit wirklich etwas ganz Besonderes. Ich war in den letzten Wochen vor Heiligabend richtig gespannt und erwartungsvoll. Nicht nur wegen der Geschenke. Die Zeit hat etwas so Geheimnisvolles. Es wird früh dunkel draußen, und wenn man durch die Straßen geht, sieht man Kerzenschein hinter den Fenstern der Häuser. Es schneit, und man kann die Flockenwirbel im Licht der Straßenlaternen beobachten. Die Tannen am Gartenzaun sind voller Schnee. Und zu Hause hat man immer das Gefühl, als raschle jemand mit Geschenkpapier. Aus der Küche riecht es nach Vanillezucker und Nüssen ...« An dieser Stelle mußte ich meine Schilderungen abbrechen und in die Küche laufen, um meine Kunstwerke aus dem Backofen zu retten. Begeistert betrachtete ich das volle Blech. Fast perfekt – aber eigentlich schade, daß ich nur einen alten Serviettenring zum Ausstechen hatte. Ich ging noch mal einkaufen.

Im Kaufhaus kam aus den Lautsprechern ein beachtliches Repertoire an Weihnachtsliedern: »Vom Himmel hoch ...«, »Alle Jahre wieder ...«, und zum Beweis der erdumspannenden Gültigkeit des Festes jubelte ein amerikanischer Chor unter orchestraler Mammutbegleitung »Jingle bells ...« Unter einem Prachtexemplar von Tannenbaum stehend, wühlte ich ergriffen in einem ganzen Haufen blecherner Plätzchenformen: Herz, Mond, Stern ... ach, und solch einen Engel hatte meine Großmutter immer gehabt, den mußte ich auch haben! Um diese Blumenform hatte ich meine Freundin Elke immer beneidet ... Selig trug ich meine Schätze heim.

Dort hatte Max inzwischen die erste Garnitur Plätzchen vertilgt. Aber das machte nichts. Jetzt ging es ja erst richtig los. Ich zündete die Kerzen meines rosaroten Adventskranzes an und summte leise die Lieder mit, die das Radio spielte.

Natürlich mußte an diesem Abend Eva-Maria zu Besuch kommen. Eva ist meine Revoluzzer-Freundin. Mit ihr gerate ich immer in haarsträubende Situationen. Wenn sie einen einlädt, mit ihr zusammen ein paar »echt gute Freunde« in deren Haus zu besuchen, dann stellt sich spätestens beim Kaffeetrinken auf den modrigen Matratzen heraus, daß das Haus von den echt guten Freunden gerade besetzt gehalten wird und jeden Moment von der Polizei gestürmt werden kann. Ein Sonntagsspaziergang mit ihr führt todsicher mitten in eine Anti-Reagan-Demonstration, bei der die Steine fliegen. Überflüssig zu sagen, was Eva von Advent hält. »Sag mal, was veranstaltest du denn hier?« fragte sie mißtrauisch. »Machst du auf Advent, oder was?« »Ja«, erwiderte ich tapfer »irgendwie finde ich Advent gut.« Eva fand zumindest meine Plätzchen gut. Ja, sie war so angetan, daß sie plötzlich selber die Ärmel hochkrempelte und eigenhändig beim Backen half. Gerührt beobachtete ich, mit welch peinlicher Genauigkeit sie darauf achtete, alle vorhandenen Förmchen gleichmäßig zu verwenden. Eine Reihe Sterne, eine Reihe Herzen ... eines akkurat neben dem anderen.

»Ich mag halt den Konsumterror nicht, ohne den an Weihnachten nichts abläuft«, erklärte sie, »da müßte eine totale Neuorientierung stattfinden. Außerdem ist das alles verlogen. Friede auf Erden ... und was passiert in Nicaragua?« Sie sah mich empört an und stach einen wunderschönen Engel aus. Ich fühlte mich schuldbewußt. Klar, Eva hatte schon recht. Nicht die ganze Welt war so friedlich wie meine von Adventskerzen beleuchtete Wohnung. Ich mußte nur an die Umstände denken, unter denen ich zu meinem Kater Max gekommen war. Das war auch im Dezember gewesen, und die Leute, die mir Max halberfroren brachten, hatten sich bitter darüber beklagt, daß das Tier Tag und Nacht vor ihren Fenstern gemaunzt hatte.

»Da sitzt man bei Kerzenlicht, alles soll ruhig und besinnlich sein, und draußen schreit ohne Unterlaß eine Katze. Fast hätte sie uns die ganze Weihnachtszeit verdorben!«

Erstick doch an deiner Weihnachtszeit, dachte ich und nahm mir zum ersten Mal vor, das Fest der Liebe künftig zu ignorieren. »Man darf sicher die Probleme der Welt nicht vergessen«, sagte ich, »aber deshalb ganz ohne das kleinste bißchen Zauber leben ...«

»An Weihnachten streuen die uns doch Sand in die Augen«, meinte Eva »wo ist denn die wirkliche Nächstenliebe? Alle kaufen Geschenke, aber doch nur, um selber etwas zurückzubekommen. Sonst reut sie ihre Investition!«

Ich mußte zugeben, daß das manchmal so sein mochte. Mir fiel dabei die Praktik einer Klassenkameradin ein. Jedes Jahr im Dezember stand sie vor dem gleichen Problem: Wer würde ihr etwas schenken, wer nicht? Sie mochte nicht mit leeren Händen vor einem Schenker stehen, aber sie wollte auch nichts hergeben ohne die Garantie einer Gegengabe. Sie kaufte eine Menge Plunder – den sie bei Nichtverbrauch im nächsten Jahr wieder würde verwenden können –, verpackte ihn und schleppte ihn am Tag X mit in die Schule. Die einzelnen Stücke waren so beschaffen, daß sie auf jeden Menschen passen konnten (oder auf keinen), daher nannte sie sie »Universalgeschenke«. Überreichte ihr jemand unerwartet ein Päckchen, griff sie in ihre Tüte, fischte ein Universalgeschenk hervor und erklärte lächelnd: »Für dich. Ich mußte gleich an dich denken, als ich es im Laden sah.« Das klang schmeichelnd. Allerdings mochte sich manchmal nachher etwa ein Computer-Freak, der nichts als Daten und Programme im Kopf hatte, fragen, weshalb jemand beim Anblick einer zierlichen Porzellandose in Form einer sich wohlig räkelnden Katze ausgerechnet an ihn hatte denken müssen.

»So wenig es die Welt verändert«, sagte ich, »es ist vielleicht trotzdem gut, daß bei einigen Menschen, und wenn es nur im eigenen kleinen Lebensbereich ist, Friede aufkommt. Und der Wunsch, anderen Menschen ihre Liebe zu zeigen.«

»Wenn sie das nur in der Weihnachtszeit tun …«

»Immerhin in der Weihnachtszeit. Das ist wie mit den Spenden. Das Jahr über nichts, an Weihnachten dann doch, und das ist auch schon was!«

Eva konnte meine praktischen Überlegungen nicht teilen. »Es ist verlogen. Lichterglanz ist verlogen!«

»Das kannst du so nicht sagen«, widersprach ich »der Lichterglanz ist ein Bedürfnis der Leute.«

»Sie machen sich etwas vor damit.«

»Sie lassen sich verzaubern. Das kannst du nicht in jedem Fall mit Verlogenheit gleichsetzen. Advent ist eine Zeit auch des Träumens. Träume sind legitim!«

Ich schlug mich tapfer für den Advent, dabei war ich durchaus angekratzt von den Argumenten der Gegenseite. Die Geschehnisse der Welt verursachen schon ohnedies einen bitteren Geschmack im Mund, der beim Anblick von Kerzen, bunten Kugeln und Lametta noch etwas bitterer werden kann. Ich fing an, mich zu fragen, ob Weihnachtsträume tatsächlich legitim sind oder nur gemacht, den Misthaufen Welt für einige Zeit unter sich unsichtbar zu begraben. Ich fand keine Antwort. Ich gelangte nur zu dem Schluß, daß in der Weihnachtszeit eine gewisse Hoffnung begründet lag. Vielleicht gab es bei einigen wenigen doch ein bißchen Besinnlichkeit, Sensibilisierung, ein Stück Erinnerung an vergangenen Zauber, der sie innehalten, zurückblicken, nachdenken, sehnsüchtig werden ließ. In Stefans Blick hatte Sehnsucht gelegen, als er seinen Glitzerkalender betrachtete. Es war Sehnsucht gewesen, die mich hatte losziehen lassen, Herzen und Engel und Sterne zum Ausstechen der

Plätzchen zu kaufen. Dem Kerzenanzünden im Advent lag ein uraltes Verlangen der Menschen nach Wärme und Geborgenheit zugrunde. Es schien mir nicht das schlechteste Verlangen, von dem die Menschen bewegt werden.

»Ich hatte heute früh eine Maus als Bild in meinem Kalender«, sagte Stefan am nächsten Tag provokant. Ich grinste zurück. »Und ich einen Gartenzwerg.«

»Haha! «

Wir gingen Eva besuchen.

»Du weißt, sie steht nicht auf Weihnachten«, warnte ich Stefan vorher, »also fang nicht plötzlich an, ›Ihr Kinderlein kommet ...‹ zu singen!« Bei Musikstudenten kann man nie wissen ...

Eva wirkte verlegen, als sie uns erblickte. »Ach, ihr seid es«, sagte sie gedehnt, »kommt nur herein.«

»Wir wollten dich zum ersten Advent besuchen«, sagte Stefan. Aus Evas Küche roch es nach Gebackenem.

»Nur, um es gleich vorwegzunehmen«, sagte Eva »ich habe jetzt auch einen Adventskranz.« Olala! Wir schauten einander betreten an. Eva sprach schnell weiter: »Einen unangepaßten natürlich!« Natürlich. Ich mußte an Kerzen mit dem Konterfei Maos oder Che Guevaras denken. Gespannt betraten wir das Wohnzimmer.

Auf Evas Wohnzimmertisch (einem Brett, das auf dem Boden zwischen roten Matratzen lag) stand ihr ganz persönliches Weihnachtstraumgebilde. Um einen Pappring hatte sie Tannenzweige gebunden – allerdings tatsächlich nur die Zweige. Die Nadeln hatte sie entfernt. Sie weise damit auf das Waldsterben hin, erklärte sie. Statt Kerzen steckten vier Räucherstäbchen in der Pappe (aus einem Laden stammend, der fünf Prozent seines Gewinnes an Greenpeace abführt). Um die kahlen Zweige schlang sich eine leuchtend gelbe Schleife, auf der mit grell-roter Farbe »Solidarität mit Nicaragua« gefordert wurde.

Evas Verlegenheit wich Stolz. »Ist der nicht irre?« fragte sie. Wir fanden das auch. Wir setzten uns um den Kranz herum und blickten glücklich in den Rauch des Räucherstäbchens. Ich dachte noch einmal über Weihnachtsträume und Sehnsüchte nach. Jedem die seinen! Im Augenblick hatte keiner von uns Probleme mit dem Advent.

Vicki Baum

Der Weihnachtskarpfen

Für die Lanner-Kinder fing Weihnachten am 6. Dezember an, weil das der Tag war, an dem Santa Claus kam. Natürlich wurde er in Wien nicht Santa Claus, sondern mit seinem italienischen Namen genannt: Nikolaus. Der Nikolaus war ein freundlich aussehender alter Herr mit einem gütigen Lächeln, das hinter einem langen weißen Bart versteckt war; er war mit dem Festgewand eines Bischofs bekleidet und trug einen Bischofsstab in der Hand. Das Aufregende für alle österreichischen Kinder war, daß mit dem Sankt Nikolaus – und als sein böses Pendant – ein haariger schwarzer Gefährte kam, der Ruprecht genannt wurde. Der Knecht Ruprecht war ein Teufel mit Hörnern; er hatte eine lange feurige Zunge, die aus seinem schwarzen Gesicht heraushing, und einen höllisch aussehenden Dreizack in der Hand, mit dem er böse Kinder aufspießen konnte. Lange vor Dezemberanfang konnte man Nikolaus und Ruprecht in allen Schaufenstern sehen, doch in der Nacht zum sechsten kamen sie wirklich in der Stadt an. An dem Abend stellten die Lanner-Kinder ihre Schuhe ins Fenster, ihre kleinen Hände zitterten, ihre Herzen pochten. Sie fürchteten das Schlimmste, hofften aber das Beste. Denn war man artig gewesen, würde man die Schuhe am Morgen voller kandierter Früchte, Datteln, Feigen und Nüsse finden; war man jedoch böse gewesen, würde Nikolaus den Schuh leer lassen und Ruprecht eine Birkenrute hineinstecken, um darauf hinzuweisen, daß die Eltern sie besser einmal auf dem Hinterteil gebrauchten.

Im Lanner-Haus gab es drei Kinder: Friedel, der älteste, ein kleiner wilder Kerl mit blauen Augen, schwarzem Haar und glühenden Wangen, und die Zwillinge Annie und Hans. Annie war ein fröhliches, emsiges, geschäftiges kleines Frauchen, und Hans war ihr schüchterner und ergebener Schatten. Für alle drei bedeutete der sechste Dezember nicht nur Nikolaus und Ruprecht, Süßigkeiten oder Rute, sondern viel wichtiger noch: es war der Tag, an dem Tante Mali vom Land kam. Lange Zeit betrachteten die Lanner-Kinder Tante Mali sogar beinahe als die dritte Person in dieser Dreiheit, und es war ihnen nie ganz klar, ob Tante Mali ihnen vom Himmel oder von der Hölle geschickt wurde.

Tante Mali war ein Original. Sie war groß und dünn und von solcher Geschwindigkeit und Energie, als wäre sie nicht mit dem Zug nach Wien gekommen, sondern auf einer Rakete in die Stadt geschossen worden. Soweit die Kinder sich zurückerinnern konnten, war sie immer grau und alt gewesen; aber während sie selbst heranwuchsen, verschiedene Stadien von Schulschwierigkeiten, unreiner Haut, tagträumender Adoleszenz und erster Backfischliebe durchmachten, schien Tante Mali nie einen Tag älter zu werden, als sie immer gewesen war.

Tante Mali kam vom Land; sie war tief religiös und sehr streng; sie ließ nicht zu, daß ihr widersprochen wurde, nicht einmal von Dr. Lanner, der einer der besten Chirurgen Wiens und eine Kapazität war und es selbst nicht mochte, wenn ihm widersprochen wurde. Tante Malis Launen waren von der ganzen Familie gefürchtet, und alles wurde getan, um ihren Zorn zu besänftigen.

Kurz, Tante Mali war ein Diktator, lange bevor die Welt sich der Diktatur bewußt geworden war.

Erst nachdem Tante Mali angekommen war, ihre große Schürze umgebunden und in der Küche das Regiment übernommen hatte, konnte Wien sich ernsthaft dem Geschäft der Weihnachtsvorbereitungen widmen – so kam es zumindest den Kindern vor. Es konnte kein reiner Zufall sein, daß jedes Jahr am Tag der Ankunft Tante Malis der Weihnachtsmarkt sich auf dem dafür vorgesehenen Platz in der Stadt ausbreitete – ein glitzerndes, klirrendes, duftendes Durcheinander von Ständen und Buden, gefüllt mit all dem Drum und Dran für die Feiertage und voller Süßigkeiten, Kerzen, Schmuck, Verheißung und Aufregung.

Tante Mali richtete sich in der Küche ein, öffnete ihre schwarze Wundertasche und zauberte eine Fülle an Gewürzen und Zutaten daraus hervor, eine Wolke von Weihnachtsgerüchen, und, das Faszinierendste von allem, das BUCH. Das Buch war sehr alt, und manche Seiten waren von Generationen ehrgeiziger Frauen der Lanner-Familie so oft durchgeblättert und abgegriffen worden, daß sie nur noch Fetzen waren. Das Buch war am 25. Dezember 1798 von einer Anna Maria Amalia Lanner, der Urgroßmutter Tante Malis, begonnen worden. Das Datum konnte man noch auf der ersten Seite sehen, in Anna Maria Amalias schnörkeliger Handschrift niedergeschrieben und gefolgt von einem schön gemalten: »!!!Gott sei mit uns!!!«

Das erste Rezept, das sie in ihr Buch eingetragen hatte, war für einen Kuchen mit dem Namen Guglhupf, unerläßlich bei jeder festlichen Gelegenheit in Wien, und es erforderte so viele Eier und so viel Butter, daß es Mutter schwindlig machte, oder zumindest behauptete Frau

Lanner es. (Mutter, Dr. Lanners Frau, war diejenige, von der der kleine Hans sein feines und schüchternes Betragen und seine gefügige kleine Seele geerbt hatte.) Diesem ersten Rezept folgten andere, niedergeschrieben von Anna Maria Amalias Töchtern und Schwiegertöchtern, von Nichten, Enkelinnen und Urenkelinnen, von einer Kette weiblicher Nachkommen, alle gute Köchinnen, wie die meisten Österreicherinnen.

In gewisser Weise spiegelte das Buch die Hochs und Tiefs der Familie wie der Zeiten wider, und mancher junge Soziologe hätte es gut als Grundlage seiner Magisterarbeit verwenden können. Den Kindern bereitete es unendlichen Spaß, sich von ihrer Mutter aus den bekritzelten Seiten vorlesen zu lassen. Sie konnten über die zwölf Eier und fünf Pfund Butter, die in Anna Maria Amalias einfachen kleinen Guglhupf kamen, genauso lachen wie über die Rezepte, die Tante Mali persönlich während des Weltkriegs eingetragen hatte, als es in Österreich keine Lebensmittel gab und die Leute Kuchen aus Möhren und schwarzen Bohnen machten.

Tante Mali machte sich mit klappernden Töpfen und Pfannen in Wolken von Mehl grimmig an die Arbeit. Mehl bedeckte ihre Wimpern, Schokolade war über ihre gestärkte weiße Schürze gekleckert, der Geruch von Zimt umhüllte sie, und ihre nackten Arme waren bald von Brandwunden so scheckig wie die Arme eines alten Kriegers von ehrbaren Narben. Frau Lanner wagte nicht, die Küche zu betreten, wo Tante Mali mit der verheerenden Kraft eines Hurrikans arbeitete; und Kati, das Dienstmädchen, das sonst kochte, ging auf sein Zimmer, von Weinen und Wut geschüttelt, in seinen Gefühlen verletzt. Die Wochen zwischen dem 6. Dezember und dem

24. Dezember waren für alle eine Zeit der Spannung, der Furcht, des Schreckens und der Hoffnung.

Tante Mali backte Weihnachtsplätzchen.

Sie backte Zimtsterne und Schokoladenringe und Anna Maria Amalias Husarenkrapferln, die einem im Mund zergingen und immer besser schmeckten, je länger man sie in dem großen Steinguttopf bewahrte. Sie backte knusprige braune Buchstaben – ein ganzes Alphabet davon –, die Patience hießen, und kleine Kügelchen von leichtem weißem Schaum, die Spanischer Wind hießen; sie machte Marzipan und Quittengelee und Rumtrüffel. Sie backte Brote und Kuchen aller Formen und Geschmacksrichtungen und verschiedener Süße; und der gute warme Geruch von Hefe zog in jeden Winkel und jede Ecke und hielt die Lanner-Kinder in einem stetigen Zustand von Verlangen und hungriger Vorahnung. Der kleinen Annie wurde gelegentlich Zutritt zur Küche gewährt und erlaubt, Teig zu rühren oder Eiweiß auf die Plätzchen zu streichen – denn man konnte nicht früh genug anfangen, wenn man eine gute Köchin werden wollte. Die beiden Jungen wurden dem heiligen Reich strikt ferngehalten, aber jeden Abend servierte Tante Mali ihnen ein paar winzige Kostproben der zu erwartenden Freuden. Ihr großer Tag kam, wenn sie sie zum Markt begleiteten, um den Karpfen zu kaufen; denn der ganze Aufruhr des Kochens und Backens und Vorbereitens steigerte sich immer mehr und erreichte dann seinen Gipfel in dem, was man in Wien *Fasten* nannte. Und das Fasten wiederum hatte seinen eigenen Höhepunkt am Heiligabend, wenn der Weihnachtskarpfen serviert wurde.

Der Kauf dieses Karpfens war eine fieberhaft erwartete Zeremonie. Am Morgen des 24. Dezember, und keinen Tag früher, gingen die Kinder mit Tante Mali zum Markt. Kati bildete als beratende und unterstützende Kraft die Nachhut in der wichtigen Schlacht um den besten Karpfen, den es gab. Weil jede Familie in Wien den besten Karpfen für ihr Essen am Heiligen Abend wollte und jede Familie eine erfahrene Einkaufstruppe zum Markt schickte, war das Schieben, Kreischen und Raffen heftig und erbittert. Und da waren sie, Tausende von Karpfen, die sich in ihren Wannen und Bottichen wanden, planschten und schlängelten, eine fette, lebendige, ergiebige und reiche Überfülle silbriger Fische. Tante Mali hatte harte, energische Ellbogen, und sie bahnte sich ihren Weg von Wanne zu Wanne, immer auf der Suche nach dem einen, dem besten, dem vollkommenen, dem Superweihnachtskarpfen.

Es mußte ein Spiegelkarpfen sein, nackt bis auf vier Reihen silbriger Schuppen die Flanke hinunter. Er sollte groß sein, aber nicht zu alt, sonst würde er brackig schmecken. Er sollte auf jeden Fall männlich sein, weil der Laich in einem ausgewachsenen männlichen Karpfen eine Delikatesse für sich war. Seine Kiemen mußten rot sein, und seine Augen mußten hervorstehen und lebendig aussehen. Der ganze Fisch mußte vor Leben und Kraft beben; und wenn Tante Mali endlich den richtigen fand und er ihrer Hand mit dem Schwanz einen Schlag versetzte und mit der Sprungkraft und Grazie eines Trapezkünstlers im Zirkus in die Wanne zurückschnellte lachte sie laut auf und zahlte jeden Preis, den Jakob Fisch dafür verlangte. Nun traf es sich, daß Tante Mali letzten Endes immer bei Jakob Fisch kaufte, weil er zweifelsohne die besten Karpfen auf dem Markt hatte. »Ich kenne mich aus mit Fisch, weil ich selbst ein Fisch bin«, sagte er jedes Jahr und kostete seinen ewigen Witz aus.

Ganz gewiß kannte er sich mit Fisch aus; er reiste, wenn das Wasser aus den großen Karpfenteichen abgelassen wurde, bis nach Ungarn und in die Tschechoslowakei, um sich die besten der Ausbeute auszusuchen. Er war der beste Fischhändler auf dem Markt, und es kümmerte niemanden, daß er Jude war. In Österreich feierte niemand Weihnachten mit mehr Leidenschaft und Begeisterung als die Juden. Sie gingen am Weihnachtsmorgen sogar in die Kirche, weil der Gottesdienst so herrlich und die Musik so schön war.

Dann kam der Augenblick, in dem der Karpfen getötet werden mußte – der Augenblick, den die Zwillinge fürchteten und Friedel liebte. Mit einem Holzhammer schlug Jakob Fisch den Fisch geschickt bewußtlos, schlitzte ihn auf und grub in ihm nach dem Laich und der Leber. »Vorsicht, Vorsicht, die Galle –« Tante Mali und Kati schrien jedesmal, und jedesmal antwortete Jakob Fisch herablassend: »Meine Damen, ich habe Karpfen getötet und ausgenommen, als Sie noch in den Windeln lagen.« Darüber kicherte Kati, und Tante Mali lachte, und für Annie war es das Zeichen, die Hände von den Augen zu nehmen, denn dann konnte sie sicher sein, daß der Karpfen tot war. Das Schreckliche war, daß er sich in dem Korb, in dem Kati ihn nach Hause trug, weiter wand und zitterte, mit Petersilie gefüllt und mausetot wie er war.

»Stell dich nicht so dumm an«, sagte Friedel zu seiner Schwester. »Das sind nur Reflexe.« Ihm machte es nichts aus, Frösche zu töten oder Tiere zu sezieren, weil sein Vater Chirurg war und er eines Tages auch Chirurg werden wollte. Wenn sie nach Hause kamen, roch das Haus nach Weihnachtsbaum und Überraschungen. Dieser Nachmittag kam den Kindern, im Kinderzimmer eingeschlossen, endlos vor. Selbst Friedel ließ sich dazu herab, mit ihnen Domino zu spielen, um die Zeit zu vertreiben. Endlich wurde es dunkel. Endlich wurden sie gewaschen und angezogen. Endlich steckte ihre Mutter den Kopf ins Zimmer und flüsterte, sie glaube, sie habe das Christkindl einige Päckchen bringen sehen, und sie sollten bitte nicht so viel Krach machen. Endlich klingelte die Weihnachtsglocke, und sie stürmten ins Wohnzimmer und hielten an der Tür, überwältigt von der ganzen Herrlichkeit.

Da war der Weihnachtsbaum, ein wirklich großer, der vom Boden beinahe bis zur Decke reichte. Ein kleiner Engel glitzerte von seiner Spitze, und unter seinen untersten Zweigen war der Stall mit dem Christkindl – das kleine Kind in der Krippe –, Maria kniete an seiner Seite, und Joseph stand dahinter. Da waren die Heiligen Drei Könige, die Hirten, die Ochsen, der kleine Esel und noch mehr Engel, und alle sahen auf das Christkindl. Die Zweige des Baums waren beladen mit Äpfeln und vergoldeten Nüssen und Tante Malis Meisterwerken, der Patience, dem Spanischen Wind, den Schokoladenringen, den Zimtsternen. Da brannten außerdem Wachskerzen – es sah aus, als wären es tausend – und der süße Geruch des Wachses machte den Heiligen Abend für die Lanner-Kinder vollkommen und vollendet. Kati, steif wie ein Wachtposten und mit einem nassen Lappen in ihren großen roten Händen, stand dabei und paßte auf jeden Zweig auf, der Feuer fangen könnte. Tante Mali, in schwarze Seide gehüllt und gekrönt mit einem überwältigenden Teil falscher brauner Locken auf dem grauen Kopf, forderte die Kinder in strengem Flüsterton zu singen auf. Sie faßten einander an den Händen, und mit ihren Diskantstimmen fingen sie an zu singen, während der Widerschein der tausend Wachskerzen in ihren Augen funkelte und sie vor Aufregung kalte Füße bekamen, weil an der Wand drei Tischchen standen, jedes mit einem weißen Damasttuch bedeckt, unter denen sich ihre Geschenke verbargen. Aber erst nachdem Annie, die nach allgemeiner Übereinkunft zur jüngeren der Zwillinge erklärt war, das Lukasevangelium aufgesagt hatte, wurde ihnen erlaubt, die Tische aufzudecken. Gewöhnlich machte Dr. Lanner ihrer Spannung plötzlich ein Ende, indem er direkt nach: »Ehre sei Gott in der Höhe. Und Friede auf Erden den Menschen, die guten Willens sind« vom Klavier aufstand und rief: »Stürzt euch drauf, Blagen!« Und mit diesem Zeichen war der feierliche Teil des Abends vorüber, und der Rest war reines Vergnügen. Die Kinder tranken süßen Wein zu ihrem Weihnachtsessen, und der Doktor gab einen humorvollen Trinkspruch zum besten. Während der Suppe wurde Tante Mali sentimental und erinnerte sich ihres verstorbenen Ehemanns, fing sich jedoch wieder und rückte in die Küche ab, denn es war Tradition, daß sie selbst den Karpfen hereintrug. Sie kam damit herein: ein Berg goldenen gebratenen Karpfens, hoch aufgeschichtet auf der alten Wiener Servierplatte mit handgemaltem Rosenmuster. Die Kinder stießen mit ihren Messern gegen die Weingläser, sie trampelten mit den Füßen und machten jeden nur erdenklichen Lärm. Der Doktor tat einige Schuppen in seine Geldbörse, damit er das ganze Jahr über Geld haben würde, und Frau Lanner sagte: »Nun eßt, und redet nicht, Kinder, und seid vorsichtig mit den Gräten.«

Und Tante Mali, zum Teil vom Ofen und zum Teil von ihrem Erfolg mit dem Karpfen rot glühend, entspannte sich und erzählte ihnen noch einmal, wie es in der Weihnachtsnacht auf dem Lande war, wo man um Mitternacht zur Mette ging und alle Bauern mit ihren kleinen Laternen über die verschneiten Hügel kamen und jeder seine besonderen Weihnachtsfilzpantoffeln mitbrachte, damit seine Füße in der Kirche nicht zu kalt wurden.

Die Kinder wurden nie müde, dem zuzuhören, und alles verschmolz mit dem guten vollen Geschmack des Karpfens, der Wärme des süßen Weins, dem Geruch der Wachskerzen, den Geschenken auf den Tischchen im Wohnzimmer und dem merkwürdigen Gefühl, mehr gegessen zu haben, als einem guttat, und der ganzen grenzenlosen Freude und Herrlichkeit des Heiligen Abends.

Zuerst kam dies und dann das. Dann kam der *Anschluß*. Dann kam der Krieg. Dr. Lanner war sehr ruhig geworden, und Frau Lanner, die immer ruhig gewesen war, hatte sich ein nervöses kleines Zittern der Hände und ein nervöses kleines Zucken der Augenlider angewöhnt. Friedel war Flieger geworden, und sie glaubte, daß er seit diesem Absturz etwas merkwürdig sei, oder vielleicht war der Druck all dieser Bombenangriffe zuviel für den Jungen. Annie war mit einem Leutnant verlobt, der im besetzten Frankreich stationiert war, und Hans, der Apotheker werden sollte, arbeitete in einer Munitionsfabrik. Er war etwas zu mager und zu lang, und sein Vater neigte zu der Ansicht, daß seine Lungen nicht ganz in Ordnung seien.

Ja, alles hatte sich verändert, außer Tante Mali. Pünktlich am 6. Dezember tauchte sie in der Stadt auf, komplett mit schwarzer Tasche und dem Buch, bereit, sich in der Küche an die Arbeit zu machen.

»Du hättest das Buch genausogut zu Hause lassen können«, sagte Frau Lanner resigniert. Und der Doktor fügte ein altes österreichisches Sprichwort hinzu: »Aus Pferdeäpfeln kann man bekanntlich keinen Apfelkuchen machen. «

»In dem Buch habe ich mein gutes altes Kriegsrezept für Möhrentörtchen«, sagte Tante Mali unverzagt. »Und für den Bohnenkuchen. Er schmeckt beinahe wie Sachertorte.«

»Ich möchte, daß meine Bohnen wie Bohnen schmekken; aber sie tun's nicht«, erwiderte der Doktor.

»Ich habe auch Butterfett mitgebracht«, sagte Tante Mali. »Zumindest können wir Heiligabend gebratenen Karpfen haben, und das ist die Hauptsache.«

»Gebratener Karpfen! Die Idee!« sagte Frau Lanner. »Es wird kein einziger Karpfen auf dem Markt zu haben sein. An diesem Weihnachten wird in ganz Wien kein einziger Karpfen zu haben sein.«

»Ja, ich weiß«, sagte Tante Mali. »Deshalb habe ich einen mitgebracht.«

»Du hast was?«

»Ich habe einen Karpfen mitgebracht. Ich habe ihn in der Küche in seinem Eimer gelassen.«

»Wo hast du ihn bekommen?« fragte Frau Lanner schwach, von Respekt und Bewunderung überwältigt.

»Von unserem alten Freund. Von wem sonst? Von Jakob Fisch. Natürlich hat er keinen Stand mehr auf dem Markt, weil er Jude ist. Aber nichtsdestotrotz hat er mir einen Karpfen besorgt, privat, verstehst du. Er hat ihn von einem Verwandten, der jenseits der ungarischen Grenze lebt. Es ist kein sehr guter Karpfen, aber schließlich ist Krieg, und Weihnachten wird man keinen Karpfen bekommen können. Wir müssen ihn nur bis dahin am Leben halten.«

»Sicher. Das ist einfach, nicht wahr?« sagte Frau

Lanner bitter. »Einen Karpfen drei Wochen lang in einer Vierzimmerwohnung am Leben halten. Wo sollen wir ihn hintun?«

»In die Badewanne«, sagte Tante Mali, von Kopf bis Fuß ein siegreicher Küchen-Napoleon.

Es war sowieso ein schwacher Karpfen, er war jung und dünn und hatte blasse anämische Kiemen. Sein Bauch war platt, ohne Rogen und Laich, und er gab nur einen schwachen Klaps mit dem Schwanz, als Tante Mali ihn in die Badewanne legte. Aber es war ein Karpfen, und entgegen allen Erwartungen blieb er am Leben. Seine neue Bleibe schien ihm sogar zu gefallen, und Tante Mali, die ihn eifrig mit Goldfischfutter fütterte, behauptete, daß er zunehme. Sie behauptete auch, daß er die Familie kenne und kommen würde, wenn man seinen Namen rufe.

Dr. Lanner hatte ihm den Namen Adalbert gegeben, und die Beziehung zwischen dem Arzt und dem Karpfen war eine der gegenseitigen Zuneigung. Der Doktor ging jeden Morgen in die Badewanne und drehte die kalte Dusche auf. »Entschuldige, Adalbert«, sagte er. »Ich hoffe, du hast nichts dagegen.« Adalbert hatte nichts dagegen. Im Gegenteil, er schien das kalte Wasser zu mögen, das in die altmodische Badewanne hinunterplatschte. Er schwamm in kräftigen, schnellen Kreisen, immer in der Wanne herum. Seine hervorstehenden Augen richteten sich liebevoll auf des Doktors Beine im Wasser. Nach dem Frühstück fütterte Tante Mali ihn, und eine Stunde danach kam Annie und wechselte das Wasser in der Wanne für ihn. Während dieses Vorgangs blieb Adalbert sehr still, klapste nur mit seinen Flossen und erlaubte Annie, seinen Bauch zu kitzeln. Hans behauptete sogar, Adalbert habe ihm zugelächelt, als er sich rasierte. Obwohl Frau Lanner beinahe eine Woche brauchte, um sich mit der Anwesenheit eines lebenden Karpfens in ihrer schönen sauberen Badewanne abzufinden, gewöhnte auch sie sich am Ende an Adalbert, und man konnte sogar hören, wie sie mit ihm in der Babysprache sprach, die sie nicht mehr gebraucht hatte, seit die Zwillinge drei Jahre alt gewesen waren. Sie verbrachte mehr und mehr Zeit mit Adalbert allein, und einmal gestand sie ihrem Mann, daß die Gesellschaft des Karpfens besänftigend für ihre angespannten Nerven sei. Natürlich konnte in den Wochen von Adalberts Aufenthalt keiner ein heißes Bad nehmen, aber damals konnte man, den neuen Anordnungen entsprechend, ohnehin nur samstags abends warmes Wasser bekommen, und auch dann nur für zwei Stunden, und so störte Adalbert die Lanner-Familie nicht sonderlich.

Je näher Weihnachten heranrückte, desto lieber gewannen sie Adalbert. Er war schließlich etwas Einzigartiges, ihre geheime Freude, ihr versteckter Schatz, ihr großer Stolz. Im streng rationierten Wien gab es sehr wenige Leute, die am Heiligen Abend gebratenen Karpfen würden essen können. Dann jedoch wurde es immer schwerer, an Adalbert als einen Haufen knusprig gebratenen Fischs, eine goldene Köstlichkeit auf der alten Servierplatte mit Rosenmuster zu denken. Es war auch zu bezweifeln, ob Adalbert genug für die ganze Familie hergeben würde, weil sowohl Friedel als auch Paul, Annies Verlobter, auf Urlaub nach Hause kamen. Beide wurden Adalbert förmlich vorgestellt, der sie mit einem bösen Ausdruck prüfte. Friedel fühlte sich sofort zu ihm hingezogen, während Paul brummte, daß er ihn lieber nicht ungekocht gesehen hätte. Doch auch er beobachtete Adalbert, als er seine bescheidenen kleinen Tricks vorführte. Er sprang und schwamm in Kreisen, wenn der Doktor die Dusche aufdrehte; er schien zu hören, wenn Tante Mali ihn beim Namen rief, und er erlaubte Annie, seinen Bauch zu kitzeln. Als die Familie das Badezimmer verließ, erzählten sie einander, wie großartig es sei, daß sie am Heiligen Abend gebratenen Karpfen bekommen würden und wie gut er schmecken würde. Über ihrer gezwungenen Fröhlichkeit hing jedoch ein kleiner Schatten.

Der Ärger begann am Morgen des 24. Dezember. »Wer tötet mir den Karpfen?« fragte Tante Mali beim Frühstück. Sie nannte ihn nicht beim Namen, beinahe als wolle sie alle persönlichen Beziehungen zu Adalbert abbrechen.

»Bitte, Tante, bitte –«, weinte Annie und wurde leicht blaß, weil sie kein Blut sehen, nicht einmal daran denken konnte, ohne ein komisches Gefühl im Magen zu spüren.

»Bitte, was? Wenn wir ihn essen wollen, müssen wir ihn töten«, sagte Tante Mali ungerührt.

»Was ist mit dir?« wandte sie sich an den Doktor. »Du bist Chirurg; du weißt genau, wie.«

»Es tut mir leid – äh – ich habe keine Zeit –«, murmelte Dr. Lanner und verschwand schnell. Annie hatte das Zimmer vor ihm verlassen.

»Du, Hans?«

»Ich kann es mir nicht einmal vorstellen. Wir sind Freunde, Adalbert und ich. Mich mußt du entschuldigen, Tante.«

»Paul? Friedel?«

Beide jungen Männer, schneidig in ihren Uniformen, weigerten sich. Sie sagten, sie könnten es nicht. Man könne nicht einfach hingehen und ein Schoßtier töten, sagten sie. Darüber wurde Tante Mali wütend. »Wollt ihr mir erzählen, daß ihr Städte bombardieren und Häuser niederbrennen könnt, aber Weichlinge seid, die keinen Fisch töten können?« brüllte sie sie an. Die beiden Offiziere zuckten mit den Achseln. »Das ist etwas anderes, Tante Mali –«, sagte Friedel zuletzt mit einem unbehaglichen Lächeln. »Wir liegen nicht mit dem Karpfen im Krieg.«

Am Ende befahl Tante Mali Kati, die Sache zu erledigen, und Kati verschwand nörgelnd und protestierend im Badezimmer. Es folgten eine kurze unheilvolle Stille und dann ein Schrei, ein Platschen, ein Klatschen, gefolgt von einem komischen klatschenden Geräusch. Als Tante Mali Kati zu Hilfe eilte, fand sie das Mädchen in der Badewanne, durchnäßt und fluchend, und Adalbert wand sich und hüpfte auf dem Linoleumboden. Tante Mali sagte einige unfreundliche Dinge, zog Kati aus ihrem kalten Bad und tat den Karpfen wieder in die Wanne. Dann biß sie die Zähne zusammen, holte einen Hammer und ein Messer, kehrte ins Badezimmer zurück und schloß die Tür hinter sich ab.

Niemand wagte sie zu fragen, was mit Adalbert geschehen sei.

An dem Abend gab es keine Wachskerzen am Baum, keine Plätzchen, keine Patience, keinen Spanischen Wind. Die Geschenke auf den kleinen Tischen waren kärglich, und der weiße Damast, der sie bedecken sollte, war so schäbig, daß Frau Lanner sich entschuldigen mußte. Annie fragte ihren Vater, ob er wolle, daß sie das Evangelium aufsage, doch der Doktor antwortete nur mit einer schlaffen, resignierten Handbewegung, und sie gingen alle ins Eßzimmer und setzten sich. Da war der Festtagsgeruch brutzelnder Butter, und der Doktor richtete sich auf und zog ihn tief ein. »Riecht gut, nicht wahr?« sagte er händereibend.

»Beinahe wie in den alten Zeiten –«, sagte seine Frau, hielt jedoch sofort inne, als hätte sie eine peinliche Bemerkung gemacht.

»Hier kommt Adalbert –«, bemerkte Hans in die Stille, die der ungeschickten Bemerkung folgte. Das hätte er nicht sagen sollen. Die Tür ging auf, und Tante Mali trat ein, hielt die alte Servierplatte mit dem Rosenmuster hoch, auf der in einem kleinen Haufen die sterblichen Überreste Adalberts ruhten, braun, knusprig und vollkommen. Sie alle schlugen die Augen nieder, und Annie wurde wieder einmal blaß und griff unter dem Tisch nach der Hand ihres Verlobten. Friedel machte einen schwachen Versuch, an sein Glas zu klopfen und zu applaudieren, wie er es als kleiner Junge getan hatte, aber das kleine Klingeln erstarb sofort.

»Nehmt ein Stück, es gibt genug«, drängte Tante Mali. »Hier das ist aus der Mitte. Nehmt es, eßt es, es ist eine Delikatesse, ich habe ihn in reinem Butterfett gebraten – hier, Paul, Friedel, Annie – eßt. Es gibt heute abend in Wien nicht viele Leute, die einen Weihnachtskarpfen essen können.«

Alle versuchten zu essen, und alle gaben auf. »Ich kann nicht –«, sagte der Chirurg. »So wahr mir Gott helfe, ich kann nicht. Er kannte mich, er mochte mich. Erst heute morgen – ihr hättet ihn sehen sollen, wie er sprang und hüpfte, als ich die kalte Dusche aufdrehte –«

»Und du bist Chirurg!« sagte Tante Mali grimmig. »Hansl – was ist mit dir?«

»Danke, Tante – ich bin nicht hungrig.«

»Friedel? Annie?«

»Ich kann nicht – wirklich, ich kann nicht, Tante Mali.«

»Du, Paul?«

»Danke. Ich habe mir nie was aus Karpfen gemacht –«

Der junge Flieger, der junge Leutnant, der junge Apotheker – alle schoben ihre Teller weg und legten ihre Gabeln nieder. Dann geschah etwas völlig Unerwartetes. Tante Mali fing an zu weinen.

Tante Mali, der Fels, die eiserne Frau, der Küchendiktator, warf die Arme auf den Tisch, legte das Gesicht darauf und schluchzte laut. Die Lanner-Kinder starrten sie an, wie man auf eine Naturkatastrophe starrt, einen Erdrutsch, einen brechenden Damm, einen Hurrikan. Sie klopften ihr auf die Schulter, streichelten ihre falschen braunen Locken und versuchten, sie zu trösten. Schließlich konnten sie die Worte, die sie schluchzte, verstehen.

»Wozu haben wir ihn dann getötet? Könnt ihr mir das sagen? Wozu haben wir ihn getötet?« schluchzte Tante Mali.

Sie schauten einander und dann den Doktor sprachlos an. Er saß aufrecht auf seinem Stuhl und sah über die Servierplatte, über den Tisch hinweg, er sah durch den Raum hindurch, er sah durch eine große weite Leere, die sie nicht sehen konnten, und er sagte langsam: »Ja – wozu töten? Wozu? Wozu?«

Und sie waren sich nicht sicher, ob er von dem Weihnachtskarpfen sprach.

Lea Wilde

Das Fest der Engel

Eine Weihnachtsgeschichte

Prolog

Es hatte geschneit. Eine dicke Schicht frischen Pulverschnees überzog die Landschaft, die Bäume bogen sich unter der schweren Last, die bizarren Konturen der Berge wurden von dem glitzernden Weiß abgemildert. Sogar die große Burg wirkte solcherart überpudert fast romantisch. Der Schein aber trog; davon waren zumindest die drei im Anflug befindlichen Jung-Engel überzeugt.

Warum mußten sie ihre Feuertaufe auch ausgerechnet im fernen Transsilvanien absolvieren, wo einst der legendäre Fürst Vlad Dracul geherrscht hatte? Schreckliche Dinge wurden von ihm erzählt, davon blieb auch ein Engel nicht unberührt.

»Hoffentlich geht das gut!« murmelte Primus und steuerte tapfer das alte Gemäuer an.

»Wird schon!« meinte Secundus, der fast gleichzeitig mit ihm gelandet war.

»Gott steh uns bei!« Tertia, das einzige weibliche Himmelswesen bei dieser Mission, sah sich schaudernd um. Von nahem betrachtet war dieser Ort fast so gruselig, wie das Trio ihn sich vorgestellt hatte. Die armen Kinder, die im Dunstkreis dieser schrecklichen Burg leben mußten, waren wirklich zu bedauern.

Als die Nacht sich finster über das Land legte und nur noch das Heulen der Wölfe und Flattern der Fledermäuse zu hören war, kauerten die drei Engel sich ganz dicht zusammen. Schlafen wollten sie nicht, auf gar keinen Fall. Um sich wach zu halten, malten sie einander aus, wie glücklich sie die vierzig Kinder dort unten im Tal machen würden. Getreu ihrer Mission …

Doch das war einfacher gesagt als getan, wie der nächste Tag zeigte. Zwar lag auf der Hand, daß es ihren Schützlingen selbst am nötigsten fehlte, doch wo sich in der Fremde ein Gönner auftreiben ließ, dessen Herz man auf die Sprünge helfen konnte, war den himmlischen Eleven schleierhaft.

Es war Tertia, die schließlich die zündende Idee hatte.

»In knapp vier Wochen ist Weihnachten«, legte sie los, »und bis dahin müssen wir unsere Mission erfüllt haben. Hier in Transsilvanien finden wir auf die schnelle niemanden, der helfen könnte, folglich müssen wir von dort Hilfe holen, wo wir uns besser auskennen.«

»Und wo soll das sein?«

»Ich habe da eine Idee.« Dann erzählte Tertia ihren beiden Mitstreitern von jener Frau, die selbst drei Kinder und außerdem viele, viele Schüler und vor allem eine unbeirrbare Zuneigung zu Engeln hatte. »Und das«, endete der Engel auf Probe, »obwohl ihre eigene Familie sie ständig damit foppt und ihr einreden will, uns gäbe es gar nicht wirklich.«

Dies war der Moment, in dem auch Primus und Secundus Feuer fingen. Und so war es bald beschlossene Sache, eine Brücke von Aref nach Köln am Rhein zu schlagen …

1.

Am Sonntag war der erste Advent, trotzdem hatte Jutta Tillmann den Eindruck, das Frühjahr stünde vor der Tür. Noch immer blühten in ihrem Vorgarten ein paar Rosen, auch der Ginster begann schon wieder zu knospen, und die warmen Anoraks der Kinder blieben im Schrank hängen. Es ist verrückt, dachte Jutta, die Jahreszeit spielt verrückt. Das schien abzufärben, denn selbst die nette Frau Berlich von gegenüber sagte plötzlich Dinge, die nicht zu ihr paßten.

Erst eben, als Jutta vom Einkaufen kam, hatte sie sich über den Krach beschwert, den die Tillmann Kinder in Juttas Abwesenheit auf der Straße gemacht hatten. Dabei hatten die drei nur wie schon all die Monate zuvor auf ihren Inline-Skates Fangen gespielt. »Zu meiner Zeit«, hatte die Nachbarin vorwurfsvoll gemeint, »gab es noch ein Familienleben, da haben wir uns besinnlich auf das Weihnachtsfest vorbereitet. Aber heutzutage ...«

Jutta seufzte, ihr war nicht wohl in ihrer Haut. Dabei war sie mindestens dreißig Jahre jünger als Frau Berlich und weit davon entfernt, die alten Zeiten für die besseren zu halten. Trotzdem hatte sie diesmal nicht widersprochen, sondern Maxi, ihrem Ältesten, zugerufen, er möge ihr beim Tragen helfen. Lebensmittel, Getränke, mit Schokolade überzogene Lebkuchenherzen und Marzipankugeln.

»Paß auf!« mahnte sie nun, »das ist empfindlich.«

»Und warum kaufst du das Zeug dann?« fragte Maxi. »Eis wäre mir sowieso lieber, am besten schmeckt übrigens Spaghetti-Eis. Warum hast du wieder kein Spaghetti-Eis mitgebracht?« Das erhitzte Gesicht ihres Dreizehnjährigen sah zu ihr auf. Es würde nicht mehr lange dauern, dann befänden sich ihre beiden Augenpaare auf derselben Höhe.

»Die Saison für Eis ist vorbei. Falls du es noch nicht gemerkt hast, es geht auf Weihnachten zu.« Ihr barscher Tonfall erschreckte sie, das warme Wetter machte ihr wohl ebenfalls zu schaffen. Wie sollte da Weihnachtsstimmung aufkommen? *Apfel, Nuß und Mandelkern* – Juttas Phantasie ließ Bilder entstehen, die sie alle friedlich stundenlang vereint am Eßtisch sitzen und naschen, erzählen oder spielen ließ. Sie glaubte den Duft von mit Marzipan gefüllten Bratäpfeln förmlich zu riechen, und dazu die erste brennende Kerze am Adventskranz. *Advent, Advent, ein Lichtlein brennt …*

»Eis kann ich immer essen.« Maxi wuchtete den kleineren der beiden Pappkartons auf den Küchentisch. »Und was Weihnachten angeht: Habt ihr's euch endlich überlegt? Alle anderen in meiner Klasse haben längst einen Computer, nur ich nicht. Ich will ihn ja nicht mal für mich allein, ich könnte ihn mir mit Moritz und Tina teilen. Mit so einem Computer ist alles möglich, damit kann ich sogar Englisch üben, und Tinchen kann damit malen. Du beschwerst dich doch immer, daß sie tausend Malblöcke im Monat verschleißt. Damit ist dann Schluß.«

»Ich glaube nicht, daß es sinnvoll wäre, einen PC zu kaufen, um Malpapier einzusparen. Und Englisch kannst du ebenso mit deinem Buch üben und dich hinterher von mir abfragen lassen. Außerdem habt ihr in eurer Klasse zwei Computer.«

»Du kapierst das einfach nicht. Sogar Paps gibt zu, daß so ein PC im Grunde eine sehr sinnvolle Investition ist. Und daß man mit der Zeit gehen soll, sagt er auch immer.«

»Das war in einem anderen Zusammenhang. Wie wär's, wenn ich uns jetzt ein paar Bratäpfel zum Nachtisch mache und wir nach dem Abendessen mal wieder alle zusammen Monopoly spielen?«

»Monopoly ist langweilig.«

»Okay, mach einen besseren Vorschlag.«

»Command and Conquer«, antwortete Maxi wie aus der Pistole geschossen.

»Und was ist das für ein Spiel?«

»Ein Computer-Spiel, das jeder außer dir kennt.«

»Wir haben keinen Computer.«

»Eben. Sprich wenigstens mit Paps drüber, versprichst du's mir?« Mit flehenden Augen blickte Maxi sie an. Ihr Erstgeborener war mittlerweile dreizehn Jahre alt. Jutta war, als ob die Zeit zusammenschrumpfte und Maxi noch einmal der Winzling wäre, der seine Ärmchen nach den glitzernden Kugeln und flackernden Kerzen am Weihnachtsbaum ausstreckte. Mein Gott, war sie glücklich gewesen ...

»Also, versprichst du's?«

Jutta nickte und hörte, wie Maxi nach draußen stürmte und seinen Geschwistern etwas zurief. Sie verstand die Worte nicht, doch seine Stimme klang sehr siegessicher.

»Ich glaub, bald hab ich sie soweit. Wo sind meine Skates?« Auf Socken überquerte Maxi die ruhige Straße, um zu seinen Geschwistern zu gelangen. Sie saßen auf der Mauerbrüstung des Vorgartens gegenüber und warteten auf ihn.

»Hier.« Die fünfjährige Tina griff hinter sich und reichte ihrem großen Bruder die gesuchten Skates. Seitdem Maxi sich gewissermaßen über Nacht eine tiefe Stimme und dunkle Härchen auf der Oberlippe zugelegt hatte und mit Zustimmung der Eltern das Bad für sich allein beanspruchte, wenn er sich wusch, behandelte sie ihn mit einer Mischung aus Vorsicht und Bewunderung.

»Wen hast du bald soweit?« fragte Moritz nach. Er war

drei Jahre jünger als Maxi und aus dessen Sicht zumindest momentan so überflüssig wie das Grünzeug auf den Sandwichbroten, die Jutta ihnen für die Schule zubereitete.

»Wen wohl?« Maxi verzog sichtlich angewidert das Gesicht. »Mama natürlich, du Dummkopf! Allmählich wird sie weich. Wetten, daß sie Paps heute abend grünes Licht für unseren Computer gibt?«

»Und wie hast du das angestellt?«

»Auf die nette Art. Meinetwegen esse ich heute zum Nachtisch auch einen von diesen komischen Bratäpfeln.«

»Die sind lecker«, widersprach Tina, »echt gut.«

»Was verstehst du Zwerg schon davon, was gut ist?«

»Beim …puter«, wie gewöhnlich verschluckte die Fünfjährige die Vorsilbe »Com«, »verstehe ich's ja auch. Du hast selbst gesagt, daß ich groß genug bin, um da mitzumachen.«

»Beim Malprogramm.«

»Und Moritz?«

»Für den gibt's jede Menge Spiele.«

»Ich will aber auch Spiele, sonst will ich lieber doch keinen ›puter‹.«

»Meinetwegen, aber untersteh dich und schieß quer.«

»Mit der Wasserpistole?«

»Stell dich nicht noch blöder, als du sowieso schon bist. Du weißt ganz genau, was das heißt. Und heute abend gehst du gefälligst Paps um den Bart und sagst ihm, wie gut sein neues Rasierwasser riecht oder so etwas. Das bringt ihn in die richtige Stimmung, und dann läßt du ganz nebenbei einfließen, daß deine doofe kleine Freundin auch schon so ein Malprogramm hat.«

»Aber das ist gelogen.«

»Das ist eine Notlüge. Notlügen sind erlaubt.«

»Und wenn Paps rauskriegt, daß es nicht stimmt? Wenn er Hillas Mutter fragt?«

»Mit Hillas Mutter spricht er garantiert nicht freiwillig; die ist noch schlimmer als die alte Meckerziege hier.« Maxi zeigte mit dem Daumen über seine Schulter.

Wie zur Bestätigung ging das Fenster unmittelbar über seinem Kopf auf, und Frau Berlich beugte sich heraus. »Jetzt ist aber Schluß mit dem Krach, hört ihr? Außerdem ist das meine frisch gestrichene Mauer, auf der ihr euch da tummelt, und dunkel wird es auch schon. Im Dunkeln sollten so kleine Kinder wie ihr gar nicht mehr draußen sein. Warum spielt ihr nicht ein hübsches Spiel für drinnen?«

»Weil wir darauf noch bis Heiligabend warten müssen.« Maxi stand auf, die Skates in der Hand. Es lohnte sich wirklich kaum noch, sie anzuziehen.

»Das Christkind bringt uns nämlich ...«, setzte Tinchen an und schnappte hörbar nach Luft, als Maxi mit eisernem Griff ihr Handgelenk umschloß.

»Sie redet wieder mal dummes Zeug«, meinte Maxi laut, »sie ist halt noch ziemlich klein. Nun komm schon!«

»Aber ich rede gar kein dummes Zeug. Du hast selbst gesagt ...« Das kleine Mädchen stampfte mit dem Rollschuh auf und hätte beinahe das Gleichgewicht verloren.

»Dein großer Bruder meint ja nur, daß das Christkind niemals im voraus verrät, was es bringt«, vermittelte die Nachbarin und sah zu, wie die beiden Jungs das kleine Mädchen hilfreich an je einer Hand hielten und auf das gegenüberliegende Haus zuzogen. Ein Lächeln überflog ihr Gesicht. Im Grunde mochte sie die drei und hatte auch nichts dagegen, wenn sie einmal lärmten. Es waren nette Kinder, sogar besser erzogen als die meisten, was man andererseits auch erwarten kann, da die Mutter Lehrerin war und der Vater Polizist.

2.

Wie meist am Sonntagmorgen stand Arnim Tillmann vor seiner Frau auf. Sie schlief gern lang. Viele Jahre hindurch war das ein unerfüllbarer Traum geblieben, weil kleine Kinder leider vorzugsweise mit dem ersten Hahnenschrei auf der Matte stehen. Erst eins, dann zwei, dann drei ... Doch allmählich wurden die drei größer, was sich auch daran ablesen ließ, daß sie nun abends immer länger aufblieben und dafür morgens nur noch mühsam aus den Federn kamen. An normalen Wochentagen war das inzwischen ein Problem, samstags und sonntags dagegen ein Segen. Zumindest für Jutta, dachte Arnim, während er an der Daunendecke zog und ihre nackten Füße damit zudeckte. Er selbst war Frühaufsteher, das brachte der Beruf mit sich.

Leise ging er ins Bad, duschte und rasierte sich, dann machte er sich ans Tischdecken.

Jutta hatte schon das gute Geschirr herausgestellt und die schwer zu bügelnde blaue Leinentischdecke mit dem Hohlsaum nebst passenden Servietten dazu gelegt. Pünktlich zum ersten Advent. Arnim nahm das Tablett auf und trug es hinüber ins Wohnzimmer, das Jutta noch geschmückt hatte, nachdem die Kinder endlich eingeschlafen waren. Mit Tannenzweigen und selbstgebastelten Kastanienmännchen und vor allem mit Engeln. Mittlerweile mußte sie an die fünfzig Engel aus Glas, Holz, Porzellan oder Ton zusammengetragen haben.

»Engel«, pflegte sie mit einem andächtigen Tonfall zu sagen, »sind Boten vom lieben Gott, und wenn wir ihnen nur genug Platz einräumen, passen sie ein Leben lang auf uns auf.« Seit dieser kindgerechten Erklärung saß Tinchen beim Essen aus lauter Angst, sie könnte ihren Schutzengel plattdrücken, kerzengerade auf der Vorderkante ihres Stuhls.

Ein durchaus positiver Effekt von Juttas Engel-Manie, dachte Arnim und schmunzelte, während er zuerst den Adventskranz mit den dicken roten Kerzen und Schleifen, dann den Teller mit Äpfeln, Mandarinen, den ersten Weihnachtsplätzchen und Nüssen und zuletzt den alten Nußknacker, der regelmäßig seinen linken Fuß verlor, von dem großen Eßtisch aus Kirschbaumholz zur Anrichte trug. Beflügelt von dem Wunsch, alles möglichst schön herzurichten, war bei Jutta offensichtlich wieder einmal der Sinn fürs Praktische auf der Strecke geblieben, denn ansonsten hätte sie den Tisch wohl kaum so vollgepackt. Arnim trug es mit Fassung, zumal der Nußknacker beim Abstellen auf dem Sideboard bedenklich kippelte. Das ging auf sein eigenes Konto. Ihm fiel glühend heiß ein, daß Jutta ihn mehrfach gebeten hatte, den Fuß des Holzmännleins wieder anzukleben, doch er hatte es über all dem Trubel im Dienst vergessen. Nicht nur für Weihnachtsmänner, sondern auch für Taschendiebe war derzeit Hochkonjunktur.

Manchmal fragte Arnim sich wirklich, wie Jutta es schaffte, neben ihrer Arbeit in der Schule und mit den Kindern selbst an solche Kleinigkeiten zu denken. Sie war wirklich das Beste, was ihm in seinem Leben widerfahren war, auch wenn er sich gelegentlich über ihre altmodische Ader lustig machte.

Er breitete das Tischtuch aus und begann, Tassen und

Teller zu verteilen, dabei kam ihm der Vorabend wieder in den Sinn. Der Duft von Bratäpfeln, davor hatte es Maultaschensuppe gegeben, sie hatten in der Küche gegessen und anschließend noch Schwarzer Peter gespielt; Tinchen zuliebe, die vor Freude laut gekreischt hatte, als sie ihm die Nase mit einem angekokelten Weinkorken schwarz färben durfte. Maxi und Moritz hatten leicht abfällig zugeschaut, immerhin hatten sie sich ausnahmsweise jeden Kommentar verkniffen, und mitgespielt hatten sie auch. Es war ein ausgesprochen friedlicher Abend gewesen, zumindest bis das Gespräch auf das Thema Computer gekommen war. Da war's mit der Beschaulichkeit vorbei gewesen; Maxi hatte sich ins Zeug gelegt und zu handeln versucht. »Wir versprechen euch auch, daß wir nicht zuviel spielen. Und nichts Brutales oder so. Ehrenwort!« Ein auffordernder Blick zu seinen jüngeren Geschwistern hin, die ihm brav zugestimmt hatten: »Großes Ehrenwort!«

Wenn sein ältester Sohn sich in der Schule nur halb so clever anstellte, dachte Arnim, wäre eine große Last von Jutta genommen. Sie sorgte sich mehr um den Jungen, als sie zugeben mochte, davon war er überzeugt.

War es Gedankenübertragung, die Maxi in diesem Augenblick die Tür öffnen ließ? Er sah noch ziemlich verschlafen aus, doch er war bereits angezogen und sogar frisiert, wie sich unschwer an seinen dank Gel à la Teufelshörnchen vom Kopf abstehenden Haarspitzen erkennen ließ. Etwas stimmte da nicht.

»Bist du krank?« erkundigte sich Arnim.

»Nö! Hab dich nur klappern gehört und mir gedacht, ich könnte dir vielleicht helfen.«

»Einfach so?«

»Soll ich schon mal die Servietten falten?«

»Gute Idee!« Arnim sah zu, wie sein Dreizehnjähriger ein Dreieck faltete und die beiden spitzen Enden ineinander schob, so wie Jutta ihm das gezeigt hatte. Normalerweise startete Maxi bei dieser Arbeit eine lange Diskussion darüber, was es denn brächte, sich die Finger an einem Stück Stoff zu verrenken, das man gleich hinterher wieder auseinander falten würde. Diesmal allerdings nicht. Nachtigall ich hör dir trapsen, dachte Arnim und gab sich Mühe, ein Grinsen zu unterdrücken.

»Ja, manchmal hab ich echt gute Ideen«, bestätigte Maxi.

»Reden wir noch immer von den Servietten?«

»Nö, nicht unbedingt. Ich hatte ja auch die Idee mit dem Gartenschlauch und der Pappe. Wenn wir die Kartons von den neuen Regalen, wie Mama das vorhatte, in Stücke gerissen hätten, wären wir in hundert Jahren nicht fertig geworden. Ich habe den Gartenschlauch draufgehalten und schwupps, war's nur noch ein dicker Klumpen. Übrigens: Was meine vier minus in Englisch betrifft, hätte ich da auch eine Idee.«

»Und die wäre?« Arnim wandte den Kopf zur Seite, seine Mundwinkel zuckten. Jetzt kam's.

»Ich würde mich freiwillig verpflichten, im nächsten Halbjahr eine Note besser zu werden, wenn ich alle alten Vokabeln und natürlich auch die Grammatik mit dem Computer wiederholen könnte. Das wäre ein unheimlich guter Anreiz.«

»Und wenn du's nicht schaffst?«

»Ich schaff's, hundertprozentig. Danke, Paps, ich wußte ja, daß du mich verstehst.«

»Das reicht in diesem Fall aber nicht.«

»Du meinst wegen Mama? Das bekommst du schon hin. Frauen brauchen manchmal etwas länger, besonders wenn es um Technik geht. Denk nur an den Videotext im Fernseher, bis Mama den findet, ist schon alles vorbei.«

»Ich spreche vom Christkind. Wie du weißt, bringt das Christkind die Geschenke.«

»Paps, ich bin kein Baby mehr wie Tinchen. Ich bin dreizehn Jahre alt ...«

»Untersteh dich und erzähl deiner kleinen Schwester ...!«

»Keine Panik! Für Tinchen kommt der PC direkt aus dem Himmel geflogen.«

»Haut der mich dann tot?« kam es piepsig von der Tür her. Die Fünfjährige stand dort mit weit aufgerissenen Augen und strubbeligen Locken, barfuß und noch im Nachthemd. Eine Hand umklammerte den Pinguin, den sie im Jahr zuvor zu Weihnachten bekommen hatte. Damit er nicht fror, hatte sie ihm ein Kleid von ihrer Lieblingspuppe übergezogen.

»Hast du etwa schon wieder gelauscht?« Maxi schoß auf sie zu, doch die Kleine war flink und huschte unter seinem ausgestreckten Arm durch.

»Papi, hilf mir! Ich hab doch nur gefragt, ob der Puter mich tothaut, wenn er für mich vom Himmel fällt. Der ist doch schwer, oder?«

»Dir passiert schon nichts, Schätzchen.« Arnim beugte sich vor und hob seine Tochter hoch. Ihre weichen Ärmchen schlangen sich um seinen Hals, der kleine Körper schmiegte sich an ihn. Tinchen war eine Schmusekatze, zum Glück hatte sich daran bis jetzt nichts geändert. »Und nun zieh dir rasch was an die nackten Füße, bevor Mama kommt und schimpft.« Gelegentlich machte Jutta ihm den Vorwurf, sich von seiner Jüngsten um den Finger wickeln zu lassen und prompt alles zu vergessen, was sie als Eltern zuvor beschlossen hatten. Natürlich war das maßlos übertrieben. Und was das Ansinnen seines Ältesten betraf, so würde er sich auch noch was einfallen lassen.

Der Junge erinnerte ihn zunehmend an seine eigene Jugend. Meine Güte, was hatte er damals getrickst, um etwa ein neues Fahrrad zu bekommen. Simulierte Stürze, gelockerte Schrauben am Schutzblech, zuletzt hatte er die ungeliebte alte Klapperkiste, mit der zuvor schon zwei seiner Brüder gefahren waren, sogar von seinem Vetter »stehlen« lassen. Für vier Mark, das war damals sein Taschengeld für einen ganzen Monat gewesen.

So weit sollte es bei seinen Kindern nicht kommen, nahm Arnim sich vor. Er würde einfach noch mal in aller Ruhe mit Jutta reden.

Am Montagmorgen herrschte die übliche Hektik bei den Tillmanns, daran änderten auch der mit einer Kerze bestückte Tannenzweig an jedem Platz und die drei von der Pendelleuchte zur Gardinenstange gespannten Adventsketten nichts. Ganz im Gegenteil. Die Diskussion, was wohl heute in den von Jutta genähten Filzsäckchen steckte, verzögerte das Frühstück zusätzlich; obendrein fehlten die Butterbrotdosen, und während Jutta in den Kinderzimmern nach ihnen suchte, brach in der Küche offener Streit über den Inhalt der drei Säckchen mit der Nummer drei aus. Dann wurde etwas über den Fliesenboden geschoben. Der Krach ließ Jutta im Laufschritt zurückkommen. Kein Stuhl stand mehr dort, wo er hingehörte, offensichtlich waren sie alle zu Kletterhilfen umfunktioniert worden. Die drei Säckchen mit der Nummer drei baumelten verdächtig schlapp.

»Wer in drei Teufels Namen hat euch erlaubt …?«

»Uns sagst du immer, wir sollen nicht fluchen!« fiel Tinchen ihrer Mutter ins Wort.

»Das stimmt schon. Trotzdem ist das, was ihr da tut, einfach nicht okay.« Jutta erklärte zum soundsovielten Mal, wie traurig es war, wenn Geschwister sich darüber stritten, wer ein größeres Stück Schokolade oder »nur« einen Filzstift statt eines Matchbox-Autos in seinem Adventssäckchen hatte, ganz zu schweigen davon, daß Stühle kein Ersatz für eine Leiter waren und in jedem Fall immer erst fertig gefrühstückt werden sollte. Sie redete und hatte dabei das Gefühl, tauben Ohren zu predigen, was zur Folge hatte, daß sie immer weiter und immer lauter sprach und den unermüdlich vorrückenden Uhrzeiger völlig aus dem Auge verlor. »Habt ihr das verstanden?« endete sie erschöpft. Sie sah automatisch ihren Ältesten an, der schon immer gern bei seinen Geschwistern den Rudelführer spielte, und diesen Anspruch in jüngster Zeit mit beachtlichem Erfolg durchsetzte.

Maxi nickte lakonisch, der Löffel in seiner Hand nickte mit, die darauf befindlichen Schokoflocken platschten in die wie üblich viel zu volle Schale zurück. Die schokoladenbraun verfärbte Milch spritzte bis zu Tina hin.

»Jetzt ist mein schönes neues Kleid voll!« Tina rutschte von ihrem Stuhl und ging mit geballten Fäusten auf ihren ältesten Bruder los. Das wadenlange Kleid hatte sie erst vorige Woche von Juttas Mutter geschenkt bekommen; es sah dem von Tinas bester Freundin zum Verwechseln ähnlich. Beides Kopien der Damenmode in diesem Winter und sehr unpraktisch, was aber nichts daran änderte, daß Hosen von einem Moment auf den anderen bei den beiden kleinen Mädchen verpönt waren.

»Heul doch!« Maxi nahm seine Schwester in die Armzwinge.

»Auuuaaa!!!« Tina kreischte laut los, eine Heulboje war nichts gegen ihr Geschrei.

Jutta wünschte sich, daß Arnim einmal mitbekäme, was sie an einem ganz normalen Wochentag schon am frühen Morgen mitmachte. So stressig konnte kein gewöhnlicher Taschendieb sein, davon war sie überzeugt. Die Suche nach einem Ersatzkleidungsstück, das die Fünfjährige anzuziehen bereit war, kostete weitere kostbare Minuten, die keiner der beiden Jungs nutzte, um schon einmal die Zähne zu putzen. Zu dritt im Bad barg auch diese Aktion jede Menge Sprengstoff, weshalb Jutta notgedrungen mitkam, aufpaßte und schlichtete und zuletzt sogar die Anoraks anreichte, obwohl sie sich fest vorgenommen hatte, ihre Kinder nicht ständig zu bedienen.

»So, und jetzt nichts wie los!« kommandierte sie.

Maxi rührte sich nicht von der Stelle.

»Hörst du schlecht? Oder glaubst du, der Schulbus wartet speziell auf dich?«

»Nö, der Bus ist seit fünf Minuten weg.« Maxi grinste breit.

Jutta stand kurz vor einem Wutanfall. Doch sie bezwang sich. Wie sollte die Botschaft vom Frieden auf Erden ihre Söhne erreichen, wenn sie selbst bei jeder Provokation aus der Haut fuhr? »Okay«, sagte sie friedfertig, »ich fahre euch.«

Laut jubelnd stürmte das Trio nach draußen. Plötzlich hatten die drei nicht mehr die geringsten Schwierigkeiten, sich zu beeilen. Gegenüber öffnete sich die Haustür. Jutta, die noch abschließen mußte, hörte ihre Nachbarin Frau Berlich fragen, ob die Schule heute später anfing.

Auch das noch! Jutta spürte, wie ihre Finger zu zittern begannen, Hektik machte sich in ihr breit. Dabei war sie extra eine halbe Stunde früher als sonst aufgestanden.

Sie schaffte es gerade noch, die beiden Jungen beim zweiten Läuten vor ihrem Gymnasium abzusetzen. Tinas Kindergarten war weiter kein Problem, weil man es dort mit der Pünktlichkeit noch nicht ganz so genau nahm. Doch was sollten ihre eigenen Schüler von ihr halten, wenn sie schon wieder zu spät kam? Zweitklässler, die über Tisch und Bänke sprangen, sobald man ihnen nur kurz den Rücken kehrte. Mit klopfendem Herzen rannte sie über den Hof der katholischen Grundschule, an der sie unterrichtete, seit ihre Jüngste endlich einen Platz im Kindergarten bekommen hatte. Sie lief die Treppe in den dritten Stock hoch und war auf das Schlimmste gefaßt. Eine Viertelstunde über die Zeit, mein Gott! Sie riß die Tür des Klassenraums auf, stürzte hinein und blieb wie angenagelt stehen, als sie zuallerst ihren Schulleiter entdeckte. Umringt von ihren Schülern, die ihm andächtig lauschten.

»Tut mir wirklich leid«, keuchte Jutta und kam sich trotz ihrer bald vierzig Jahre selbst wie ein säumiges Schulkind vor.

»Nun holen Sie erst mal Luft, Frau Tillmann!« Rektor Haberle nickte ihr freundlich zu.

»Aber …!« keuchte sie.

»Nichts aber, der Mensch braucht nun mal Luft zum Atmen. Und außerdem ein Dach über dem Kopf und genug zu essen und etwas Warmes zum Anziehen, besonders jetzt im Winter, wenn es klirrend kalt ist. Habe ich recht, Kinder?«

Juttas Schüler nickten eifrig, sie selbst verstand nun rein gar nichts mehr. Keiner ihrer Schützlinge kam aus einer bedürftigen Familie; das wußte sie definitiv. Ebenso wie sie wußte, daß ungeachtet der Jahreszeit von klirrender Kälte keineswegs die Rede sein konnte. Aber sollte sie ihren Chef, der so verständnisvoll reagierte, jetzt etwa verbessern? Ganz bestimmt nicht. Also schwieg sie, doch ihr Mienenspiel mußte sie verraten haben.

»Ich fürchte, Kinder, daß eure Lehrerin gar nicht versteht, wovon wir überhaupt reden. Wer von euch schafft es denn, sie kurz über unser neues Patenkind zu informieren?«

Von kurz konnte jedoch keine Rede sein. Kaum fing der erste an zu reden, fiel ihm schon der nächste ins Wort, jeder hatte etwas beizusteuern, nicht mal das Läuten der Schulglocke wurde beachtet. Dabei sprangen sonst alle auf, sobald das Zeichen zur Fünf-Minuten-Pause ertönte. Am Ende der Doppelstunde, die laut Stundenplan dem Kunstunterricht vorbehalten war, wußte Jutta jedenfalls alles über das neue »Patenkind«. Dabei handelte es sich um eine Zwergschule mit vierzig Kindern von sechs bis fünfzehn, denen es am nötigsten fehlte, weshalb bis Weihnachten alles gesammelt werden sollte, was dringend gebraucht wurde.

Besonders faszinierend war für Juttas Zweitklässler ganz unverkennbar der Ort, an dem die andere Schule lag. In Rumänien, besser gesagt in Transsilvanien, wo um die Weihnachtszeit tatsächlich klirrende Kälte herrschte, man im Schnee versank und das Heulen der Wölfe in den Bergen und Wäldern widerhallte und wo vor über fünfhundert Jahren der Fürst Vlad Tepes gelebt hatte. Für Jutta stand fest, daß ihre 2a die Schüler im fernen Dörfchen Aref insgeheim beneidete, obwohl diese oft nicht mal das Nötigste zum Leben besaßen. Dafür lebten sie im Dunstkreis einer sagenumwobenen Burg.

Als die große Pause begann, mußte Jutta die Kinder fast gewaltsam aus dem Klassenraum auf den Schulhof treiben. An diesem Tag standen zum erstenmal seit langem weder Pokémon-Karten noch Gameboy-Spiele im Mittelpunkt. Es gab zu viel zu erzählen.

3.

Arnim staunte jedes Jahr aufs neue darüber, wie viele Menschen stundenlanges Busfahren in Kauf nahmen, um sich in Köln von Weihnachtsmarkt zu Weihnachtsmarkt vorzuarbeiten. Mittlerweile gab es von diesen Märkten allein fünf im Zentrum. Leider waren die Besucher von außerhalb keineswegs vorsichtiger als die Kölner selbst, wenn es um den Schutz ihrer Geldbörsen ging. Man konnte so oft und so laut warnen, wie man wollte, es verging trotzdem keine halbe Stunde, bis der nächste dreiste Diebstahl gemeldet wurde. Aufgeschlitzte Taschen, lange Gesichter, aufgebrachte Gemüter, es war immer dasselbe.

In der Weihnachtszeit waren immer dreißig Polizisten im Einsatz. So auch an diesem Montagmorgen. Noch ehe der erste Bus aus dem Umland und den Nachbarländern anrollte, was ab zehn Uhr praktisch im Minutentakt der Fall sein würde, schoben sie sich durch die Massen und warnten: »Passen Sie auf Ihren Rucksack auf, tragen Sie Ihr Portemonnaie am Körper, und nehmen Sie Ihr Kind an die Hand!« Es nützte nichts, das Drama nahm seinen gewohnten Lauf. In dem grün-weißen Polizeibus, wo die Anzeigen bearbeitet wurden, spitzte sich die Lage stündlich zu. Noch während Arnim die gemeldeten Diebstähle protokollierte, war ihm klar, daß auch diese Arbeit buchstäblich für die Katz war.

Wenn man den Täter nicht auf frischer Tat ertappte, kam er in aller Regel ungeschoren davon.

Es dämmerte bereits, als Arnims knurrender Magen ihn daran erinnerte, daß er seit dem Frühstück nichts mehr gegessen hatte. Seine Kollegin Tamara hatte sich gerade eine Bratwurst geholt, die sie verbarrikadiert hinter dem Rollcontainer für Akten verputzte. Wie wunderbar die Wurst roch! Tamaras Vorschlag, ihm eine Portion mitzubringen, hatte Arnim dummerweise abgelehnt. Ob er sich wenigstens eine Waffel mit heißen Kirschen besorgen sollte?

Der Duft von Glühwein und Waffeln wehte ihm in die Nase; dazu erklang das »Oh happy Day» eines Jugendchors. Arnim informierte kurz seine Kollegin, die ihn kaum beachtete, weil gerade ihr Handy klingelte, und wollte schon losgehen, als eine tränenüberströmte Frau mit zwei kleinen Kindern in die mobile Polizeiwache stolperte. Im Spielzeugladen hatte man ihr die Handtasche mit achthundert Mark gestohlen. Nicht mal heimlich, sondern mit einem gezielten Griff. »Dabei sah die Diebin total harmlos aus, sie hat meinem Jüngsten sogar über den Kopf gestreichelt! Und dann …« Erneutes Schluchzen stoppte ihren Redefluß.

Vielleicht, ging es Arnim ketzerisch durch den Kopf, paßten Juttas vielgerühmte Engel ja auch auf, damit die Taschendiebe ungeschoren davonkamen. Obwohl es so gut wie sicher war, daß eine Recherche am Ort des Geschehens nichts brachte, machte er sich statt zum Waffelstand zu dem Spielzeuggeschäft auf. Dicht gefolgt von dem geschädigten Trio.

»Da! Das ist sie! Die Frau mit dem komischen Hut …«

Arnim sprintete los. Die bezichtigte Person leugnete,

doch das taten sie alle. Sie besann sich erst, als er über Sprechfunk einen Polizeiwagen anforderte. »Wir müssen Sie bitten, mit auf die Wache zu kommen!« Das Ende vom Lied war ein Geständnis, dem die Rückgabe des gestohlenen Portemonnaies folgte; die zugehörige Handtasche fand sich ein paar Meter weiter in einem Abfallbehälter.

»Wie können wir Ihnen nur danken?« Die junge Mutter strahlte ihn an, die beiden Kinder folgten ihrem Beispiel. Arnim kam sich vor wie Oskar, der freundliche Polizist, dem die Lokalpresse jeden Samstag eine eigene Kolumne widmete. Und obwohl er sich dagegen wehrte, machte sich ein diffuses Glücksgefühl in ihm breit. Was nüchtern betrachtet absurd war, denn dieser Vorfall konnte allenfalls als ein Tropfen auf dem heißen Stein gelten.

»Du strahlst, als ob deine Waffel von den Engelchen oben im Himmel höchstpersönlich gebacken worden wäre«, empfing ihn kurz darauf seine Kollegin im Polizeibus.

»Was für eine Waffel?« fragte Arnim irritiert.

»Du bist doch gerade eben rausgegangen, um dir eine Waffel zu kaufen.«

»Mir ist etwas dazwischengekommen.«

»Laß mich raten! Vielleicht ein leckeres Hirschgulasch mit Klößen und Rotkraut? Lange genug weg warst du ja.«

»Nein, es war nichts zum Essen, es war eher ...« Arnim stockte; beinahe hätte er doch tatsächlich »ein Engel« gesagt. Seine Kollegin hätte sich krankgelacht. Ausgerechnet er, der für seinen Realitätssinn bekannt war, fing plötzlich an, von Engeln zu reden. Zum Glück war das verräterische Wort nicht über seine Lippen gekommen. Hastig berichtete er von der überführten Diebin.

Tamara lächelte. »Wie wär's zur Belohnung mit einem Abstecher ins ›Alt Kölln‹ nach Dienstschluß? Rainer war eben hier und hat den Vorschlag gemacht. Die haben bestimmt auch wieder frisches Wild auf der Karte.«

Arnim schluckte, sein leerer Magen meldete sich nun mit aller Macht zurück, außerdem aß er für sein Leben gern Rotwild. Ganz im Gegensatz zu seinen Kindern, besonders seine Jüngste sah in jedem Mitglied der Familie »Reh« ein niedliches Bambi, weshalb derlei Wild ebenso wie Gans, Ente und Hase von der häuslichen Speisekarte gestrichen war.

»Ich weiß nicht. Bestimmt hat Jutta mich schon für heute abend eingeplant. Im Advent gibt sie sich besonders viel Mühe, jeden Tag besonders schön ausklingen zu lassen.«

»Du verpaßt ja höchstens das Abendessen mit deiner Familie. Übrigens wollte Rainer noch mit dir über den Computer reden, auf den du ihn heute früh angesprochen hast.«

Das gab den Ausschlag. Rainers ältester Sohn besaß eine EDV-Firma, über die er bei Bedarf alles vom Handy bis zum Großrechner günstig besorgte. So gesehen empfand Arnim es fast als seine Pflicht, an dem Meeting im »Alt Kölln« teilzunehmen. »Okay!« sagte er laut.

Eine gute Stunde später kehrte tatsächlich Ruhe ein. Alle Busse waren zurück Richtung Autobahn gelotst worden, die mobile Wache machte dicht, und bis zu dem rustikalen Lokal mit Blick auf Dom und Hauptbahnhof waren es zu Fuß nur ein paar Schritte. Arnim nutzte die Gelegenheit für einen Anruf daheim. Mit einem Dutzend Kollegen auf den Fersen konnte er allerdings schlecht lang und breit darüber diskutieren, warum es sinnvoll war, an diesem Tag ausnahmsweise zwei Stunden später heimzukommen; das müßte Jutta eigentlich auch ohne große Erklärungen verstehen. Sehr einsichtig hörte sie sich allerdings nicht an. In einer Mischung aus schlechtem Gewissen und Auflehnung beendete Arnim das Telefonat. Wenig später genoß er wie zur Bestätigung seiner Entscheidung nicht nur ein exzellentes Hirschgulasch, sondern bekam zugleich ein Angebot für ein nagelneues Himmelsgeschenk, dabei sparte er mehr als die Hälfte.

»Und da ist kein Haken bei?« vergewisserte er sich nochmals.

»Nee, oder glaubst du, ich betrüge einen Kollegen?« erwiderte Rainer. »Mein Sohn räumt einfach seinen Lagerbestand, um Platz für die Neuheiten der nächsten Messe zu schaffen. Der Computer, den ich dir anbiete, ist robust und obendrein kinderleicht zu bedienen.«

»Hört sich wie maßgeschneidert für meine drei Rabauken an.« Arnim kam nicht umhin, die ein oder andere Runde für Rainer und seine Kollegen zu spendieren. Es ging bereits auf Mitternacht zu, als er zu Hause leise die Tür aufschloß.

Jutta hatte die Kinder immer wieder vertrösten müssen. »Papa kommt gleich nach dem Essen!« hatte sie mehrfach geduldig erklärt, als allen voran ihr Ältester wissen wollte, wann sein Vater endlich heimkäme. Gegen sieben hatte sie die Pfannkuchen aufgetischt, die frisch aus der Pfanne am besten schmeckten. Als Arnim auch um acht noch nicht da war, hatte sie obendrein jedem Kind eine große Portion Eis gegeben, obwohl ursprünglich frisches Obst und Nüsse vorgesehen waren. Nicht einmal das hatte die kleinen Quälgeister ruhig auf ihren Stühlen sitzen lassen, und wenn Jutta ehrlich war, so hatte auch sie selbst längst jegliche Lust an einem besinnlichen Ausklang des Tages verloren, der so hektisch begonnen und dann in ihrer zweiten Klasse eine so unerwartete Wendung genommen hatte.

Dabei hatte sie den ganzen Tag über förmlich darauf gebrannt, ihrer Familie abends in gemütlicher Runde von dem »Patenkind« in den Karpaten zu berichten, und dann machte Arnim ihr einen Strich durch die Rechnung. Es wurde zehn, bis endlich alle drei Kinder schmollend in ihren Betten lagen. »Du hast doch gesagt, Paps kommt gleich nach dem Essen!« Es hörte sich an, als ob man ihr auch Arnims Verspätung anlastete.

Obwohl Jutta zum Umfallen müde war, blieb sie noch eine Stunde auf – doch vergeblich. Von Arnims Rückkehr bekam sie nichts mit. Sie schlief tief und fest und träumte von einem Engel, der sie an der Hand nahm und erst wieder losließ, als sie vor einer Glocke größer und schwerer als sie selbst stand, in die außer der Jahreszahl ihrer Entstehung auch die Initialen »J.P.« eingegossen waren. Ihr Vater Johannes Pöttgen war Glockengießer gewesen, und im Traum hatte Jutta sein verschollenes Meisterstück wiedergefunden. Ausgerechnet im fernen Rumänien. Es war ein schöner Traum, der genau solange anhielt, bis der Wecker rasselte und Jutta die Augen aufschlug.

Neben ihr lag Arnim. Er lag auf dem Rücken, statt seines Pyjamas trug er den schmutzigen Jogginganzug, in dem er jedes Wochenende seine zehn Kilometer lief, um sich fit zu halten, und den sie zum Waschen herausgelegt hatte. Sein Mund stand offen, er schnarchte laut, und bei jedem Atemzug verbreitete er einen kräftigen Bierdunst. In ihrem Schlafzimmer roch es wie in einer Kneipe.

»Du stinkst.« Jutta rüttelte ihn an der Schulter. »Außerdem solltest du aufstehen, falls du nicht diese Nacht auf Kneipier umgesattelt hast.«

Ein Grunzen war die einzige Antwort.

Jutta hielt ihm den scheppernden Wecker dicht ans Ohr; das wirkte. Arnim fuhr im Bett hoch. »Bist du von allen guten Geistern verlassen?«

Sie verkniff sich eine passende Antwort, andernfalls wären die Kinder noch Zeugen ihrer berechtigten Empörung geworden. Statt dessen riß sie das Fenster weit auf, was allerdings auch nicht viel brachte, weil statt winterlicher Kälte bereits um diese frühe Stunde ein mildes Lüftchen ins Zimmer wehte. Jutta beschloß, Arnim links liegenzulassen und sich voll und ganz auf ihre Kinder zu konzentrieren. Klaglos wischte sie einen Milchtümpel vom Tisch, sammelte, die schon wieder in den Schultaschen vergessenen Butterbrotdosen vom Vortag ein und schnitt jedem sein Adventssäckchen ab, bevor es erneut zu gefährlichen Verrenkungen auf einem Stuhl kam. Und als die Geräusche aus dem Bad darauf hinwiesen, daß Arnim gleich fertig sein würde, drängte sie kurzerhand zum Aufbruch.

»Nun macht schon! Ich will nicht, daß ihr schon wieder zu spät kommt!«

»Aber wir waren gestern gar nicht zu spät«, protestierten die beiden Jungs unisono.

»Und die Zähne haben wir uns auch noch nicht geputzt«, ergänzte Tina.

»Dann putzt ihr sie eben ausnahmsweise heute mittag. Und jetzt schnell! Maxi, du nimmst bitte deine Schwester mit, ich habe noch etwas zu erledigen.«

»Du hast nicht zufällig Krach mit Paps?« erkundigte sich Maxi.

»Wie soll ich Krach mit deinem Vater haben, wenn ich ihn gar nicht mehr zu Gesicht bekomme?« Energisch schob Jutta das Trio Richtung Haustür. Keine Sekunde zu früh, denn kaum fiel die Tür hinter den Kindern ins Schloß, tauchte auch schon Arnim in der Diele auf. Frisch geduscht, nach Rasierwasser und Zahnpasta duftend und offenbar fest entschlossen, sie zu überrumpeln. Mit ausgestreckten Armen kam er auf sie zu.

»Mein Engel, du wirst es nicht glauben, was mir gestern widerfahren ist.«

»Ich tippe auf ein Faß Kölsch in Begleitung von diesem und jenem Schnaps. Außerdem muß ich jetzt gehen.«

»Aber es ist doch noch früh … und ich wollte dir unbedingt erzählen … es hat rein gar nichts mit den paar Bierchen zu tun, sondern mit Weihnachten. Also das war so …«

»Gestern abend wäre eine hervorragende Gelegenheit für eine Unterhaltung gewesen«, fiel Jutta ihm ins Wort. Sie schnappte sich ihre zum Glück fix und fertig gepackte Tasche, den nächstbesten Mantel und die Autoschlüssel und bekam lediglich noch die Worte »Du bist doch nicht etwa sauer, mein Engel?« mit. Eine Frage, die sie mit genau jenem Türknallen beantwortete, das den Kindern streng verboten war.

4.

Ria Pöttgen hatte seit jeher ein Faible für alles, was Fortschritt hieß. Als eine der ersten erwarb sie eine elektrische Friteuse und einen Videorecorder, ebenso wie sie bereits einen Pulli aus Bändchengarn trug, als ihre Freundinnen noch nicht einmal ahnten, daß dies demnächst in Mode sein würde. Und als ihre einzige Tochter Jutta in der Schwangerschaft ernsthaft überlegte, ob sie Stoffwindeln den Vorzug geben solle, hatte die Mittfünfzigerin entsetzt die Hände über dem Kopf zusammengeschlagen und solange auf ihren Schwiegersohn, für den sie ebenfalls eine Vorliebe hegte, eingeredet, bis dieser gleichfalls für moderne Wegwerfwindeln plädierte. Arnim war es denn auch, der erfreulich positiv auf alles reagierte, was Ria im Lauf der Jahre zur Modernisierung seines Haushalts beitrug; das begann bei der vollautomatischen Milchpumpe und hörte bei dem Handy auf, mit dem sie ihren Enkel Max zu seinem dreizehnten Geburtstag überrascht hatte.

»Man muß mit der Zeit gehen!« pflegte Ria zu sagen und machte keinen Hehl daraus, daß sie in Arnims realitätsbezogenem Naturell sehr viel mehr von ihrer eigenen Wesensart wiedererkannte, als das bei ihrer Tochter jemals der Fall gewesen war. Für sie stand fest, daß Jutta voll und ganz auf ihren seligen Vater kam, der sich bedingt durch seine Arbeit in Glockentürmen den himmlischen Heerscharen stets näher gefühlt hatte als dem Erdenvolk.

Als an diesem Dienstagmorgen ihr Handy mit der für Arnim reservierten VIP-Melodie anschlug, befand Ria sich in der Umkleidekabine eines renommierten Geschäfts für Damenoberbekleidung. Sie wollte sich etwas Neues für Weihnachten kaufen und hatte bereits mehrere Modelle anprobiert. Das Resultat war eher deprimierend, die gedeckten Farben ließen sie älter aussehen, der Schnitt machte sie zu dick, vielleicht lag es auch an der ungünstigen Beleuchtung. In jedem Fall war sie froh, durch Arnims Anruf aus dem drohenden Tief gerissen zu werden.

»Ob ich die Kinder heute übernehmen kann? Liebend gern sogar, es liegt schließlich nicht an mir, daß ich sie so selten bei mir habe. Jutta nimmt ja jedes Mal gleich das Schlimmste an. Gibt's einen bestimmten Grund, warum ich die drei heute sogar über Nacht dabehalten darf? Obendrein während der Schulzeit ...« Mit einer energischen Handbewegung wies Ria die wartende Verkäuferin an, sämtliche Modelle aus der Kabine wieder wegzuräumen. Mit jedem Wort, das ihr Schwiegersohn sagte, hob sich ihre Stimmung. Es war wunderbar, von ihm ins Vertrauen gezogen zu werden. Die Art, wie er betonte, daß sie empfänglicher als manche jüngere Frau für alles Moderne war, ging ihr runter wie Öl, und an einen Computer für ihre Enkel hatte sie tatsächlich schon selbst gedacht. Natürlich würde sie Jutta nicht verraten, daß sie schon vor ihr eingeweiht worden war; auf Juttas mimosenhaftes Wesen mußte man immer Rücksicht nehmen.

»Mach dir keine Gedanken, Arnim«, beendete sie das Telefonat. »Ich hole zuerst die beiden Großen vom Training ab, und dann fahren wir an Tinchens Kindergarten vorbei. Bis fünf Uhr schaffen wir das locker. Vorher besorge ich noch rasch was Leckeres zu essen. Was eßt ihr denn zur Zeit am liebsten?«

»Noch immer Eis, vorzugsweise Spaghetti-Eis und Ed vom Schleck; das ist dieses komische Eis am Stiel zum Hochschieben.«

»Erzähl mir nichts über Eissorten, da kenne ich mich aus. Ich kaufe gleich die ganze Kühltheke in meinem Supermarkt leer.«

»Ich glaube nicht, daß Jutta das gutheißen würde. Letztes Mal hatte Tinchen drei Tage lang Magengrummeln, weil sie zuviel ...«

»... Das kam nicht von dem, was sie bei mir gegessen hat, sondern von Juttas besorgten Fragen hinterher, davon wird ein Seelchen wie unsere Tina zwangsläufig krank. Aber wenn es dich beruhigt, besorge ich für den Hauptgang etwas Gesundes.« Ria beendete das Gespräch und verließ das Modegeschäft mit dem sicheren Gefühl, wieder auf der Überholspur zu sein.

Nach Rücksprache mit Rektor Haberle hatte Jutta kurzerhand für den Sachkundeunterricht umdisponiert, weder die »Nagetiere« noch die »Kölner Bucht« würden ihnen davonlaufen, diesen Stoff holten sie halt im Januar nach. Ausgerüstet mit einer arg verstaubten Landkarte betrat sie an diesem Morgen die 2a. Schließlich sollten ihre Schützlinge eine präzise Vorstellung davon bekommen, wo die Sachen hinkamen, die sie hoffentlich von daheim mitbrachten. Damit das Suchen auf der Landkarte nicht zu trocken geriet, erzählte Jutta zu jedem wichtigen Namen eine Hintergrundgeschichte, die vertiefte, was der Schulleiter tags zuvor bereits angerissen hatte.

Dabei halfen ihr ein schon älterer Reiseführer sowie ein Bildband aus der Pfarrbücherei und vor allem ein – zum Glück in Deutsch verfaßter – Brief des Kollegen aus Aref, welchen Rektor Haberle ihr tags zuvor ausgehändigt hatte. Mit dieser reichhaltigen Lektüre hatte Jutta den gestrigen Nachmittag verbracht. Die Landschaftsaufnahmen des Bildbands waren von überwältigender Schönheit, der Text verwob anschaulich Historie und Legende und entführte den Leser in ein atemberaubendes Märchen. Dagegen klangen die Schilderungen des rumänischen Lehrers sehr viel prosaischer, sie rückten den Alltag der Kinder in den Vordergrund und hatten Jutta noch stärker berührt. Zuletzt hatte sie nicht gewußt, was überwog: die Faszination oder das Mitleid mit den Lebensbedingungen der Menschen dort. In jedem Fall hatte sie gehofft, am nächsten Morgen den Kindern etwas von ihrer eigenen Begeisterung und Betroffenheit nahezubringen.

Jutta begann mit dem Ort, welcher den geographischen Rahmen für die Dracula-Legende liefert. Das Interesse der Kinder an dem Schloß, das tausend Fuß hoch auf dem Gipfel eines steilen Kegels lag, war weitaus stärker, als es etwa beim Auswendiglernen der Nebenflüsse der Donau gewesen wäre. Jutta schilderte den Weg hoch zum Schloß, der über jenen Paß führt, der Transsilvanien mit der Bukowina verband und der durch verträumte kleine Bauernorte vorbei an friedlich grasenden Schafen führte.

»Das sind die Dörfer«, sagte sie, »aus denen die Kinder, denen wir helfen wollen, jeden Tag oft viele Kilometer weit zu ihrer Schule in Aref gehen. Diese Schule besteht aus einem einzigen Klassenzimmer, und es gibt auch nur einen einzigen Lehrer für alle zusammen. Da muß einfach jeder Rücksicht nehmen, und die Großen helfen den Kleinen, anders geht's nicht. Wenn es kalt ist, müssen die Schüler auch selbst Kohlen für den Ofen mitbringen, was ganz schön schwer ist, wenn man sie kilometerweit auf dem Rücken schleppt. Stellt euch mal vor, bei uns wäre das so.«

»Das wäre Mord!« meinte ein Junge in der ersten Reihe, und sein Banknachbar ergänzte: »Da bliebe ich zu Hause.«

»Aber die Kinder dort gehen trotzdem gern zur Schule«, wandte Jutta ein.

»Da müssen die aber ganz schön blöd sein.«

»Ganz im Gegenteil! Sie begreifen nämlich, daß ihre einzige Chance auf eine bessere Zukunft darin liegt, daß sie etwas lernen. In diesem Punkt unterscheidet sich ihre Situation gar nicht mal so sehr von unserer eigenen. Wer nichts lernt und vielleicht nicht mal richtig schreiben und lesen kann, bekommt auch keinen passablen Job. Und das wollen alle, deshalb nehmen sie weite Wege und frostige Kälte in Kauf. Was glaubt ihr, wie diese Kinder jubeln, wenn sie einen warmen Anorak oder Stiefel oder sogar Spielzeug von uns bekommen.«

»Ich bringe gleich morgen meinen Schnee-Overall mit, der ist mir sowieso zu klein. Und Moonboots, da geht echt nichts durch, und Fäustlinge und ...« Die kleine Elena zögerte kurz, bevor sie fortfuhr: »... und meine Skier, die sind nicht alt und passen mir noch super, aber wann fällt bei uns schon mal Schnee?«

Jutta streichelte der Kleinen spontan über den Kopf. Sie erinnerte sich noch sehr gut daran, wie begeistert das Mädchen von den neuen Skiern erzählt hatte, die es im Herbst zum achten Geburtstag bekommen hatte. Nun wollte es sich von ihnen trennen, um einem wildfremden Kind eine Freude zu machen. »Das ist ganz, ganz toll von dir«, sagte sie laut, »aber natürlich mußt du zuerst deine Eltern fragen, ob sie damit einverstanden sind. Okay?«

Die Antwort der Achtjährigen ging in den Zurufen ihrer Klassenkameraden unter. Plötzlich wollte jeder den anderen mit seiner Großzügigkeit überbieten; der eine wollte seine Carrera-Bahn hergeben und der andere sein nagelneues Sweatshirt. Die Kinder waren wie im Rausch. Sie überhörten ebenso wie Jutta das Klingelzeichen und merkten erst auf, als Rektor Haberle im Türrahmen stand und wissen wollte, ob an diesem Morgen keiner Lust auf seine Milch oder seinen Kakao verspüre.

»Gibt es für die Kinder in Aref auch was zu trinken in der Schule?« fragte die kleine Elena zurück.

»Offen gestanden weiß ich das selbst nicht genau«, antwortete der Schulleiter. »Aber was haltet ihr davon, wenn ihr den Kindern dort einen oder auch mehrere Briefe schreibt und alles fragt, was ihr gern wissen wollt?«

»Aber wir können kein Transsilvanisch.«

»Du meinst Rumänisch, doch auch diese Sprache müßt ihr gar nicht beherrschen, um euch auszutauschen, weil viele Kinder dort sehr gut Deutsch sprechen. Einmal, weil sie es in der Schule lernen, und zum zweiten, weil ihre Geschichte sehr eng mit der unseren verknüpft ist. Es gibt sogar einen deutschen Namen für Transsilvanien, und der lautet Siebenbürgen. Doch jetzt raus mit euch an die frische Luft! Eure Lehrerin wird euch bestimmt noch ganz viel über unser Patenkind erzählen, da bin ich mir sicher.«

Jutta nickte und trat zur Seite, um ihren nach draußen stürmenden Schülern Platz zu machen. Dann berichtete sie von der Reaktion ihrer Klasse und der Welle von Hilfsbereitschaft, die sie ausgelöst hatte. »Selbst Kinder, die sonst extrem auf ihren eigenen Besitzstand fixiert sind und sich gern damit brüsten, daß sie als erste haben, was die Fernsehwerbung anpreist, haben mitgehalten. Ist das nicht erstaunlich?«

»Vielleicht ist es lediglich ein Indiz dafür, daß viele unserer Kinder ihre tollen Klamotten und Handys im Grunde nur als Ersatz für das benutzen, was sie halt nicht bekommen und viel nötiger brauchen.«

»Sie meinen Zuwendung?« Jutta zog ihre Stirn in Falten. »Also wenn ich an die Elternhäuser meiner Schüler denke, trifft das wohl kaum zu, ganz im Gegenteil. Da wird sich pausenlos gekümmert und gesorgt. Viele Kinder werden ja sogar jeden Tag mit dem Auto zur Schule kutschiert, obwohl sie nur zehn Minuten entfernt wohnen und keine einzige gefährliche Straße überqueren müssen.«

»Tja, das ist möglicherweise das andere Extrem, mit dem wir, wenn auch aus der besten Absicht heraus, unserem Nachwuchs schaden. Wir geben ihm alles und gehen in unserer Liebe für die süßen Kleinen auf und vergessen völlig, wie gut es ihnen täte, auch selbst mal gefordert zu sein und von anderen Menschen gebraucht zu werden. Das ist etwas, was wir ihnen vorenthalten, und irgendwann geht es ihnen dann in Fleisch und Blut über, stets nur zu nehmen und zu nehmen. Wenn dann der Heilige Abend kommt ...«

»... sehen sie nur die Geschenke«, ergänzte Jutta leise und erinnerte sich an das letzte Weihnachtsfest, bei dem praktisch kein einziger Wunsch ihres Trios unerfüllt geblieben war. Alles, was sie und Arnim nicht stellvertretend für das Christkind besorgt hatten, war von Oma Ria beigesteuert worden. Die reinste Geschenkorgie. Und als Arnim seine Schwiegermutter endlich heimfuhr und die Kinder total überdreht in ihren Betten lagen, hatte Jutta im Wohnzimmer gestanden und gedacht: ein Schlachtfeld. Dann hatte sie begonnen, Unmengen von buntem Geschenkpapier, Goldkordeln und Pappkartons einzusammeln. Nach Arnims Rückkehr war sie dann einfach zu kaputt gewesen, um noch wie geplant mit ihm in die Mitternachtsmette zu gehen. In der Nacht der Liebe waren sie getrennter Wege gegangen: Sie war ins Bett geschlichen, während er bis in den frühen Morgen an dem DVD-Player herumprogrammierte, den ihre Mutter ihm geschenkt hatte.

Der brennende Wunsch überkam Jutta, auf der Stelle mit Arnim über all das zu sprechen, was sie beim letzten Weihnachtsfest alles falsch gemacht hatten. Aber natürlich ging das nicht, weil sie noch vier Stunden Unterricht hatte und Arnim frühestens um sechs heim kam und dann erst mal die Kinder ihr Recht fordern würden. Ganz abgesehen davon war es schrecklich unhöflich, sich mitten im Gespräch mit dem Schulleiter geistig auszuklinken, nachdem dieser mit seiner Bemerkung einen wunden Punkt bei ihr selbst getroffen hatte.

Jutta sah auf, wollte sich entschuldigen und stellte fest, daß sie allein war. Rektor Haberle war leise hinausgegangen. Weil er ahnte, was in ihr vorging? Er war nicht nur ein herzensguter, sondern obendrein ein kluger Mann. Er verfügte über eine Lebensklugheit, die in keinem Lehrbuch stand und die man, davon war Jutta überzeugt, nur erwerben konnte, wenn man gewisse Dinge durchschaute. Würden sie und Arnim das auch schaffen? Es wäre das schönste Weihnachtsgeschenk, das sie sich vorstellen konnte.

5.

Um Jutta auf gar keinen Fall zu verpassen, hatte Arnim vorab im Sekretariat ihrer Schule angerufen und nachgefragt, ob sie tatsächlich sechs Stunden Unterricht hatte, was man ihm bestätigte. Gleichzeitig hatte er darum gebeten, seinen Anruf auf gar keinen Fall zu erwähnen. Pünktlich um zehn nach eins parkte er auf dem Lehrerparkplatz. Wenig später kamen die ersten Kinder aus dem Gebäude gerannt, es wurden immer mehr, bis nur noch ein paar Nachzügler und die Lehrer folgten, die Arnim zwar nicht persönlich kannte, aber nach Juttas

Beschreibung mit Leichtigkeit identifizieren konnte. Die einzige, die auf sich warten ließ, war seine Frau. Nach weiteren zehn Minuten wurde er trotz des knallgelben R4 nervös, den er auch ohne Tinchens Kindersitz unschwer als Juttas Auto erkannt hätte. Was trieb Jutta so lange, verdammt? Schließlich konnte sie nicht wissen, daß sie heute kein Mittagessen für ihre beiden Söhne zubereiten mußte, wobei besonders dienstags und donnerstags Eiltempo angesagt war, weil Moritz und Maxi an diesen Tagen bereits um drei zum Fußballtraining mußten.

Um halb zwei hielt es Arnim nicht länger aus, Überraschung hin oder her. Er steuerte das Schulportal an, orientierte sich kurz und folgte dem Schild »Lehrerzimmer/Sekretariat«. Auch hier Fehlanzeige, niemand antwortete auf sein Klopfen, beide Räume waren leer. Was nun? Ratlos schaute er sich um und entdeckte den Hausmeister, der gerade fluchend von den Fensterbänken Milch- und Kakaoflaschen einsammelte.

»Können Sie mir vielleicht sagen, wo ich Frau Tillmann finde?«

Der Daumen des Hausmeisters wies zum oberen Stockwerk. »Privataudienz beim Big Boss. Aber ich an Ihrer Stelle würde hier warten.«

»Hm! Und ich kann sie nicht verpassen? Beispielsweise weil sie durch einen anderen Eingang verschwindet?«

»Hinten ist schon alles zu, und hier hätte ich auch längst dicht gemacht, wenn die beiden da oben nicht schon wieder Überstunden schieben würden.«

Arnim nickte und zwang sich ein Lächeln ab, obwohl ihm nicht danach war. Die Ausdrucksweise des Hausmeisters irritierte ihn mächtig, das hörte sich alles seltsam zweideutig an, andererseits mußte es sich bei Juttas neuem Schulleiter um einen schon recht betagten Herrn handeln. So, wie Jutta ihn beschrieben hatte, war er eine Art Weihnachtsmann, dem lediglich der Rauschebart und die rote Kutte fehlten.

Wenig später näherten sich Schritte, die er nur zu gut kannte. Bei Jutta hatte man stets den Eindruck, sie träte lediglich mit den Zehenspitzen auf, was sich von ihrem Begleiter nicht sagen ließ. Die beiden kamen nun die Treppe hinunter, die am anderen Ende des Gangs lag. Sie kamen genau auf Arnim zu und hätten ihn eigentlich sehen müssen, doch anscheinend waren sie viel zu sehr in ihr Gespräch vertieft. Sie steckten die Köpfe zusammen, wie Menschen das tun, die sich einander sehr nah fühlen. Arnim gab es einen Stich. Von wegen betagter Herr und Weihnachtsmann! Dieser Rektor Haberle war groß, schlank, leger gekleidet und genau jener Rex-Harrison-Verschnitt mit Silberreif im noch vollen, lockigen Haar, auf den so manche Frauen abfuhren.

»Jutta!« Seine Stimme hallte laut und barsch und war meilenweit entfernt von der Vorfreude, die er eben noch empfunden hatte. Immerhin sah seine Frau nun zu ihm hin. Weit aufgerissene Augen starrten ihn an. Jutta schlug die Hand vor den Mund, blieb sekundenlang stehen und kam dann schnurstracks auf ihn zugerannt.

»Arnim! Ist was mit den Kindern? Nun sag schon!«

»Mit den Kindern ist gar nichts, sie befinden sich wohlbehalten bei deiner Mutter.«

»Bei meiner Mutter? Wieso bei meiner Mutter? Und warum bist du hier statt im Dienst, wenn nichts Schlimmes passiert ist?«

»Vielleicht könnten wir das unter zwei Augen erörtern.« An den Schulleiter gewandt, der so gar nicht seinen Vorstellungen entsprach, sagte Arnim: »Ich bin übrigens der Ehemann von Frau Tillmann.«

»Das dachte ich mir. Sie können stolz auf Ihre Frau sein, sie ist ein ganz wunderbarer Mensch und obendrein eine hervorragende Lehrerin.« Rektor Haberle streckte Arnim eine Hand entgegen, die zu ergreifen die Höflichkeit gebot. Wohl war Arnim dabei nicht, wobei er schwerlich zu sagen vermocht hätte, was überwog: anhaltendes Mißtrauen oder leise Scham. In jedem Fall war er froh, als er allein mit seiner Frau den Parkplatz ansteuerte. Sie wirkte kein bißchen schuldbewußt, sondern nahm ihn ganz im Gegenteil ihrerseits ins Kreuzverhör, was ihn in gewisser Weise beruhigte.

»Kannst du mir mal verraten, was mit dir ist?« legte sie los. »Irgendwas ist doch da im Busch? Ich kann mich nicht erinnern, daß du jemals von jetzt auf gleich deinen Dienstplan umgeworfen hättest. Oder gab es etwa bei dir auf der Wache Ärger? Sehr freundlich warst du übrigens zu meinem Schulleiter nicht, dabei ist er einer der nettesten Menschen, die ich kenne.«

»Hast du deshalb so lange mit ihm rumgehext? Sonderlich alt kam er mir übrigens nicht vor, trotz der grauen Schläfen. Es soll ja Frauen geben, die auf so was abfahren.«

»Nun hör schon auf! Es ist mir übrigens ganz egal, wie Rektor Haberle aussieht oder wie alt er ist, meinetwegen könnte er auch so alt wie Methusalem sein, deshalb würde ich ihn trotzdem mögen. Er ist nicht nur der geborene Pädagoge, sondern obendrein einer, für den Nächstenliebe keineswegs nur ein Wort ist.«

»Solange du nicht diese Nächste bist, soll's mir recht sein. Ich schlage vor, wir nehmen den R4 und lassen meinen Wagen bis morgen früh stehen.«

»Du hast also wirklich frei?«

»Ich habe mir frei genommen.«

»Und warum?«

»Wegen uns beiden Hübschen, und mehr verrate ich nicht, sonst ist die ganze Überraschung zum Teufel. Nun steig schon ein!« Arnim besann sich auf seine guten Vorsätze, öffnete zuerst die Beifahrertür und wartete, bis Jutta bequem saß, bevor er die Tür schloß. Seitdem sie Kinder hatten, war diese höfliche Geste zunehmend in Vergessenheit geraten, schließlich war immer wenigstens ein kleiner Tillmann anzugurten, ganz zu schweigen von den Kinderwägen und Rädchen, die er zusammenklappen und im Kofferraum verstauen mußte. Heute aber sollte es anders sein. Je näher sie dem von ihm ausgewählten Ziel kamen, um so mehr verflüchtigte sich das ungute Gefühl von vorhin. Es bereitete Arnim nun regelrecht Vergnügen, Jutta ungeduldig auf ihrem Sitz hin und her rutschen zu sehen und ihre nur allzu durchsichtigen Fangfragen abzuwehren. Als das Eisstadion vor ihnen auftauchte und er den Blinker betätigte, richtete sie sich kerzengerade auf.

»Du willst zum Eisstadion?«

»Vielleicht.« Er grinste breit und rangierte in eine Parklücke, die gerade frei geworden war.

»Und was sollen wir da?«

»Dasselbe, was wir zuletzt vor vierzehn Jahren auf dem Decksteiner Weiher getan haben, der in diesem Jahr bekanntlich allenfalls zum Baden taugt, so warm wie es noch immer ist. Du erinnerst dich? Du hast übrigens unglaublich süß in deiner knallroten Teddyjacke und der Zipfelmütze ausgesehen, und noch niedlicher war, als du dich gleich beim ersten Schritt auf deinen Allerwertesten gesetzt und mir gestanden hast, daß du noch nie zuvor in deinem Leben Schlittschuh gelaufen bist. Aber das hat sich ja dann schnell geändert. Also komm! Beweis mir, daß du's noch immer kannst!«

»Ich hab garantiert alles verlernt, und Schlittschuhe habe ich auch keine, nicht mal was Passendes zum Anziehen. Du glaubst doch nicht etwa, daß ich so wie ich bin …«

»Mein Engel, ich habe an alles gedacht.«

Arnim hatte wirklich nichts von alldem vergessen, was in jenem Winter vor Maxis Geburt fast zu einer Sucht geworden war. In jeder freien Minute waren er und Jutta zu dem Weiher gefahren, der dank eisiger Temperaturen noch über Karneval hinaus zugefroren gewesen war. Sie waren mit demselben kanariengelben R 4 durch die Gegend kutschiert, den Jutta nun noch solange als Familienkutsche benützte, bis er endgültig reif für die Schrottpresse war. Ihr erstes Auto, das sie »Pegasus» getauft hatten. Auf dem Speicher hatte Arnim an diesem Vormittag sogar Juttas rote Teddyjacke und die geringelte Zipfelmütze und auch die Schlittschuhe mit den weißen Stiefelchen entdeckt.

Jutta nahm sich darin nicht weniger hübsch aus als damals, konstatierte er stolz, als sie sich endlich umgezogen hatte und ihm zur Eisfläche folgte. Nach ein paar vorsichtigen Versuchen in der Nähe der Balustrade wurden ihre Bewegungen zunehmend lockerer. Im Takt der Musik lief sie vor ihm her. Arnim glaubte förmlich zusehen zu können, wie die Jahre und Pflichten von ihr abfielen. Er gab Tempo und nahm sie bei der Hand und scherte sich nicht um das Jungvolk ringsum. Das Gros war unter zwanzig. Egal! Sie beide waren selbst wieder blutjung und verliebt und randvoll mit Vorfreude auf das

Weihnachtsfest. *Jingle bells, jingle bells*, tönte es aus den Lautsprechern, und obwohl er alles andere als ein guter Sänger war, summte er die Melodie mit. Und als *Es ist ein Ros entsprungen, aus einer Wurzel zart* erklang, schossen ihm tatsächlich die Tränen in die Augen. Wie damals vor vierzehn Jahren, als sie beschlossen hatten, daß im Jahr darauf ein eigenes Christkindchen in der Wiege liegen sollte.

Genau so war es gekommen. Ein bittersüßes Gefühl beschlich ihn. Warum mußte man im Leben immer erst etwas aufgeben, um etwas anderes zu bekommen? Es war nicht gerecht, fand er. Besonders wenn zwei Menschen im Grunde ihres Herzens noch genauso verliebt und beschwingt wie früher waren. Es kam ihm so vor, als ob bei jeder Runde über das spiegelglatte Eis ein Stückchen Ballast von ihm genommen würde. Abrupt blieb er stehen, mitten auf der Fläche, ein paar andere Paare mußten ausweichen, und Jutta landete mitten in seinen Armen.

»He!« Ihr Protest wurde von seinem Kuß erstickt; es war das, was man in ihrer wilden Zeit als »Dauerbrenner« zu bezeichnen pflegte. Ein Pfiff ertönte, und Jutta begann in seiner Umarmung zu zappeln, doch er dachte nicht daran, seinen Überschwang zu zügeln. Kurzerhand packte er sie mit beiden Händen um die Taille und hob sie hoch, dann drehte er sich mit ihr im Kreis, ohne die Balance zu verlieren. Er war ein ausgezeichneter Läufer, daran hatte sich nichts geändert.

»Sag mir, daß du mich liebst!« forderte er.

»Natürlich liebe ich dich, du Verrückter! Aber jetzt laß los, bevor sie uns einsperren!«

Er tat ihr den Gefallen. In diesem Augenblick fühlte er sich einfach unangreifbar, es war ein absolut herrliches

Gefühl, und er war mit seiner Überraschung noch längst nicht am Ende.

»Und jetzt gehen wir essen«, verkündete er.

»Aber ich habe nichts Ordentliches zum Anziehen dabei«, protestierte Jutta.

»Wer redet denn von Kleidern? Die stören nur.«

»Bist du jetzt restlos übergeschnappt?«

»Gefällt's dir etwa nicht, wenn ich so bin, wie ich bin?«

»Schon. Trotzdem finde ich, wir sollten ...«

»Laß mich nur machen!« Er lotste Jutta zurück zum Auto und ließ sie schmoren. Offenbar plagte sie die Vorstellung, er wolle sie so wie sie war in ein piekfeines Lokal entführen. Weit gefehlt! Es würde genau wie damals vor vierzehn Jahren weitergehen, als sie vom Schlittschuhlaufen heimkamen und vor dem ersten gemeinsamen Adventskranz saßen und mit Heißhunger Spaghetti aßen. Dazu hatten sie süßen *Asti Spumante* getrunken, und zum Nachtisch gab es Spekulatius und Mandarinen und Liebe, jede Menge Liebe.

So wie heute. Arnim ließ nichts aus. Er war es, der die Spaghetti kochte und die Tomatensoße aus dem Tütchen nach Vorschrift mit derselben Menge Wasser auffüllte. Er hatte die Großpackung für vier bis fünf Personen gekauft, exakt wie damals; so eine große Portion würden sie nach etlichen Stunden auf dem Eis locker schaffen. Weniger leicht fiel es ihm, sich in der Küche des Einfamilienhauses zu orientieren, in das sie kurz vor Tinchens Geburt eingezogen waren. Das war von Anfang an Juttas Reich gewesen, sie kochte einfach ungleich viel besser als er, zum Ausgleich übernahm er seitdem freiwillig das Spülen und eben all jene Verrichtungen, bei denen er sich geschickter anstellte. Er war aus der Übung, soviel stand fest. Kaum zu glauben, wie schwierig es war, gleichzeitig einen Kochtopf mit Nudeln und einen kleineren mit gefährlich spritzender Soße unter Kontrolle zu halten und zwischendurch noch Geschirr, Gläser und Sekt herzurichten.

7.

Ria Pöttgen hatte noch nie viel vom Kochen gehalten. Trotzdem hatte sie gut und gerne ein Vierteljahrhundert ihres Lebens Tag für Tag am Herd gestanden. Weder ihre beiden Kinder noch ihr Ehemann hatten sich jemals beschweren müssen, was sie auch nicht getan hatten. Trotzdem war Ria nie das Gefühl losgeworden, daß das, was sie ihrer Familie auftischte, nicht wirklich deren Beifall fand. Warum sonst wohl hätte ihre eigene Tochter ihr Jahr für Jahr ein Kochbuch zu Weihnachten geschenkt? Kein normales Kind tat so etwas. Und Juttas Vater, ihr eigener Ehemann also, hatte die versteckte Kritik des Mädchens sogar noch unterstützt, indem er mal einen gußeisernen Bräter und mal eine altmodische Gugelhupfform aus Messing auf Rias Gabentisch gelegt hatte.

»Wenn ihr mit meinen Kochkünsten nicht zufrieden seid«, hatte Ria irgendwann, als es ihr zuviel wurde, gemeint, »dann sagt es mir gefälligst ins Gesicht!« Natürlich hatte das niemand getan, aber geändert hatte sich auch nichts. Ria hatte ihre Püree-Instant-Flocken und die sofort lösliche gekörnte Brühe und eben all die wunderbaren Hilfsmittel, mit denen praktisch niemand etwas falsch machen kann, weiter gegen lautlose Vorwürfe verteidigen müssen. Bis Jutta und Stefan aus dem Haus gingen und wenig später der Mann starb, der ihr eigener

Mann und ihr dennoch fremder als beispielsweise der nette Moderator morgens im Frühstücksfernsehen gewesen war. Es war schwer, wenn nicht gar unmöglich, den Alltag mit jemandem zu teilen, der Glockengeläut den Vorzug vor flotter Tanzmusik gab und jeden einzelnen Engel, jedoch keinen einzigen Fernsehstar beim Namen nennen konnte.

Lauter Gedanken, die Ria durch den Kopf huschten, als ihre drei Enkel endlich in dem französischen Bett, von dem aus man im Liegen bequem alle Kabelkanäle rauf und runter schauen konnte, eingeschlafen waren. Erschöpft und glücklich, wie Ria nochmals für sich konstatierte.

Nichts hatte sie falsch gemacht!

Es war das Recht einer jeden Oma, ihre Enkelkinder nach Strich und Faden zu verwöhnen, die armen Würmer hatten ja sonst nichts zu lachen. Zahnseide sollten sie benutztten und nach jeder Mahlzeit die Zähne putzen und höchstens zwei Stunden pro Woche Fernsehen schauen. Natürlich ausschließlich Sendungen wie die *Sesamstraße* und *Käpt'n Blaubär*, die Jutta für pädagogisch wertvoll hielt. Kein Wunder, daß sich besonders die beiden Jungen eben auf alles gestürzt hatten, wo es endlich zur Sache ging. Nichts Schlimmes, nur ein bißchen Klamauk und Action und all das, was in jedem gängigen Computer-Spiel vorkam.

Ein Glück, dachte Ria, daß Jutta null Ahnung von Technik hat und deshalb nicht mitbekommen wird, wenn ihre Kids sich demnächst per Mausklick abseilen. An Heiligabend war es soweit, und sie, Großmutter Ria, würde höchstpersönlich ihr Scherflein dazu beitragen, daß ihre Enkel nicht im vorigen Jahrhundert steckenblieben. Nur schade, daß sie selbst dieses Jahr bei ihrem

Sohn mitfeierte. Immer abwechselnd, so war es ausgemacht. Sie zog an der Chipstüte, die Maxi noch im Schlaf umklammert hielt, schaltete den Fernseher aus und ging auf Zehenspitzen hinüber ins Wohnzimmer, um dort die neue Millionärsshow weiterzusehen.

»Soll ich dir nicht doch besser helfen, Arnim?« ertönte es von dem Sofa, auf das Arnim Jutta getragen und ihre ewig kalten Füße in eine Decke eingehüllt hatte.

»Du bleibst, wo du bist, mein Engel!«

Jutta gehorchte. Ihr gefiel es zweifelsfrei, als er endlich mit einer dampfenden Schüssel voller Nudeln anmarschierte und sie galant zu ihrem Stuhl am Eßtisch geleitete: sie in seinem alten Bademantel, auch das gehörte zum wiederbelebten Ritual, und er erhitzt vom Kochen im T-Shirt zu den langen Ringelunterhosen, die er ebenfalls an diesem Morgen kurz nach Juttas Anpfiff aus den Tiefen des Kleiderschranks ausgegraben hatte.

So wütend wie heute früh hatte er Jutta noch selten erlebt. Dabei war es in Anbetracht seines tollen Schnäppchens gerade jetzt vonnöten, sie bei Laune zu halten. Zum Glück hatte sein Dienstleiter auf Anhieb kapiert, wie wichtig ihm dieser freie Tag außer der Reihe war, und mitgespielt. Nun lief alles nach Plan. Die Stimmung war grandios; sie aßen beide mit großem Appetit, es blieb buchstäblich nichts übrig. Als sie fertig waren, ließen sie einfach das Geschirr auf dem Eßtisch stehen – auch das war seitdem sie Kinder hatten sonst nicht mehr drin – und wechselten mit der vorgekühlten Flasche *Asti Spumante* auf die Couch hinüber.

»Auf uns beide, mein Engel!« Arnim hob Jutta sein Glas mit Schaumwein entgegen. »So schön hatten wir es schon lange nicht mehr, stimmt's?«

»Ja, es war einfach zauberhaft«, erwiderte Jutta versonnen und verfehlte um ein Haar sein Glas, als sie mit ihm anstoßen wollte. Ihre Augen bekamen einen regelrecht milchigen Schleier, während sie fortfuhr: »Ich hab mich tatsächlich noch mal wie ganz am Anfang gefühlt, sogar deine Spaghetti waren noch genau wie damals.«

»Und was heißt das im Klartext?« fragte er betont burschikos zurück. »Du willst doch nicht etwa andeuten, daß meine Nudeln nicht Weltkasse waren?«

»Ich will nur sagen, daß es keine Alltagsnudeln waren.« Ein spitzbübisches Lächeln stahl sich in Juttas Gesicht.

»Und was unterscheidet Alltagsnudeln von meinen Nudeln?« insistierte Arnim, der froh war, daß sie ihren nostalgisch-wehmütigen Schub überwunden zu haben schien. Ihm schwebte zum Ausklang dieses gelungenen Abends etwas ganz anderes vor.

»Nun, Alltagsnudeln sind auf den Punkt genau gekocht und nach Vorschrift abgeschreckt. Deine Nudeln heute waren Weihnachtsnudeln. Sie klebten aneinander, aber sie schmeckten trotzdem oder gerade deshalb besonders köstlich.«

»Eben ein echtes Miraculum«, witzelte er, »steht ja auch auf der Packung drauf.«

»Du weißt genau, daß ich das nicht meine. Es kommt nicht drauf an, was irgendwo draufsteht. Es kommt auf das an, was hier drin passiert.« Jutta tippte auf seine und ihre Brust.

»Da drin?« Arnim berührte nun ebenfalls Juttas Brust und verweilte dort mit sichtlichem Behagen. »Nun, laß mich einfach raten, was da drin passiert.«

»Mußt du das raten? Spürst du das nicht auch so?«

»Ich will nur ganz sichergehen, daß ich mich nicht vertue.« Arnim rückte noch näher zu Jutta hin und positionierte sein Ohr an der Stelle, wo bis gerade eben seine Hand geruht hatte. *Bumbudibum*, wie ihr Herz klopfte. »Ich glaube«, flüsterte er geheimnisvoll, weil er wußte, wie sehr sie das mochte, »dein Herz erzählt mir gerade eine wunderschöne Geschichte.«

»Könnte sein«, wisperte sie zurück. »Mein Herz erzählt dir, daß es dich sehr lieb hat. Dich und natürlich das Unterpfand unserer Liebe.«

»Spielst du jetzt auf unsere drei süßen Quälgeister an?« Arnim rückte automatisch wieder ein Stück von Jutta weg. Die Erwähnung seines Nachwuchses erschien ihm in diesem Moment äußerst unpassend. Leider schien Jutta das nicht zu merken.

»Tu nicht so, als ob du so wahnsinnig abgebrüht wärst.« Sie rückte nach und schmiegte ihren Kopf an seine Schulter, was sehr verführerisch aussah, aber leider nicht zu den Worten paßte, die sie nachschickte: »Gib wenigstens zu, wie sehr du unsere drei liebst!« Gleichsam zur Untermalung jubilierte es im Radio »Zu Bethlehem geboren ...«

Arnim war versucht, aufzuspringen und einen anderen Sender einzuschalten, begnügte sich jedoch in Anbetracht von Juttas empfindsamer Seele mit einer wie er fand sehr diplomatischen Antwort. »Klar liebe ich sie. Aber es bleibt Fakt, daß drei Christkindchen dreimal soviel Arbeit machen wie ein einziges. Erst recht, wenn sie dem Krippenstadium entwachsen sind. Könnten wir jetzt bitte ...«

Weiter kam er nicht, weil Jutta ihm entgegen ihrer Gewohnheit ins Wort fiel. Sie dachte gar nicht daran, das Thema zu wechseln, sondern fing allen Ernstes an, ihn an gute Vorsätze zu erinnern, die er einst im Überschwang und ohne Kenntnis der Materie kundgetan hatte. Wobei er es allerdings durchaus für möglich hielt, daß er auch schon vor vierzehn Jahren lediglich genickt hatte, um Juttas Redefluß zu stoppen und ihre Lippen einem anderen Bestimmungszweck zuzuführen. Ihre Augen wirkten nun regelrecht verklärt, und sie redete immer noch: »... weißt du noch? Aus einem winzigen, hilflosen Menschlein wollten wir ein glückliches Kind machen. Und jetzt sind es drei, und alle sind kerngesund und hell im Kopf und fröhlich im Herzen und ...«

»Und wenn du sie weiter so verhätschelst«, unterbrach er sie, »fahren sie bald alle drei mit dir Schlitten, und das ohne eine einzige Schneeflocke. Erst gestern hast du sie wieder zur Schule kutschiert, dabei sind die beiden Jungs wahrlich alt genug, um den Schulbus zu nehmen. Überhaupt halst du dir gerade zu Weihnachten viel zuviel auf. Bist du zum Beispiel jemals auf die Idee gekommen, daß man ein Lebkuchenhaus auch fertig beim Bäcker kaufen könnte? Oder diese Adventssäckchen, die du unbedingt selber nähen mußt, ganz zu schweigen von Kastanienmännchen und Martinsfackeln und weiß der Himmel was sonst noch.«

»Aber das gehört einfach dazu.«

»Zu was gehört es dazu?« Er überlegte, ob er aufstehen und die Flasche Magenbitter holen sollte. Zwei gehäufte Teller Spaghetti, dieser süße Sekt und darauf dieser Disput waren einfach zuviel für seinen Magen.

»Zu Weihnachten. Vielleicht nicht gerade das Rumkutschieren mit dem Auto, aber das andere. Unsere Kinder sollen spüren, wie schön es ist, wenn man zusammen auf das Christkind wartet und etwas dafür tut, daß es sich wohl fühlt, wenn es endlich kommt.«

»Du redest glatt so, als ob du tatsächlich noch selbst

daran glaubst, daß am Heiligabend der Himmel seine Pforten öffnet und Christkindchen, Weihnachtsmänner, Rentiere und deine heißgeliebten Engel auf die Erde schickt. Für Tinchen ist das ja okay, aber wir sind schließlich erwachsen und müssen selbst zusehen, daß auch am 24. Dezember alles klappt. Da hilft uns niemand von deinen himmlischen Heerscharen.«

Jutta schüttelte den Kopf. So heftig, daß der gelockerte Bademantel nun vollends aufsprang, doch sie bemerkte es nicht einmal. Ganz offensichtlich brachte dieses Thema sie ganz ungeheuer in Rage, nicht nur ihre Wangen, sondern auch ihr Brustansatz hatten sich gerötet, was aus Arnims Warte sehr verlockend aussah. »Nein!« widersprach sie laut. »So darfst du das einfach nicht sagen. Das wäre profan. An Weihnachten haben auch wir Erwachsenen die Chance, wieder so unkompliziert wie ein kleines Kind zu hoffen und zu staunen und uns anrühren zu lassen. Von dem Kind in der Krippe, das nichts als ein Bündel Stroh und eine Windel hat und bitterlich arm ist und vor dem sich dennoch die drei Weisen aus dem Morgenland verbeugen, weil dieses Kind den Schlüssel zum Wichtigsten überhaupt besitzt – zur Liebe. Um diese Botschaft zu verstehen, ist es einfach besser, wenn man wenigstens ganz kurz selbst wieder zum Kind wird.«

»Und dann?«

»Dann ist man glücklich. Ganz tief drinnen. Und der Abglanz von diesem Glück ist wie ein Licht, das uns leitet, das ganze Jahr hindurch, wir dürfen es nur nicht aus den Augen verlieren.«

»Dein Wort in Gottes Ohr! Und was ist, wenn im März wieder mal das Finanzamt zuschlägt, mein neunmalkluger Engel? Oder unser *Pegasus* endgültig den

Geist aufgibt und wir für dich ein neues Auto kaufen müssen? Spätestens wenn es an unsere Urlaubskasse geht, ist das Glück von dem du redest erst mal wieder im Eimer.«

»Das Glück – also das richtige Glück – das hängt nicht von solchen Äußerlichkeiten ab. Nicht, wenn wir es nicht wollen. Wir müssen nur das Richtige wollen.«

»Wie wunderbar!« Arnim gab sich keine Mühe, den zynischen Unterton in seiner Stimme zu verbergen. »Wenn das so ist, dann will ich hier und heute, daß es über Weihnachten schneit. Du liebst doch Schnee über alles!«

»Hältst du mich wieder zum Narren?« Jutta begann an dem Stoff der Armlehne zu zupfen, was ein deutliches Zeichen dafür war, daß sie wieder mal zwischen widerstrebenden Gefühlen hin und her gerissen war.

»Wie kommst du denn da drauf?« fragte er zurück und hoffte, daß sie endlich begriff, daß sie sich das Leben nur mal wieder unnötig schwermachte.

»Weil es seit dem Jahr vor Maxis Geburt nicht mehr über Weihnachten geschneit hat«, murmelte sie und sah aus, als ob sie jede Sekunde zu weinen anfangen wolle.

»Für den Fall habe ich auch vorgesorgt«, verkündete er forsch und dankte Gott im Himmel, daß Jutta ihm gerade höchstpersönlich das Stichwort für seine Überraschung geliefert hatte. Ihr ratloser Blick amüsierte ihn nun nachgerade. »Wenn es dieses Jahr wieder nicht schneit«, fuhr er fort, »wird uns das in diesem Jahr trotzdem keine langen Gesichter bescheren. Komm, ich zeige dir, was das Christkind bei uns abgegeben hat!«

Er stand auf, nahm sie bei der Hand und zog sie mit ins Schlafzimmer. Ihre Nähmaschine, die gewöhnlich auf einem Untertisch zwischen Fenster und Kleiderschrank stand, hatte er auf dem Boden abgestellt, trotzdem war das Tischchen nicht leer. Was jetzt verhüllt von einem Laken darauf stand, war sogar größer und kantiger als ihre Nähmaschine.

»Und was ist das?« fragte Jutta sichtlich verwirrt.

»Mach die Augen zu und erst wieder auf, wenn ich ›jetzt‹ sage!« Mit einem Ruck entfernte Arnim das Tuch, dann führte er Jutta zu dem Computer, der vom Allerfeinsten und sogar schon mit einem Brenner ausgerüstet war. »Jetzt!« kommandierte er.

Jutta schlug die Augen auf. Mit allem möglichen hatte sie gerechnet, nur damit nicht. Den ganzen Nachmittag und Abend hatte sie in wunderbaren Erinnerungen und Gefühlen geschwelgt, und nun dies: ein Rechner, dessen Monitorauge sie tot anstarrte.

»Das ist ...!« Weiter kam sie nicht.

»Sag nichts! Schau einfach! Das ist eine Wahnsinnsmaschine, die einfach alles kann.« Ein Knopfdruck und schon verfärbte sich das tote Auge blau. Weiße Zeichen zuckten darüber, ein buntes Bild folgte, zuletzt raste ein rotes Auto direkt auf sie zu, dicht gefolgt von einem zweiten, das den roten Flitzer von der Fahrbahn drängte. Die Katastrophe war unausweichlich.

»Um Gottes willen!« Jutta schlug die Hände vors Gesicht.

»Siehst du!« tönte es neben ihr zufrieden. »Das ist täuschend echt, dieses Autorennen wird unsere Jungs vom Hocker werfen. Und ein Malprogramm für Tinchen ist ebenfalls schon dabei. Und was das Beste ist: Ich habe nur die Hälfte vom regulären Preis dafür bezahlt.«

»Aber ...!«

»Kein Aber, mein Engel. Du wirst sehen, unsere drei werden jubeln. Und du und ich, wir jubeln auch, wenn wir demnächst nicht erst warten müssen, bis es schneit oder die Kinderstunde anfängt, um unser Liebesglück aufzufrischen. Das hier«, Arnim tippte gegen den flimmernden Monitor, »ist unser neuer Glücksbringer.«

Jutta starrte benommen auf die Worte, die nun auf der Mattscheibe auftauchten. Sie konstatierten einen Totalschaden. Man hatte die Wahl, das Spiel zu beenden oder neu zu starten.

8.

Jutta hatte schlecht geschlafen, diesmal war ihr auch kein schöner Traum zur Hilfe gekommen. Ganz im Gegenteil hatte das Inferno eines virtuellen Autorennens sie immer wieder aufschrecken und zu Arnim hinüberschauen lassen, der jedoch tief und fest schlummerte. Offensichtlich bekam er nichts von dem Zwiespalt, in den er sie gestürzt hatte, mit. Oder war sie einfach zu empfindlich und altmodisch? Sie warf sich von der rechten auf die linke Seite, bis endlich der Wecker schrillte und Arnim sich im Bett aufsetzte. Anders als sie selbst schaffte er es in Sekundenschnelle, hellwach zu sein.

»Hallo, Engel! Das war gestern ein phantastischer Tag. Und erst der Abend.« Seine noch vom Schlaf warme Hand streichelte sie zärtlich. »Eigentlich sollten wir die Gelegenheit beim Schopf ergreifen, nicht wahr? Kein einziges Christkindchen weit und breit, das uns stören könnte …«

»Hör ja auf!« Jutta sprang aus dem Bett, dabei war ihr seine Berührung alles andere als unangenehm gewesen. Es waren die Worte, die sie verletzten. Besonders die Art, wie er mit dem Wort »Christkindchen« umging, mißfiel ihr gründlich, das kam einer Entzauberung gleich.

Die Sache wurde nicht besser, als sie die Küche ansteuerte und automatisch Milch für Tinchen aufsetzte und fünf Gedecke auflegte und sich erneut von Arnim auslachen lassen mußte, der sie zur Abwechslung nicht als »Engel«, sondern als »Traummaus« titulierte.

»Paß nur ja auf, meine kleine süße Traummaus«, meinte er, »daß du den Zucker nicht für Schnee hältst und versuchst, einen Schneemann daraus zu bauen. Übrigens möchte ich wetten, daß es dafür auch ein Computerspiel gibt. Werde ich gleich heute Abend mal im Internet nachprüfen. Unser Schlafzimmer sollten wir auf jeden Fall bis Heiligabend abschließen und den Schlüssel gut verstecken, damit unsere drei Neugiernasen dem Christkind nicht zu früh auf die Schliche kommen. Wie wär's mit dem Topf für die Rabattmärkchen? Und wenn du doch mal vergißt, wo der Schlüssel ist, rufst du mich halt an.«

»Wenn du meinst!« war alles, was Jutta darauf zu erwidern vermochte. Auch während der Fahrt zu ihrer Schule blieb sie schweigsam, was Arnim jedoch nicht weiter aufzufallen schien. Besonders morgens früh war sie selten redselig. Er verabschiedete sich auf dem Parkplatz mit einem herzhaften Kuß auf den Mund und einem liebevollen Klaps auf den Po von ihr, was eine Kollegin kurz darauf zu einer entsprechenden Bemerkung coram publico verleitete. »Alle Achtung, Frau Tillmann! Drei Kinder und noch immer verknallt wie am ersten Tag.«

Jutta verließ das Lehrerzimmer, in dem diese Worte fielen, fluchtartig, obwohl sie diesmal über eine halbe Stunde zu früh dran war. Oben im Kartenraum war sie glücklicherweise allein. Dieser Raum wurde kaum jemals betreten. In der verbleibenden Zeit bis zum Weihnachtsfest sollte das jedoch anders werden, weil man hier alles lagern würde, was für das Patenkind in Transsilvanien gespendet wurde. Hoffentlich kam genug zusammen, damit sich die weite Fahrt dorthin überhaupt lohnte.

Rektor Haberle war fest entschlossen, den Transport selbst zu übernehmen. Er hatte keine eigenen Kinder und war nicht mal verheiratet. Dabei fand Jutta, daß er einen wunderbaren Vater und Ehemann abgeben würde. Zumal er wirklich nicht schlecht aussah, was ihr allerdings erst durch Arnims Hinweis bewußt geworden war …

»Aber Frau Tillmann, was treiben Sie denn hier im Dunkeln?« Wie herbeigezaubert von ihren Gedanken stand plötzlich Rektor Haberle neben ihr. Zum Glück war es tatsächlich so dämmrig im Kartenraum, daß er nicht sehen konnte, wie rot Jutta wurde. Immerhin erkannte man die Umrisse des großen Pappkartons, den er nun zu ihren Füßen absetzte. Dann schaltete er das Licht an.

»Ich …«, stammelte sie und wandte hastig den Kopf zur Seite, »ich denke gerade nach.« Und um weitere Fragen zu vermeiden, ergänzte sie hastig: »Ist das hier schon die erste Spende?«

»Das könnte man so sagen.«

»Dann sollten wir wohl am besten gleich ein Verzeichnis anlegen«, schlug Jutta vor und achtete darauf, sich so weit wie möglich von dem Lichtkegel der Deckenlampe entfernt zu halten. Sie glühte noch immer, eine weitere altmodische Eigenart von ihr. »Wenn wir diese Liste dann ein paar Tage, bevor Sie losfahren, an den Kollegen in Aref faxen«, fuhr sie fort, »kann der sich schon einmal überlegen, wie er die Sachen am besten verteilt.«

»Sie scheinen hellsehen zu können, Frau Tillmann.«

»Wieso?«

»Weil Sie erahnt haben, was hier drin ist.« Der Schulleiter tippte auf den Karton. »Ein Faxgerät gibt es nämlich bis dato in unserer Patenschule nicht, wir sollten dieses hier vielleicht schon mal vorschicken. Ein Telefonanschluß ist immerhin seit kurzem vorhanden.«

»Oh!« Jutta kam sich wie das sprichwörtliche Dummchen vor, das hätte sie sich wirklich selbst denken können. Wetten, daß Arnim ihr so etwas unverblümt unter die Nase gerieben hätte?

Rektor Haberle hingegen machte sogar fast ein Kompliment an ihre Intuition daraus, was sie sehr nett von ihm fand. Er war überhaupt ein unglaublich sympathischer Mann.

»Ein Königreich für das, was Sie gerade denken, Frau Tillmann!«

»Ich …«, stotterte Jutta, »also ich dachte gerade, daß es einfach phantastisch ist, daß unser erster Spender gleich so großzügig ist. Das sollten wir als gutes Omen nehmen, finde ich. Darf ich?« Auf das Nicken des Schulleiters hin beugte Jutta sich vor und klappte den Karton auf, in dem sich außer einem Faxgerät noch zwei weitere, anscheinend ebenfalls original verpackte Geräte befanden. »Nicht zu fassen«, staunte sie, »das sieht ja alles aus wie frisch aus dem Laden. Wem verdanken wir diese Spende eigentlich?«

»So neu sind die Sachen da keineswegs. Das Faxgerät ist schon fast zwei Jahre alt, trotzdem wird es für unsere Patenschule eine große Erleichterung darstellen, hoffe ich. Genauso wie der Projektor, der bislang sowieso die meiste Zeit ungenutzt im Spind stand. Wozu braucht jemand wie ich auch solch eine Anlage mit allem möglichen Schnickschnack? Mein guter alter Plattenspieler ist mir hundertmal lieber, und mein Radio tut es auch noch. Nun müssen wir uns aber sputen, damit wir nicht zu spät zum Unterricht kommen. Die Idee mit der Liste ist übrigens hervorragend.« Sprach es und verschwand und ließ eine völlig perplexe Jutta zurück.

Der Weihnachtsmann, resümierte sie, ist nichts gegen Rektor Haberle, obendrein ist er noch unglaublich bescheiden.

Einsatz und Vorbild des Schulleiters trugen rasch Früchte. Noch am selben Tag wurden Jutta nicht nur von Kindern aus der 2a, sondern auch von Schülern anderer Klassen warme Winterkleidung, Kinderbücher und Spielzeug ausgehändigt, dazu kamen etliche Anfragen der Eltern, ob auch Bettwäsche, Tischdecken, Haushaltsgeräte oder sogar Kleinmöbel erwünscht seien. Offenbar hielten alle Jutta für die geeignete Anlaufstelle und wandten sich an sie, was zur Folge hatte, daß ihre Klasse bald einem Umschlagplatz für Kinderbedarf ähnelte. An normales Lernen war gar nicht zu denken, statt dessen wurde sortiert und aufgeschrieben und zuletzt alles in den Kartenraum hinaufgetragen. Was den positiven Nebeneffekt hatte, daß Jutta gar nicht dazu kam, sich weiter den Kopf über Arnim und sein »Christkindchen« zu zerbrechen.

Nach der Schule beanspruchten erst mal Maxi und Moritz ihre volle Aufmerksamkeit. Die beiden hatten keinen Hunger, was mehr als ungewöhnlich war. Normalerweise stürmten sie mit Hungergebrüll ins Haus. Ein Blick auf ihre Münder und Pullis erklärte alles; dort klebten eindeutig Schokoladenreste, und als Moritz auf Juttas Aufforderung hin sein nasses Schwimmzeug aus dem Turnbeutel zog, fielen gleichzeitig diverse Papierchen heraus, die alle eins gemeinsam hatten: Sie stammten von Naschwerk und Oma Ria. Der Rückschluß lag nahe, daß Maxi kaum weniger Süßkram verzehrt hatte. Obwohl Jutta sich fest vorgenommen hatte, keine kritischen Fragen zu stellen, für die sie sich später nur selbst verachten würde, wurde sie schwach.

»Könnte es sein, daß ihr von lauter Süßkram satt seid?«

Maxi warf seinem jüngeren Bruder daraufhin einen bedeutsamen Hab-ich-es-dir-nicht-gesagt-Blick zu. Moritz verdrehte die Augen. Dann stießen beide synchron ein Stöhnen aus. »M-a-a-m-a!«

»Was heißt hier Mama? Gerade weil ich eure Mutter bin, fühle ich mich verantwortlich für eure Gesundheit, und wenn ihr ein gutes Mittagessen nicht mal mehr anrührt, dann heißt das einfach ...«

»Du brauchst gar nicht weiterzureden«, fiel Maxi ihr ins Wort. »Oma Ria hat uns schon prophezeit, was du sagen würdest, und sie hatte recht. Sie sagt, du würdest einfach kein gutes Haar an ihr lassen, wenn du nur die kleinste Chance dazu hättest. Dabei hat sie uns gar nichts Ungesundes in die Schule mitgegeben.«

»Interessant.« Jutta zeigte auf die Flecken an Mündern und Pullis. »Und wovon ist das da?«

»Von was mit viel Milch und jeder Menge Mineralstoffen und Vitaminen. Wenn du wenigstens manchmal Werbung schauen würdest, wüßtest du das auch. In einem einzigen Riegel ist soviel Gutes drin wie in einem ganzen Steak.«

»Bei uns gibt es nicht ohne Grund höchstens einmal die Woche Fleisch«, entgegnete Jutta und war sich sehr wohl bewußt, daß sie sich nur lächerlich machte, als sie fortfuhr: »Ich hoffe sehr, daß ihr bei eurer Oma nicht das ganze Werbefernsehen auswendig gelernt habt.«

»Da kann man auch was draus lernen. Werbung, sagt Oma Ria, liegt am Puls der Zeit.«

»So, sagt sie das? Kam zufällig auch eine Zahnpastawerbung vor? Eure Zähne sehen nämlich nicht so aus, als ob sie in den letzten 24 Stunden Kontakt zu Zahnpasta gehabt hätten.«

Das Ende vom Lied war, daß die beiden Jungen murrend im Bad verschwanden, endlos Wasser rauschen ließen und dabei zweifelsfrei auf ihre Kosten herumulkten. Juttas Nerven waren zum Reißen gespannt. Das wurde keineswegs besser, als sich herausstellte, daß ihre Söhne an diesem Morgen ohne Hausaufgaben in die Schule gegangen waren. »Das sollst du unterschreiben!« Jutta unterschrieb und schimpfte und unterbrach ihre Gardinenpredigt nur kurz, um Tinchen in allerletzter Minute vom Kindergarten abzuholen.

Ihre Tochter war so hundemüde, daß sie während der kurzen Fahrt auf dem Rücksitz einschlief und nur noch ins Bett getragen werden konnte. Juttas Ressentiments gegen die Erziehungspraktiken ihrer Mutter stiegen ins Unermeßliche. Wenn sie jetzt nicht etwas Sinnvolles tat, platzte sie. Während die Jungs alte und neue Hausaufgaben erledigten, begann sie Teig zu kneten, zu formen und zu backen, der Höhepunkt waren Füllung und Glasur. Wunderbare Gebilde entstanden, auch der Duft schmeichelte ihrer Nase, sogar Maxi und Moritz wurden davon angelockt und wollten auf der Stelle kosten.

»Aber nicht zuviel vor dem Abendessen«, mahnte Jutta und reichte jedem stolz ein dreistöckiges Terrassenplätzchen.

»Abendessen ist vorbei«, nuschelte ihr jüngerer Sohn mit vollen Backen, »das wäre jetzt sogar bei Oma Ria vorbei. Gib uns lieber noch ein paar Plätzchen!«

Ein Blick auf die Küchenuhr bestätigte, daß es tatsächlich schon kurz vor neun war. Schlafenszeit. Und wo blieb Arnim? Er wollte doch spätestens um sieben daheim gewesen sein. Jutta begann sich ernsthaft zu sorgen, während sie ausnahmsweise und nur, damit es schnell ging, Schokoflakes zum verspäteten Abendbrot genehmigte. Als alle in ihren Betten lagen, begann sie zu telefonieren, zuletzt rief sie sogar bei ihrer Mutter an.

»Arnim ist nicht zufällig bei dir gelandet?« erkundigte sie sich vorsichtig.

»Wieso? Ist er nicht bei dir?«

»Dann würde ich ja nicht anrufen und fragen, Mutter.«

»Vielleicht hatte dein Mann einfach mal Lust, wie tausend andere Männer auch, nach dem Dienst einen trinken zu gehen.«

»Das täte Arnim nie.« Eingedenk der Kneipentour vor zwei Tagen fügte Jutta hastig hinzu: »Zumindest nicht, ohne mir vorher Bescheid zu geben, daß er nicht zum Essen kommt.«

»Ja, mein Schwiegersohn hat eben Manieren.« Das klang glatt so, als ob besagtes gutes Benehmen an ihr selbst vermißt würde, zumindest glaubte Jutta das herauszuhören. Kurz angebunden beendete sie das Gespräch und begann, ihre Küche zu säubern und das mittlerweile getrocknete Gebäck in hübsche Metalldosen mit weihnachtlichen Motiven zu verpacken. Als sie damit fertig war, stand der kleine Zeiger der Küchenuhr auf elf.

Ob sie bei der Polizei anrufen sollte? Nein, vermutlich würde man dort annehmen, sie spiele verrückt, weil sie als Frau eines Polizisten selbst am besten wissen mußte, daß auf der Wache niemand aktiv wurde, nur weil ein erwachsener Mann vier Stunden überfällig war. Außerdem wäre Arnim garantiert stinksauer, wenn er gleich mit einer triftigen Erklärung heimkam und erfuhr, daß sie ihn vermißt gemeldet hatte.

Wie konnte eine solche Erklärung lauten? Auto defekt? Doch dann gab es immer noch ein Telefon, um Bescheid zu sagen. Eine Fahndung? Ein Taschendieb, der sich als gesuchter Schwerverbrecher entpuppte? Dann blieb womöglich wirklich keine Zeit mehr, um daheim anzurufen. Aber solche Einsätze waren auch immer riskant. Schon trieb Juttas Phantasie erneut Blüten. Sie mochte sich gar nicht ausmalen, was alles passieren konnte, wenn Arnim einen Verbrecher verfolgte. Mit schwachen Knien steuerte sie das Schlafzimmer an. Sie würde sich einen Moment hinlegen.

Sie drückte die Klinke nieder, doch nichts passierte, die Tür blieb geschlossen. Sie rüttelte an der Klinke und stemmte sich gegen das Holz. War denn heute alles verhext? Da schwang die Tür wie von Zauberhand auf, und direkt vor ihr stand mit geröteten Augen ihr vermißter Ehemann

»Du?« Sie strich sich übers Gesicht. Litt sie am Ende unter Halluzinationen?

»Wer sollte sonst in unserem Schlafzimmer sein?«

»Warum hast du mir nicht gesagt, daß du da bist?« Ihre Stimme war nun sehr hoch und kurz davor, umzukippen. Sie preßte die Fingernägel der einen in den Ballen der anderen Hand, um den drohenden hysterischen Ausbruch zu verhindern.

»Ging ja nicht, weil du gerade losgefahren warst, um Tinchen abzuholen.«

»Willst du damit andeuten, daß du schon vor fünf zu Hause warst? Es ist gleich Mitternacht.«

»Meine Güte, wie die Zeit vergeht. Aber ich hab's geschafft, mich mit unserem Christkindchen anzufreunden, es gehorcht mir jetzt praktisch aufs Wort. Und im Internet habe ich mich auch schon angemeldet. Im World Wide Web gibt's praktisch nichts, was es nicht gibt. Das ist atemberaubend, da vergehen die Stunden halt wie im Flug. Wenn du möchtest, führe ich dich kurz ein.«

»Ich will nicht Computer spielen, sondern schlafen. Das hier ist unser Schlafzimmer, falls du das vergessen hast. Ich bin fix und fertig.«

»Nun hab dich nicht so, mein Engel! Oder hattest du etwa wieder Streß mit deiner Mutter? Sie besteht übrigens darauf, die Hälfte zum Computer dazuzutun, das ist doch wirklich nett von ihr. Selbst du mußt zugeben ...«

Jutta hielt sich die Ohren zu, gleichzeitig liefen ihr die Tränen übers Gesicht. Ihre Schultern zuckten wie verrückt, und ihre nackten und folglich eiskalten Zehen krallten sich in den Bettvorleger. Kindisch, schon möglich, doch darauf kam es jetzt auch nicht mehr an. Ihr war, als ob just in diesem Augenblick Weihnachten vom Kalender gestrichen worden wäre. Ihre gesamte Vorfreude stürzte wie ein Kartenhaus in sich zusammen, sie fühlte sich unsäglich elend und mißverstanden. Da half es auch nichts, daß Arnim sie in den Arm nehmen wollte. Hinter ihm flimmerte noch immer bedrohlich das Auge des Monitors. Diese Kiste sprach sogar und forderte den Verräter, der ihr Mann war, zu einem weiteren Wettkampf auf. Und was tat er? Er griff nach der elektronischen Maus und schielte zu dem Bildschirm hin, als ob es sich dabei um seine heimliche Geliebte handele.

Wortlos schnappte Jutta ihr Bettzeug und schleifte es hinter sich her zu der Couch im Wohnzimmer. Es dauerte lange, bis sie endlich einschlief. Noch immer glaubte sie, die blecherne Stimme von nebenan zu hören, die statt einem menschlichen Herzen einer Festplatte gehorchte.

9.

Die restliche Woche verlief nach einem Strickmuster, das Jutta zugleich fremd und nah war. Fremd deshalb, weil sie noch nie viel für technische Neuheiten wie Soundblaster, 3-D-Technik oder eben das World Wide Web übrig gehabt hatte. Und nah, weil dieses weltweite Netz nunmehr Einzug in ihr eigenes Schlafzimmer gehalten und Arnim in einen Besessenen verwandelt hatte. Kaum betrat er das Haus, verschwand er auch schon wieder, um diese Teufelsmaschine, wie Jutta sie insgeheim getauft hatte, zu starten und sich davon in Gefilde entführen zu lassen, die ihm offenbar wichtiger waren als das Beisammensein mit der Familie.

Mit sichtlicher Eile schaufelte er seit nunmehr vier Tagen sein Essen in sich hinein und verschwand dann mit einer fadenscheinigen Entschuldigung. Angeblich nur ganz kurz, doch das stimmte nie, zweimal vergaß er sogar, Tinchen ihren Gutenachtkuß zu geben. Und obwohl Jutta sich redlich Mühe gab, trotzdem so etwas wie Vorweihnachtsstimmung aufkommen zu lassen, waren ihre Gedanken vergiftet und glitten immer wieder hinüber in den Raum, der bislang ausschließlich zum Schlafen und Lieben gedient hatte. Was Arnim nun dort tat, kam in Juttas Augen einer Entweihung gleich.

Zum Höhepunkt dieser Entwicklung kam es am Wochenende. Zwei Kerzen brannten nunmehr am Adventskranz, alles war festlich geschmückt, doch während dieser Anblick Jutta bislang mit Vorfreude auf das nahe Christfest erfüllt hatte, wurde ihr diesmal ganz bang ums Herz. Wie würde das nur enden? Sollten sie so Weihnachten feiern? Das durfte einfach nicht sein. Als Tinchen am Sonntagnachmittag nach stundenlangem Üben auf ihrer Blockflöte stolz angerannt kam, um ihren Eltern ihr erstes Weihnachtslied vorzuspielen, kannte Jutta kein Pardon mehr. Eltern waren bekanntlich zwei.

»Ich hole Papa«, versprach sie und klopfte gegen ihre eigene Schlafzimmertür.

»Geht jetzt nicht!« tönte es von drinnen.

»Mach auf!« forderte Jutta. Aus ihrem Klopfen wurde ein heftiges Hämmern, was umgehend auch ihre Kinder auf die Bildfläche rief, doch das machte nun auch nichts mehr. Hauptsache, dieser Spuk nahm ein Ende. Es schien ihr eine Ewigkeit zu dauern, bis Arnim sich bequemte, die Tür einen Spalt breit zu öffnen, und durch die Ritze lugte.

»Was soll das?« fragte er unwirsch mit Blick auf das Trio hinter Juttas Rücken. »Ich habe dir doch gesagt, ich komme gleich.«

»Das sagst du seit Tagen, aber du kommst nie. Damit muß jetzt Schluß sein. Ich will, daß du auf der Stelle mitkommst und hörst, was Tinchen auf ihrer Blockflöte eingeübt hat, und danach wollen wir alle zusammen …«

»Falls du glaubst, ich hätte überhören können, daß Tinchen seit einer Ewigkeit Stille Nacht, heilige Nacht übt, so irrst du dich. Ich habe jeden einzelnen Ton körperlich mitbekommen.«

Bei diesen Worten verzog Arnim schmerzgeplagt das Gesicht. Erst der verletzte Blick seiner Tochter veranlaßte ihn zu der Versicherung, generell fände er es selbstverständlich großartig, wenn Tinchen sich soviel Mühe gäbe. »Aber jetzt sollte sie mal eine schöpferische Pause einlegen, auf Dauer ist das einfach etwas viel, wenn man sich dabei konzentrieren soll.«

»Es ist Wochenende und der zweite Advent. Es gibt nichts, worauf du dich konzentrieren mußt außer auf unser Familienleben. Wir warten alle nur auf dich. Die Adventsgeschichte liegt bereit, die Kerzen brennen, wir haben sogar schon ohne deine Hilfe die Fichte im Garten mit Lichtern geschmückt. Du brauchst dich nur noch dazuzusetzen.«

»Später«, wehrte Arnim ab, und ehe Jutta es sich versah, hatte er ihr die Tür vor der Nase zugedrückt und den Schlüssel herumgedreht.

»Ist Papa krank?« fragte Tinchen ängstlich. »Er sieht so komisch aus, ganz anders als sonst, besonders seine Augen. Hat er was Schlimmes an den Augen? So wie unser Kaninchen damals? Und dann ist es gestorben. Ich will nicht, daß der Papa stirbt.« Die Worte gingen in Schluchzen über, die Blockflöte war vergessen, alle Trostworte prallten an der Kleinen ab.

»Aber wenn Paps nicht krank ist, warum bleibt er dann die ganze Zeit im Bett?« fragte sie beharrlich.

Jutta zuckte die Schultern und bemerkte nicht, wie ihre beiden Söhne sich vielsagende Blicke zuwarfen. »Sollen wir Mensch-ärger-dich-nicht spielen?« versuchte sie abzulenken. Die beiden Jungen stöhnten laut, und auch Tinchen zeigte wenig Begeisterung, obwohl sie sonst doch für ihr Leben gern Mensch-ärger-dich-nicht spielte.

»Nicht, wenn der Papa nicht mitmacht«, meinte sie und trotzte bis zum Abendessen herum, bei dem Arnim sich wieder zu ihnen gesellte. Er gab sich fröhlich und so, als ob nichts geschehen wäre, doch seine Augen waren jetzt noch stärker gerötet. Was zur Folge hatte, daß

Tinchen von ihrem Stuhl auf seinen Schoß überwechselte und ihn mit genau jener Miene musterte, die ihre Mutter an den Tag legte, wenn eins der Kinder eine Erkältung ausbrütete. Was sehr drollig aussah, doch Jutta war die Lust zum Lachen vergangen, und auch Arnim verzog keine Miene.

»Am besten setzt du dich jetzt brav wieder auf deinen eigenen Stuhl und ißt, damit Mama nicht wieder schimpfen muß«, meinte er.

»Hat Mama eben mit dir geschimpft?« Tinchen legte den Kopf schief. »Warst du böse?«

»Du weißt doch, daß ich der beste Papa der Welt bin, oder?«

»Aber du wolltest mein schönes Lied nicht hören und nicht mit uns spielen.«

»Es ging nicht, wirklich nicht, aber demnächst ...«

»Gestern hast du auch nicht mit mir gespielt, und mit uns spazierengegangen bist du auch nicht, dabei hast du fest versprochen, mit in den Rehpark zu kommen.«

»Manchmal kommt halt was dazwischen.«

»Bist du vielleicht doch krank? Mama sagt, du bist nicht krank, aber das hat sie damals bei Ratzfatz auch gesagt, als seine Augen so getränt haben. Und dann war er mausetot.«

»Paß auf, Schätzchen, deinem Papa fehlt nichts, höchstens eine Portion Schlaf. Ich habe in den letzten Tagen einfach viel zu wenig geschlafen. Am besten gehen wir heute alle früh zu Bett.«

»Und warum hast du zu wenig geschlafen, Papa?«

»Das darf ich dir nicht verraten.«

»Hast du ... hast du dich vielleicht mit dem Christkindchen getroffen?« Tinchens Augen begannen zu glänzen.

»Wer weiß!« orakelte Arnim geheimnisvoll.

Für Jutta stand fest, daß er damit den Auftakt für die Unruhe gab, welche die Kinder noch gefangen hielt, als sie längst schlafen sollten. Immer wieder mußte Jutta die drei zurück in ihre eigenen Betten scheuchen. Am schlimmsten waren Maxi und Moritz. Als Jutta das Wort »Computer« aufschnappte, war sie kurz davor, durchzudrehen. Etwas mußte passieren, und zwar bald.

Der Montagmorgen verstrich für Jutta wie in Trance. Sie versorgte ihre Kinder, unterrichtete ihre Klasse und nahm weitere Spenden für die Schule in Transsilvanien entgegen. Wieder lauter gute Sachen, keine Frage, doch diesmal blieb ihr Herz bei diesem Anblick stumm. Sie fühlte sich wie nach einem Besuch beim Zahnarzt, wenn die Betäubungsspritze noch nachwirkt, nur daß diesmal statt der Backe rundum alles an ihr taub war. An diesem Zustand änderte auch das erste Fax aus Aref nichts, das am Ende der großen Pause eintraf. Die von Dankbarkeit erfüllten Worte drangen ebensowenig wie die Kinderzeichnungen durch die Wand aus Watte in ihrem Kopf. Sie überflog die ersten Zeilen und legte die Blätter – insgesamt bestimmt ein Dutzend – dann achtlos auf den Platz von Rektor Haberle, der außer Haus eine Besprechung mit der Schulbehörde hatte, und vergaß sie.

Vermutlich war es ein Reflex, der Jutta nach ihrer letzten Unterrichtsstunde erneut den Kartenraum im obersten Stockwerk aufsuchen ließ. Sie schaltete nicht einmal das Licht ein. So würde niemand auf die Idee kommen, sie hier zu vermuten. Vielleicht kam ihr ja im Dunklen und in der Stille die zündende Idee, wie sie den Familienfrieden retten konnte. *Friede auf Erden den Menschen ...* – immer wieder gingen ihr diese wundersamen Worte durch den Kopf. Doch diesmal klangen sie ihr wie Hohn in den Ohren.

Als es gegen die Tür klopfte, reagierte sie nicht. Ich halte es einfach wie Arnim, dachte sie und spürte, wie ihr das Herz bei der Erinnerung an jene Szene bis zum Hals schlug. Stundenlang hatte Arnim sich im Schlafzimmer verschanzt und sie zittern lassen, und das war erst der Auftakt gewesen …

»Frau Tillmann? Sind Sie da drin?«

Jutta rührte sich nicht. Nur ihr Atmen war zu hören.

»Frau Tillmann, ich weiß, daß Sie dort drin sind.«

»Und woher wollen Sie das wissen?« Sie biß sich auf die Unterlippe, weil sie sich nun verraten hatte.

»So etwas spürt man, wenn man jemanden mag.« Die Tür glitt auf, die Stimme des Schulleiters kam näher, diesmal verzichtete er darauf, das Licht anzuknipsen. »Kann ich Ihnen irgendwie helfen, Frau Tillmann?«

»Nein! Ich glaube, mir ist nicht zu helfen.«

»Probieren Sie's doch einfach!«

Die schlichten Worte und die Güte in seiner Stimme schwemmten alle Vorsicht hinweg.

Ehe Jutta sich versah, platzte sie mit einer Frage heraus, die exakt den Zwiespalt traf, in dem sie sich befand: »Halten Sie es für möglich, daß ich einfach falsch ticke?« Sie klopfte sich mit dem Zeigefinger gegen die Stirn.

»Wie kommen Sie denn auf solch einen Unsinn?«

»Weil niemand heutzutage einen Computer für Teufelswerk hält. Niemand außer mir.«

»Dann werden Sie einen stichhaltigen Grund dafür haben«, erwiderte Haberle ruhig.

»Glauben Sie? Mein Mann sieht das anders! Ihm will einfach nicht in seinen Dickschädel hinein, daß dieses Ding in unserem Schlafzimmer uns alle nur unglücklich macht. Am liebsten würde ich es packen und aus dem Fenster werfen, aber wahrscheinlich gingen dann nur meine Blumen kaputt.«

»Wenn Sie drüber nachdenken, finden Sie gewiß eine bessere Verwendung. Was sagen Sie übrigens zu dem Fax aus Aref? Ist es nicht wunderbar, daß die Kinder und ihr Lehrer nun auf diese Weise mit uns kommunizieren können? Und was für eine Mühe sie sich gegeben haben, ihre Freude zu zeigen.«

Jutta überlegte, worauf Rektor Haberle mit diesem Themenwechsel abzielte. Was hatte ihr Kummer mit der Freude des Patenkindes in den Karpaten zu tun? Zum erstenmal erschien der Schulleiter ihr sehr viel weniger feinfühlig, als sie das von ihm gewöhnt war. Gleichzeitig fragte sie sich, ob sie zugeben sollte, daß sie lediglich die ersten Sätze überflogen hatte. Sie beschloß, sich dem mit einer Floskel zu entziehen, was sonst wahrlich nicht ihre Art war.

»Wunderbar«, stimmte sie zu.

»Und wie lautet Ihre Antwort?«

Antwort? Wollte ihr Gegenüber, daß sie mehr ahnen als sehen konnte, allen Ernstes von ihr wissen, wie sie auf mehr oder weniger üppige Dankesworte zu reagieren gedachte? Ausgerechnet jetzt ... Jutta schwieg und fühlte Trotz in sich aufsteigen. Niemand verstand sie, nicht einmal ihr grundgütiger und sonst über alle Maßen verständnisvoller Chef.

»Könnte es sein, Frau Tillmann, daß die Einladung gar nicht richtig zu Ihnen durchgedrungen ist?«

»Einladung?« wiederholte sie, dann wurde das Licht angeknipst. Nicht von ihr und auch nicht von Rektor Haberle, sondern von dem Hausmeister, der sich buchstäblich auf Zehenspitzen angeschlichen haben mußte und sie beide nun fixierte, wie er das sonst bei Schülern tat, die ihren Kaugummi unters Pult geklebt oder sonst wie gegen die Schulordnung verstoßen hatten.

»Glauben Sie, wir sind nicht in der Lage, selbst den Lichtschalter zu betätigen?« Die Stimme von Rektor Haberle klang eisig. Noch nie zuvor hatte Jutta ihn so reden gehört.

»Schon … aber ich habe gedacht … Also ich habe mich einfach gewundert … wer redet schon im Stockfinstern? … Schau mal nach, habe ich mir gesagt … könnten ja Diebe sein.«

»Nun, wo Sie sich vergewissert haben, daß wir keine im Halbdunkeln plaudernden Diebe sind, können Sie ja getrost wieder gehen, oder? Und den Dia-Projektor dürfen Sie auch gleich mitnehmen. Wir mußten gerade feststellen, daß er noch immer nicht repariert ist, was ich ziemlich ärgerlich finde.«

Der Hausmeister machte ein dummes Gesicht, klappte den Mund auf und wieder zu, starrte auf den Dia-Projektor, der so gut wie nie benutzt wurde, klemmte sich das staubige Gerät endlich widerspruchslos unter den Arm und verschwand. Die Wartung der Geräte gehörte zu seinen Obliegenheiten. Obwohl Jutta bis gerade eben noch in Weltuntergangsstimmung gewesen war, mußte sie nun gegen ein Lachen ankämpfen. So eine Abfuhr hatte dieser fiese Kerl, der ständig etwas an anderen zu meckern fand, wirklich verdient.

»Das war ziemlich genial«, sagte sie lächelnd, »dagegen kann er nichts sagen, oder? Auch wenn wir gar keine Dias anschauen wollten.«

»Es hätte immerhin sein können. Also, wie ist es, nehmen Sie die Einladung an?«

»Ich verstehe noch immer nur Bahnhof.«

»Sie müssen nicht mal zum Bahnhof, um nach Aref zu kommen. Im Caravan von meiner Cousine finden wir alle bequem Platz. Bestimmt wäre das ein großartiges Abenteuer für Ihre Familie.«

So erfuhr Jutta, daß der einzige Lehrer in Aref, der zugleich als Bürgermeister fungierte, seine Gönner aus Deutschland über Weihnachten eingeladen hatte. Eine echte Burg sollte ihnen als Unterkunft dienen, und von langen Fahrten mit dem Pferdeschlitten war die Rede. Bereits jetzt lag der Schnee über einen Meter hoch. Und dazu die Freude der Kinder dort, die alles gemalt hatten, was sie an ihrer Heimat schön fanden: die Burg und die Berge, Wälder und Schluchten, Tiere und Menschen, die um einen Christbaum tanzten. Und sogar Engel.

Mit zitternden Händen nahm Jutta die Faxseite mit dem Engelbild entgegen, diesmal schaute sie genau hin. Zwei große und drei kleine Engel, die einander an den Händen gefaßt hielten und um die Wette strahlten. Ohne die Flügel hätte man sie glatt für eine glückliche Familie halten können.

»Solch ein menschenähnliches Engelbild habe ich noch nie zuvor gesehen«, flüsterte sie und mußte zwangsläufig an ihre eigene Familie denken, die momentan weiter denn je vom einstimmigen Frohlocken dieser Himmelsboten entfernt war.

»Das sollen ja auch Sie selbst und Ihre Kinder sein«, schmunzelte Rektor Haberle. »Offenbar ist Ihr Faible für Engel auf fruchtbaren Boden gefallen. Das hat dieser kleine Künstler dort auf der Stelle umgesetzt.«

»Aber woher sollten die Kinder in Aref überhaupt wissen, daß ich ein Faible für Engel habe? Bis gerade jetzt war mir nicht mal klar, das Sie davon wissen …«

»Dazu braucht man nur Ihre Klasse zu betreten. Auf

jedem Platz ein liebevoll gebasteltes Engelchen mit dem Namen des Kindes, das dort sitzt. Wenn ich mich nicht sehr irre, stimmen sogar die Haarfarben überein. Sie haben sich wirklich unglaublich viel Mühe gemacht, um die Verbindung zum Himmel zu pflegen. Und das habe ich halt unserem Kollegen in Transsilvanien erzählt, der es wiederum seinen Schülern erzählt hat.«

Darauf sagte Jutta nichts mehr. Nur ihre Augen bekamen einen feuchten Glanz, und in ihrem Herzen formte sich die Gewißheit, daß dies just das Zeichen war, auf das sie gewartet hatte. Plötzlich wurde ihr klar, wie sie das Weihnachtsfest retten konnte.

Sie war so erfüllt von ihrer himmlischen Eingebung und deren Umsetzung, daß sie sich nicht einmal wunderte, als ihrem Sohn Moritz Stunden später ohne ersichtlichen Grund übel wurde. Kreideblaß war er, was, wenn sie genauer hingeschaut hätte, ebenfalls für Maxi galt. Sie tröstete und kochte eine große Kanne Kamillentee, welche ihre beiden Jungen klaglos leerten, obwohl sie diesen Tee verabscheuten, weil er angeblich wie eingeschlafene Füße schmeckte. Lediglich Tinchen sträubte sich energisch, vorsorglich eine Tasse mitzutrinken.

Es hatte einigen Zuredens bedurft, bis Tinchen wie geheißen vor der Haustür Position bezog. Ihre Brüder waren sich darin einig, daß man ihr auf gar keinen Fall zuviel verraten durfte, sie war halt noch ein rechtes Baby und vor allem eine gefährliche Plaudertasche. Immer wieder hatte sie wissen wollen, was Maxi und Moritz denn vorhatten, während sie selbst Schmiere stand und acht gab, damit Jutta, die wie jeden Montagnachmittag einkaufen war, sie nicht überraschte.

»Wir wollen nur rasch etwas nachschauen«, hatte Maxi ausweichend erwidert.

»Im Fernsehen?« hatte seine kleine Schwester gefragt. »Dann will ich mit nachschauen. Gleich fangen nämlich die Pokémon an.«

»Das ist nur für Babys. Aber wenn es dich beruhigt: Wir sehen nicht fern ohne dich; wäre auch viel zu riskant, weil Mama nur kurz den Fernseher anfassen muß, um uns auf die Schliche zu kommen. So rasch kühlt der nicht ab.«

»Und was schaut ihr dann nach? Hat es was mit dem Christkind zu tun?«

Die Antwort der beiden Jungen war ein Nicken gewesen, was sich allerdings als Fehler herausstellte. Mit erhobenem Zeigefinger warnte sie ihre großen Brüder: »Das dürft ihr nicht. Keiner darf das Christkindchen sehen, sonst macht es ohne unsere Wunschzettel kehrt und kommt nie mehr zurück.«

»Keine Bange, das Christkind kommt immer nachts. Wir wollen nur rasch nachsehen, ob es unseren Wunschzettel schon gefunden hat«, hatte Maxi improvisiert, was ihm einen anerkennenden Blick seines Bruders eingetragen hatte. Die Miene der Fünfjährigen war hingegen skeptisch geblieben, woraufhin Maxi seine Erklärung weiter ausspann: »Du hast doch selbst mitbekommen, Tinchen, wie sehr Paps gestern und überhaupt die letzten Tage von der Rolle war, und Mama war auch nicht viel besser drauf. Da könnte es doch sein, daß die beiden unseren Wunschzettel verschusselt haben, und ohne den Wunschzettel kann das Christkind nun mal nicht wissen, was wir haben wollen. Klaro?«

Tinchen hatte zögernd genickt und sich endlich vors Haus bequemt. Was wiederum Maxi und Moritz Gelegenheit gab, einer Spur nachzugehen, welche sich zunehmend verdichtete. Warum wohl wurde seit Tagen das Schlafzimmer abgeschlossen, wenn sich nichts darin befand, was vor ihnen geheimgehalten werden sollte? Ihr einziges Problem war der Verbleib des Schlüssels gewesen. Wo war er? Soviel stand fest: Mitnehmen konnte ihn der Vater nicht, wenn er zur Arbeit ging, weil dann die Mutter auch nicht mehr ins Schlafzimmer gekommen wäre.

Also hatten Maxi und Moritz gerätselt und die Ohren gespitzt, bis es vor nicht mal einer halben Stunde in der Küche laut gescheppert hatte. Als sie angerannt kamen, waren sie verscheucht worden. »Bleibt ja draußen«, hatte Jutta gerufen und der Tür von innen einen Stoß versetzt. Trotzdem war ihren cleveren Söhnen nicht entgangen, was sie da tat. Sie hatte überall auf der Arbeitsplatte verstreute Rabattmärkchen eingesammelt. Offenbar war ihr der Topf umgekippt, in dem diese aufbewahrt wurden. Rote, blaue und grüne Märkchen, manche waren länglich, andere hatten Hochformat, doch ganz sicher war kein einziges Märkchen silbern und zudem aus Metall.

»Das ist garantiert der Schlüssel«, hatte Maxi seinem Bruder zugeflüstert, bevor sie auf Zehenspitzen davongeschlichen waren und gewartet hatten, bis ihre Mutter endlich einkaufen ging und Tinchen ihren Posten vor der Tür bezog. Jetzt war es soweit.

»Das ist er!« Triumphierend hielt Maxi den Schlüssel hoch.

»Dann nichts wie los!« rief Moritz.

Mit den Mienen von zwei Verschwörern näherten sie sich dem Schlafzimmer der Eltern. Der Schlüssel drehte sich mühelos im Schloß, sie holten tief Luft und traten ein. Doch was sie dann erblickten, raubte ihnen buchstäblich den Atem.

Sie hatten allenfalls mit einem verdächtig großen Karton, eingewickelt in Geschenkpapier oder zumindest in neutrales Packpapier gerechnet. Auf die Vorsicht der Eltern war Verlaß, das machte dieses alljährliche Such-&Ratespiel ja erst richtig interessant. Am nächsten dran waren sie vor zwei Jahren gewesen, als sie auf dem Speicher einen prallgefüllten Bettbezug entdeckt hatten. Darin war ein Dreirad für Tinchen gewesen, was sie allerdings erst mit Sicherheit wußten, als es auf Heiligabend unter dem Tannenbaum stand. An den Speichen hatte noch jede Menge Glaswolle gehangen, damit hatten die Eltern sichergehen wollen, daß auch die ärgste Spürnase beim Abtasten des Bettbezugs keinen Rückschluß auf den Inhalt ziehen konnte. Das war okay. Alles, was sie entdecken wollten, war eine Verpackung, die ihre Phantasie anheizte und ihnen erlaubte, Rückschlüsse auf den Inhalt zu ziehen. Doch nun standen sie da wie belämmert und starrten entsetzt auf das Objekt ihrer Begierde, das sich ihnen völlig unverhüllt präsentierte. Mit einem Entsetzensschrei machten die beiden Jungen kehrt. Das hatten sie wirklich nicht gewollt.

»Halt ja die Klappe!« zischte Maxi kreidebleich, als Tina von der Haustür her wissen wollte, was los sei.

»Glaubst du, ich bin lebensmüde? Verdammt, mir wird übel.«

Während Moritz gefolgt von Tinchen das Bad ansteuerte und sich erbrach, legte Maxi den Schlüssel mit zitternden Händen in das Versteck zurück. Auch der Schädel brummte ihm, und wenn er nicht genau gewußt hätte, wie kindisch das wäre, würde er sich jetzt ebenfalls in eine handfeste Übelkeit flüchten. Zum Glück verzichtete Jutta bei ihrer Heimkehr darauf, den Grund des plötzlichen Unwohlseins zu eruieren. Mit Engelsmiene machte sie sich daran, die übelriechenden Folgen zu beseitigen, was das schlechte Gewissen ihrer Söhne noch schürte. Warum konnte sie nicht wenigstens schimpfen und argwöhnen, daran wären weitere versteckte Süßigkeiten von Oma Ria schuld?

10.

Als Arnim am nächsten Tag das Haus betrat, war es so ruhig, daß er einen Augenblick lang annahm, niemand wäre daheim. Doch dann vernahm er Stimmengemurmel aus der Küche. Er öffnete die Tür und sah seine Familie um den Eßtisch sitzen. Der Tisch war bis auf die sternförmigen Teelichter – eines für jedes Familienmitglied – abgeräumt und mit mehreren Lagen Zeitungspapier abgedeckt. Darauf lagen Klebstofftuben, Scheren, mehrere Rollen bunter Pappe, Engelshaar, Holzkugeln, Stoffreste und derlei mehr. Bis auf seinen Ältesten waren alle in eine Bastelarbeit vertieft. Dennoch war auch Maxi, der seit jeher zwei linke Hände besaß und in Kunst selten eine bessere Note als ein »ausreichend« erzielte, nicht untätig. Er las vor.

Arnim traute seinen Ohren nicht, als er den Dreizehnjährigen ohne jede spöttische Betonung von rosigen Flügelspitzen und Ähnlichem reden hörte. Das gab's doch gar nicht! Arnim wischte sich über die Augen, aber es blieb dabei: Seine Sprößlinge hockten einträchtig beieinander, niemand zankte oder tat kund, daß solche Weihnachtsgeschichten hoffnungslos altmodisch waren. Die Kombination mit Bastelarbeiten grenzte nachgerade an ein Wunder.

»Guten Abend miteinander!« Arnim trat näher, blieb aber sogleich wieder stehen, als Tinchen einen Finger vor die Lippen legte und mahnend mit dem Kopf wackelte, was sich an ihr ungemein niedlich ausnahm. Offenbar sollte er die Geschichte nicht unterbrechen. Irritiert zog er sich in die Diele zurück, verstaute Mantel und Schuhe in der Garderobe und kehrte auf Zehenspitzen zurück. So leise wie irgend möglich zog er den Hocker unter der Arbeitsplatte am Fenster hervor und setzte sich. Dies war der Platz, den Jutta gern benutzte, wenn sie Gemüse putzte oder etwas ähnlich Langwieriges tat und dabei die Vögel im Garten anschauen wollte. Er hingegen hatte keinen Blick für die Vögel draußen übrig. Sein Augenmerk galt voll und ganz seiner Familie.

Ein heimeliges Bild, das sich ihm da bot, keine Frage. In gewisser Weise war es ihm allerdings auch unheimlich. Und unpraktisch war diese Versammlung in der Küche allemal. Wetten, daß seine engelhaften Kinder sofort aufmerkten, wenn er anfing, im Topf mit den Rabattmarken oder Treuepunkten, wie das neuerdings hieß, nach dem Schlafzimmerschlüssel zu wühlen? Schwierige Sache, fast so kompliziert wie derzeit der Umgang mit Jutta, für die bereits das Wort »Computer« ein Reizthema darstellte. Dabei handelte es sich um den Herzenswunsch ihrer Kinder.

Eine geniale Kiste, die er da ergattert hatte, soviel stand fest. Es juckte ihn in den Fingern, die neueste PC-Version der Moorhuhnjagd, die Rainer ihm gratis auf CD gebrannt und heute mitgegeben hatte, zu installieren. »Das ist der Renner«, hatte der generöse Kollege gemeint und Arnim förmlich zu einem Wettkampf beim Abknallen von Moorhühnern herausgefordert. Wie viele würde er schaffen? Welches Level würde er erreichen?

Am liebsten hätte Arnim auf der Stelle losgelegt, doch Juttas hysterisch anmutende Reaktion am letzten Wochenende stimmte ihn vorsichtig. Besser geduldete er sich bis nach dem Abendessen.

Verstohlen sah er auf seine Armbanduhr, es war bereits nach sieben. Normalerweise wurde um sieben gegessen. Er ließ seine Augen durch den Raum schweifen, es sah nicht gerade danach aus, als ob Jutta schon etwas vorbereitet hätte, und seien es nur belegte Brote. Auf dem Herd stand auch nichts, kein einziger Topf, dabei bekam er abends gewöhnlich noch eine Portion vom Mittagessen aufgetischt.

Ob Jutta in den Kochstreik getreten war?

Eine Mischung aus Empörung und Sorge machte sich in Arnim breit. Es ist schließlich bald Weihnachten, dachte er. Jutta kann doch unmöglich ohne Punkt und Komma vom Frieden auf Erden reden und mich dann wegen meiner Begeisterung für zeitgemäße Technik, von der sie nichts versteht, verhungern lassen. Mit jeder Minute, die verstrich, wurde ihm mulmiger zumute.

Um so erleichterter war er, als das Kapitel über die geflügelten Himmelsgeister endlich beendet war und Jutta aufstand, um ihn mit einem Kuß willkommen zu heißen. Das bedeutete Entwarnung! Sie entschuldigte sich sogar, weil die übliche Essenszeit überschritten war.

»Macht ja nichts«, wehrte Arnim großmütig ab. »Hauptsache, unsere drei Trabanten fallen nicht vom Fleisch. Was gibt es überhaupt?«

»Das mußt du Maxi fragen.« Jutta nickte zu ihrem Ältesten hin, der soeben mit Hilfe seines Bruders die alten Zeitungen einsammelte, nachdem er zuvor den gesamten Bastelkram vorsichtig auf zwei Tabletts geräumt hatte. All dies ohne ausdrückliche Aufforderung. Ein weiteres kleines Wunder, was aber aus Arnims Sicht noch immer nicht erklärte, wieso er seinen Sohn fragen sollte, was es zum Abendbrot gab. Das einzige Nahrungsmittel, auf dessen Herstellung sich sein Ältester verstand, waren seines Wissens Tiefkühlpizzen.

»Weil der Maxi heute gekocht hat«, verkündete Tina, die wie gewohnt zur Begrüßung auf seinen Schoß geklettert war.

»Oh je! Soll ich schon mal den Notarzt rufen?« ulkte Arnim, obwohl ihm nicht wirklich nach Witzeln zumute war.

»Keine Bange!« Jutta warf ihm einen Blick von der Sorte »pädagogisch wertvoll« zu. Dagegen war Arnim seit jeher allergisch. »Maxi hat heute Nachmittag gezeigt«, fuhr sie fort, »daß ein kleiner Bocuse in ihm steckt. Er hat praktisch ganz allein einen Brotpudding gekocht, und die Vanillesoße hat er auch hinbekommen.«

»Brotpudding?« wiederholte Arnim gedehnt. »Was ist das denn?«

»Laß dich überraschen! Das Rezept stammt aus einem alten Kochbuch und paßt vorzüglich in die Weihnachtszeit. Da sind jede Menge Rosinen, Zimt und auch in Milch eingeweichte Brotreste drin. Speziell für dich habe ich noch eine Weinschaumsoße zubereitet.«

»Das hört sich schon besser an.« Der herb-süße Geschmack dieser Soße auf Weinbasis, die es nur selten gab, weil sie für Kinder tabu war, hatte Arnim schon immer entzückt. Was sich hingegen nicht für Zutaten sagen ließ, die er automatisch mit Kinderbrei verband.

Als Jutta wenig später die Form aus der mit Wasser gefüllten Pfanne hob und Maxi den mit einem Spangengriff befestigten Deckel abheben ließ, verbreitete sich ein durchaus köstlicher Duft in der Küche. Nichtsdestotrotz blieb Arnim skeptisch und nahm zunächst nur eine kleine Portion, was er kurz darauf bedauerte, weil alle anderen sich deutlich mehr genommen hatten und sein Nachschlag dementsprechend dürftig ausfiel.

»Das war nicht übel, Sohn«, meinte er an Maxi gewandt, nachdem er seinen Teller ausgekratzt und genüßlich den Löffel abgeleckt hatte. »Davon kannst du nächstes Mal gern die doppelte Menge machen. Immer vorausgesetzt, du erleidest noch einmal einen solchen Anfall von Arbeitswut.« Arnim verkniff sich den Zusatz, daß derlei bei Maxi gewöhnlich darauf hindeutete, daß er etwas ausgefressen hatte und gutes Wetter für sein Geständnis machen wollte.

»Das nächste Mal bin aber ich dran«, warf Moritz ein. »Heute hab ich nur zugeguckt und mir alles gemerkt.«

Arnim überlegte, ob die beiden Jungs womöglich zusammen etwas verbrochen hatten. Ein prüfender Blick zu Jutta hin brachte nichts, sie lächelte selig mit ihren Engeln um die Wette. Anscheinend hatte sie noch keine Lunte gerochen. Typisch! »Na, dann kann das Christkind ja mit euch zufrieden sein«, sagte er laut. »Was habt ihr übrigens eben so fleißig gebastelt?«

»Das sind Engel, Papa, siehst du das nicht?« Vorsichtig hob Tinchen eines der Figürchen vom Tablett hoch.

»Eigentlich dachte ich, von dieser Spezies hätten wir allmählich mehr als genug im Haus. Euch drei lebendige Engelchen nicht mitgerechnet.«

»Engel kann man nie genug haben, Papa.« Tinchen hielt ihm ihre kleine Hand dicht vors Gesicht und nahm die andere Hand zur Hilfe, um ihm an den Fingern vorzuzählen, wie vielfältig die Aufgabengebiete der Himmelsgeister waren.

»Und wo sollen wir all die Neuzugänge hinstellen?« Arnim addierte die bereits montierten Köpfchen und überschlug die noch losen Holzkugeln und kam insgesamt auf etwa vierzig Stück. Du meine Güte! Wer außer Jutta hatte wohl Verwendung für sage und schreibe vierzig Engel?

»Die sind nicht für uns«, erklärte seine Tochter stolz.

»Und für wen sind sie dann?« fragte Arnim mit einer gewissen Erleichterung.

»Das will Mama uns noch nicht verraten. Sie hat nur gesagt, daß wir sie Weihnachten selbst irgendwo hinbringen und jemand anders damit eine ganz große Freude machen, als wären wir selbst Engel. Ich will gern ein Engel sein. Glaubst du, daß mir Engel steht, Paps?«

»Bestimmt«, versicherte Arnim und fragte sich, was Jutta jetzt schon wieder vorhatte. Wollte sie vielleicht die alten Leute in der Pfarre beglücken? Wetten, daß die mehr mit einer ordentlichen Flasche Wein oder einem Beutel Tabak anzufangen wußten? Gedanken, die ihm durch den Kopf schossen und wieder abtauchten, weil es just in diesem Augenblick vor ihm zu klappern begann.

Nicht zu fassen, nun spülte sein Ältester auch noch freiwillig die Wasserbadform und den Topf von der köstlichen Soße. Und Moritz räumte aus eigenem Antrieb die Spülmaschine ein. Weil Arnim im Gegensatz zu Jutta nicht an Wunder glaubte, war dies für ihn der ultimative Beweis dafür, daß seine Söhne etwas ausgefressen hatten. Er war gespannt, was das wieder war. Im Augenblick stand ihm der Sinn aber eher nach Moorhuhnjagd. Hoffentlich machten die Burschen fix und verschwanden bald aus der Küche, damit er endlich an den Schlüssel im Topf mit den Rabattmärkchen kam.

»Wird's nicht allmählich höchste Zeit fürs Bett?« fragte er in die Runde.

Jutta warf einen Blick auf die Küchenuhr, nickte und stand zögernd auf. »Ja, jetzt müssen wir wohl wirklich Schluß machen, dabei war's heute so schön wie schon lange nicht mehr. Aber morgen ist ja auch noch ein Tag. Komm, Tinchen, ich muß dir unbedingt noch rasch die Haare waschen, da hängt die Portion Brotpudding drin, die deinem Vater heute gefehlt hat. Und ihr beiden«, dies galt zweifelsfrei Tinas Brüdern, »kommt am besten gleich mit, um eure Nägel zu schneiden. Mit denen könnt ihr sonst dem Struwwelpeter Konkurrenz machen.«

Nicht einmal diese Aufforderung provozierte Protest. Drei Lämmchen gleich marschierten die Kinder hinter ihrer Mutter her. »Ich werde ja dann wohl vorläufig nicht mehr gebraucht?« rief Arnim ihnen nach und wartete gerade solange, bis nebenan im Bad der Wasserhahn aufgedreht wurde. *Moorhühner, ich komme!* Küchenschrank auf, ein gezielter Griff in den Topf im obersten Regal, seine Fingerspitzen berührten Rabattmarken, nichts als diese verdammten Märkchen. Der Schlüssel mußte sich irgendwo darunter vergraben haben. Notgedrungen nahm Arnim den Topf aus dem Schrank; blind sucht es sich bekanntlich schlecht. Fehlanzeige! Zuletzt kippte er den Topf aus, doch am Ergebnis änderte sich nichts: Lauter bunte Märkchen, aber kein Schlüssel. Wo nur hatte Jutta den Schlüssel zum Schlafzimmer hingetan?

Arnim stürmte aus der Küche und peilte das Bad an, doch dann hielt er inne. Trotz Wasserrauschen hörte er Tinchen plappern; schon wieder war von Engeln die Rede. *Mama, was heißt das: Engel gehen manchmal ganz eigene Wege?* Juttas Antwort bekam Arnim nicht mehr mit, weil seine Aufmerksamkeit in diesem Augenblick von der weißen Tür am Ende des Flurs gefesselt wurde. Das konnte ja wohl nicht wahr sein! Jutta würde doch nicht vor lauter Engeln vergessen haben, die Schlafzimmertür abzuschließen ...

Ungläubig und wütend zugleich steuerte Arnim die Tür an. Der Schlüssel steckte tatsächlich. Die Klinke ließ sich mühelos herunterdrücken. Noch während er dies tat, erinnerte er sich an die unnatürliche Hilfsbereitschaft und Sanftmut seiner Söhne. In dieser Sekunde stand für ihn fest, daß die beiden Burschen ihr »Christkindchen« ausspioniert hatten. Wie konnte Jutta nur so grenzenlos leichtsinnig sein und die Tür offenlassen?

Leider würde es noch mindestens eine halbe Stunde dauern, bis er sie deshalb zur Rede stellen konnte. Es war nicht einzusehen, daß er diese Zeit ungenutzt verstreichen ließ. Schließlich warteten die Moorhühner auf ihn. Arnim trat flugs ein, schloß die Tür hinter sich, schob sicherheitshalber die schwere Wäschekommode davor und umrundete mit einem Schlenker die ungünstig in den Raum vorragende Bettecke. Er brauchte nicht mal Licht, um sich ins Bett oder wie jetzt zu dem Tischchen in der Ecke neben dem Fenster zu tasten. Automatisch betätigte er exakt an der richtigen Stelle den Schalter der Stehlampe. Warmes Licht sickerte durch den honiggelben Lampenschirm.

Arnim kniff die Augen zu und riß sie wieder auf, doch es änderte sich nichts; nicht einmal als er zurück zur Tür stürmte, auf dem Weg dorthin gegen den Bettpfosten knallte, laut fluchte und endlich die sehr viel hellere Deckenbeleuchtung anknipste. Alles war da, wo es sein sollte, nur der Computer nicht. Dort, wo er heute früh noch gestanden hatte, befand sich nun wieder Juttas Nähmaschine.

Ob sie etwa das »Christkindchen» für die Kinder eingepackt und in den Schrank geräumt hatte? Zuzutrauen wäre es ihr, so eingeschnappt wie sie die letzten Tage über gewesen war.

Arnim begann, Schranktüren aufzureißen. Er hob den langen Vorhang hoch; sogar unterm Bett sah er nach, obwohl das völlig unsinnig war, weil der Abstand zum Boden nicht einmal dreißig Zentimeter betrug. Alles vergeblich! Einbrecher, schoß es ihm durch den Kopf. Doch dann sagte ihm seine Vernunft, daß es mehr als unwahrscheinlich war, daß Diebe so höflich waren, nach vollbrachter Tat sogar die Nähmaschine wieder auf ihren angestammten Platz zurückzustellen. Jutta, war sein nächster Gedanke. Ich muß Jutta fragen, was sie sich dabei denkt, den Computer vor mir zu verstecken.

Ohne weiter nachzudenken, steuerte er das Bad an. Auch die Stimmen der Kinder hielten ihn nicht länger zurück. Er öffnete die Tür, trat in eine Pfütze, hüpfte zur Seite und wurde von dem Duschstrahl erwischt, mit dem Jutta ihrer Tochter gerade den Schaum aus den Haaren spülte. Arnim bekam nicht besonders viel ab, eigentlich nur ein paar Tropfen, doch diese reichten aus, um ihn endgültig die Beherrschung verlieren zu lassen. Zumal seine Familie jetzt auch noch in schallendes Gelächter ausbrach, das sich erst legte, als er zu brüllen begann. Da waren sie plötzlich alle still. Mucksmäuschenstill.

»Es ist etwas passiert«, sagte er mit gemäßigter Stimme in Richtung des mangels Entkalkung unkontrolliert spritzenden Duschstrahls, hinter dem seine Frau ihn ein wenig spöttisch anlächelte, wie er fand.

»So?« Juttas Stimme klang gleichmütig, und sie hörte

nicht auf, dieses Schaumgebirge auf Tinchens Kopf zu eliminieren.

»Es ist etwas passiert, worüber ich sofort mit dir reden muß«, sagte er mit Nachdruck und hoffte, sie begriffe endlich, daß sie mit ihrem kindischen Versteckspiel entschieden übers Ziel hinausgeschossen war. »Sofort«, wiederholte er, und nach einer bedeutungsschweren Pause fügte er hinzu: »Ich war im Schlafzimmer.«

Eine Nagelschere fiel zu Boden. Das Klirren durchbrach die Stille. Zwei Köpfe schnellten vor und knallten gegeneinander, doch lautes Schmerzgebrüll oder gar Schuldzuweisungen blieben aus. Stumm rieben Maxi und Moritz sich die Schädel und warfen einander ängstliche Blicke zu, von denen Arnim jedoch nichts mitbekam, weil sein Augenmerk voll und ganz auf Jutta gerichtet war.

»So«, sagte sie, diesmal ohne die Stimme fragend zu heben. Gleichzeitig drehte sie das Wasser ab, griff nach einem Handtuch und begann, den Kopf ihrer Tochter abzurubbeln, als ob nichts wäre. Als sie endlich zu Arnim hinsah, lächelte sie auf eine Weise, die ihm engelhaft und teuflisch zugleich und in jedem Fall höchst verdächtig erschien. Ihm schwante, daß er seine Moorhuhnjagd zumindest für den heutigen Abend vergessen konnte.

Jutta lächelte noch, als sie am nächsten Morgen die Schule betrat. Es war ein besonderes Lächeln, das von innen heraus strahlte und sich sogar noch vertiefte, als sie Rektor Haberle in der großen Pause ein Päckchen reichte. »Das gehört noch zu dem Computer, den ich gestern mitgebracht habe. Ein persönliches Geschenk von meinem Mann«, fügte sie mit einem Schmunzeln hinzu.

»Er ist also wirklich damit einverstanden, einen nagelneuen PC an unsere Patenschule in Transsilvanien zu verschenken?«

Jutta zwinkerte fröhlich. »Wer kommt schon gegen ein ganzes Haus voller Engel an? Meine Truppe hat ganze Arbeit geleistet, damit Arnim sein weiches Herz wiederentdeckt.« Bei der Erinnerung an jene Entdekkungsreise, die bis in den frühen Morgen gedauert und mit der Aushändigung der neuesten Version der Moorhuhnjagd geendet hatte, wurden ihre Züge weich.

Jutta hatte gar nicht erst den Versuch unternommen, großartig zu argumentieren, darin war Arnim ihr sowieso überlegen. Sie hatte an seine Herz appelliert und ihm gezeigt, wie sehr sie darauf vertraute, daß er noch immer der Mann war, in den sie sich einst verliebt hatte. Sie hatte von der roten Teddyjacke, klirrendem Eis, leise rieselndem Schnee und den Kindern im fernen Aref und von ihren eigenen Kindern und zuletzt von dem Wink des Himmels erzählt. Alles zusammen hatte gewirkt. Nicht sofort allerdings; Arnim hatte seine Kapitulation auf die ihm eigene Art kaschiert.

»Na gut«, hatte er irgendwann in die Stille gesagt. Dann war er aufgestanden und mit einer CD zurückgekehrt, auf der »Moorhuhnjagd« stand. »Die neueste Version«, wie er mürrisch betont hatte, »die kannst du ja dann auch deiner himmlischen Mission einverleiben.«

»Unserer Mission«, hatte Jutta ihn sanft verbessert, danach war es nur noch schön gewesen, schön und friedlich und voll leiser Vorfreude auf ein Weihnachtsfest, das sie diesmal so ganz anders erleben würden. Die bloße Vorstellung, wie es sein würde, trieb ihr die Tränen in die Augen.

Eine feste Männerhand schloß sich um ihre. »Ich

hoffe, das sind jetzt Freudentränen«, hörte sie Rektor Haberle sagen. Jutta konnte nur stumm nicken. Auf die Frage hin, ob sie und ihre Familie denn nun wirklich am ersten Weihnachtstag mit in die Karpaten kämen, nickte sie gleichfalls.

»Das ist sehr gut«, meinte Rektor Haberle und stockte, als ob er noch mehr sagen wolle, aber aus welchem Grund auch immer Hemmungen verspüre.

Jutta versuchte, sich einen Reim auf dieses Zögern zu machen. Oder bildete sie sich das nur ein? Sie räusperte sich, um den Kloß in ihrem Hals zu verjagen, und brachte immerhin ein gekrächztes »Wirklich?« hervor.

»Es macht Ihnen doch nichts aus, wenn noch jemand mitkommt? Meine Cousine Lucy ... Richtig heißt sie Luisa, aber in den Staaten ist Lucy draus geworden, sie war mehr als zwanzig Jahre mit einem Amerikaner verheiratet ... Also Lucy hat endlich eingewilligt. Seit Wochen versuche ich ihr klarzumachen, daß es viel besser wäre, wenn sie mich begleitet, schließlich ist es ihr Caravan, sie kennt sich am besten damit aus. Sie ist überhaupt eine phantastische Frau, Sie werden sie mögen ...«

Jutta nickte und glaubte zu verstehen. Rektor Haberle mochte seine Cousine Lucy ganz besonders gern.

11.

Am Heiligen Abend besuchten die Tillmanns nach einem gemütlichen Frühstück die Wildschweine und Ziegen in einem Freigehege am Rand der Stadt. Jutta hatte viel zuviel Brot und Gemüse eingekauft und sich daran erinnert, wie begeistert die Kinder gewesen waren, als sie vor zwei oder sogar schon drei Jahren diesen Wildpark aufgesucht hatten. »Was haltet ihr davon, in den Wildpark zu fahren?« hatte sie gefragt und Zustimmung geerntet.

Nach der Fütterung von Wildschweinen und Ziegen kleideten sich alle um und gingen dann festlich gewandet zur Kirche, um an der Kinderchristmette teilzunehmen. »Babykram«, hatte Maxi noch letztes Jahr geschimpft und während des Singens mehrfach mit seinem Schlüsselbund geklimpert, was sich nicht unbedingt günstig auf den Festtagsfrieden ausgewirkt hatte. Dieses Jahr hingegen klimperte und störte niemand, auch meckerte keines der Tillmann-Kinder über den weiten Fußweg.

Als sie wieder daheim ankamen, war es bereits dunkel. Wie jedes Jahr verschwand Arnim im Wohnzimmer, um die letzten Vorbereitungen zu treffen, während Jutta noch einmal in der Küche nach dem Rechten sah. Alles war vorbereitet, nichts konnte mehr schiefgehen, zumindest nicht beim Weihnachtsessen. Sie warf ihren drei um den Küchentisch gescharten Kindern einen prüfenden Blick von der Seite zu. Würden sie nicht doch enttäuscht sein?

Allmählich wurde Jutta nervös. Mit zitternden Händen nahm sie die Alufolie von der großen Auflaufform mit Huhn und Maronen ab. Sodann setzte sie den nach Nüssen schmeckenden Wildreis auf und schaltete die Dunstabzugshaube an. Gut eine Stunde Kochzeit, das kam in etwa hin, dachte sie und wünschte sich, Arnim würde endlich das Glöckchen klingeln lassen, das sie zur Bescherung rief. Bescherung? Was würden die Kinder zu Schnee-Overalls und Moonboots und sonst nichts sagen? Jutta stand da wie erstarrt …

»Ist was mit dem Hühnchen?« fragte Tinchen mitleidig und rutschte von ihrem Stuhl, um ihre Mutter zu trösten.

»Nein, mit dem Hühnchen ist alles bestens«, versicherte Jutta hastig und schob die Form in den Backofen. Doch ihre Jüngste ließ nicht locker.

»Hast du etwa das Christkind gesehen, Mama?« erkundigte sie sich sichtlich besorgt mit gerunzelter Stirn. »Manchmal kommt es ja durch den Kamin, und unser Abzug ist ja so was Ähnliches wie ein Kamin, oder? Dunkel ist es draußen auch schon. Maxi sagt, das Christkind kommt immer nur im Dunkeln.«

Jutta wurde einer Antwort enthoben, weil nebenan nun endlich das Glöckchen erklang. Schon tauchte auch Arnim auf. Sofort umschlang Tinchen seine Beine, ihre Stimme überschlug sich vor Ungeduld.

»War es da, Paps? War's das Christkind?«

Arnim nickte stumm und hob seine Tochter auf den Arm, während Jutta ihre Söhne an der Hand nahm. Alle zusammen steuerten sie die Tür an, die nun weit offen stand. Geheimnisvolles Dunkel empfing sie, lediglich erhellt von Kerzenlicht, das weich und geheimnisvoll durch den Raum floß. In der Mitte der Weihnachtsbaum mit all seinen funkelnden Lichtern und den bunten Holzfiguren, welche die Kinder soviel lieber mochten als Kugeln. Dieses Jahr allerdings hing noch etwas anderes im Baum, etwas Braunes, Unauffälliges. Die Kinder schenkten den Gebilden aus Lebkuchen weiter keine Beachtung. Sie warteten darauf, daß ihre Mutter wie alle Jahre das erste Lied anstimmte.

Stille Nacht, heilige Nacht … Jutta besaß eine schöne, klare Stimme, die von Arnims brummigen Baß untermalt wurde. Andere Lieder folgten, dann sagte Tinchen ein Gedicht auf. *Von draus vom Walde komm ich her*. Sie trug es mit feierlicher Miene vor, ohne sich auch nur ein einziges Mal zu verhaspeln. Arnim folgte mit der Verkündigung des Engels, seine sonst so alltägliche Stimme klang nun sehr getragen. Dann war der Moment gekommen, in dem Jutta die Kinder zum Gabentisch zu führen und zu sagen pflegte: »Ich glaube, das Christkindchen hat etwas für euch gebracht.«

In diesem Jahr war es nicht anders. Sofern man davon absah, daß Juttas Stimme schwankte, als sie zuerst Tinchen und dann Moritz und zuletzt Maxi zu einem kleinen Kleiderhäufchen unter dem Baum führte. Ein Scherz? Aber zu Weihnachten scherzt man doch nicht. Maxi und Moritz tauschten ungläubige Blicke, dann sahen sie sich verstohlen im Zimmer um. Wo war der Computer versteckt, den sie mit eigenen Augen gesehen hatten?

»Und dann ist da noch etwas für euch zusammen«, sagte Jutta mit leiser Stimme. »Für uns alle«, verbesserte sie sich und schob ihre Hand in Arnims Hand.

Ein zaghaftes Grinsen überflog die Gesichter der Jungs. Na bitte, sie hatten es doch gewußt! Nur wozu dann dieses Theater? Hatten die Eltern etwa doch herausbekommen, daß sie ihr »Christkindchen« schon vorab begutachtet hatten, und wollten ihnen jetzt erst mal einen gehörigen Schreck einjagen?

»Ich weiß nicht, ob ihr euch noch daran erinnert«, fuhr Jutta fort, »aber vor etwa zwei Wochen habe ich euch erzählt, daß Engel manchmal ganz eigene Wege gehen. Das war im Badezimmer, wißt ihr noch?«

»Klar, Mama«, rief Tinchen. »Das war, als der Papa reingekommen ist und so laut gebrüllt hat. Wenn da gerade das Christkind nebenan gewesen wäre, hätte es bestimmt einen Mordsschrecken bekommen. Das Christkind darf man nämlich nie erschrecken oder belügen und erst recht nicht überraschen, sonst …«

»Ist ja schon gut«, fiel Maxi seiner kleinen Schwester ins Wort. Sie verstummte gekränkt.

Dafür meldete sich nun Moritz zu Wort, der seine Ungeduld nicht länger zügeln konnte.

»Und wo ist der …?« Weiter kam er nicht, weil Maxi ihm warnend einen Ellbogen in die Rippen stieß.

Jutta räusperte sich; sie spielte, ohne sich dessen bewußt zu sein, an einem Tannenzweig herum. Die ersten Nadeln rieselten auf den frisch gesaugten Teppich. »Es ist nichts zum Anfassen wie die Winterkleider hier unter dem Baum«, setzte sie an. »Es ist auch nichts, was man kaufen oder womit man spielen kann. Es ist winzig klein und wird ganz groß, wenn wir es richtig anstellen. Es ist noch sehr weit weg und bald ganz nah. Morgen früh, noch ehe es richtig hell wird … Ich hoffe von ganzem Herzen …« An dieser Stelle versagte ihr die Stimme.

Es war viel schwieriger, als Jutta es sich vorgestellt hatte, den dreien klarzumachen, daß ihr größtes Geschenk zu diesem Christfest die Freude sein würde, die sie am nächsten Tag zu anderen Kindern bringen durften. Sie hatte sich die Worte vorab säuberlich zurechtgelegt, doch nun waren sie weg, einfach weg. Sie spürte, wie sich Angst in ihr breitmachte. Sie sah zu Arnim hin, doch das brachte ihr nicht viel. Sichtlich betreten spielte er mit einem Päckchen herum, auf dem »Für meine geliebten Enkelkinder» in der Handschrift ihrer Mutter stand. Ihre Mutter hatte Zeter und Mordio geschrien, als sie erfuhr, was Jutta mit dem Computer angestellt hatte.

»Mama?« Das war Tinchen, die bis eben in dem Wikkelkleid und den Lackschuhen von Oma Ria wie eine verkleinerte Ausgabe jener Mannequins, die in dieser

Saison die Modemagazine bebilderten, ausgesehen hatte. Nun jedoch ähnelte das kleine Mädchen einem molligen Schneemann; sie hatte sich den neuen weißen Ski-Overall einfach über das wadenlange Kleid gezogen und die braunen Lackschuhe gegen die neuen roten Moonboots getauscht, auf welche der ebenfalls rote Kunstpelzbesatz der Kapuze abgestimmt war. In dieser Kluft baute sie sich nun vor ihrer Mutter auf, die Ärmchen in die Hüften gestemmt, die sonst so glatte Kinderstirn sorgenvoll gerunzelt.

»Ja, Tinchen«, erwiderte Jutta gepreßt.

»Mama, ich dachte, das Christkind weiß alles? Und was es nicht weiß, hast du gesagt, das erzählen ihm die Engel. Das stimmt doch, Mama, oder nicht?«

Jutta nickte. Das hatte sie genau so gesagt. Sie hatte den Engeln vertraut und sich von dem wundersamen Stimmungswandel betören lassen, welcher in ihrer Familie stattgefunden hatte. Und nun? Was nun? Wenn sogar Tinchen einem elektronischen Herzenswunsch nachjammerte, denn darauf lief es ganz unverkennbar auf eine Frage hinaus: Mama, warum hat das Christkind uns dann nicht den Computer gebracht, den wir uns gewünscht haben?

In höchster Not schickte Jutta einen hilfesuchenden Blick zu dem Rauschgoldengel in der Spitze des Tannenbaums hoch.

Der Engel stammte noch aus der Zeit, als Juttas Vater noch gelebt hatte. Die Mutter hatte ihn ausrangieren wollen, da hatte Jutta zugegriffen. Es war Juttas Lieblingsengel, wenn sie ihn ansah, fielen ihr lauter Begebenheiten ein, die sie glücklich gemacht hatten. Und nun? Was nun? Ihre Augen glitten ratlos von dem Gewand aus königsblauem Samt mit üppiger Goldlitze am Saum zu dem Antlitz hoch, das nichts mit jenen pausbäckigen Putten aus dem 14. Jahrhundert gemein hatte. Ihr Engel war von klassischer Schönheit, Anmut paarte sich mit Würde; es handelte sich um einen überaus majestätischen Vertreter seiner Spezies. Doch was war das? Irrte sie sich, oder begann ihr Engel just in dieser Sekunde schelmisch zu lächeln, wie sonst nur Tinchen das vermochte? Jutta sah zu ihrer kleinen Tochter hin und zurück zur Baumspitze. Drehte sie jetzt etwa durch?

»Mama«, setzte Tinchen erneut an, und schon folgte das gefürchtete Wörtchen »warum«, welches sekundenlang jeden klaren Gedanken und erst recht jedes Fünkchen Hoffnung in Juttas Herz tilgte. Dann aber drangen die Worte zu ihr vor, breiteten sich aus und holten sie zurück. »Mama, warum weiß das Christkind dann nicht, daß es gar nicht schneit und wir gar keine Schneesachen brauchen können?« Das genau war der Rettungsanker, auf den Jutta sehnlichst gewartet hatte.

»Weil«, sagte sie und spürte, wie ihr die Knie zitterten, »weil wir morgen in aller Herrgottsfrühe an einen Ort fahren werden, wo wir all dies brauchen.«

»Und wo ist das, Mama?« fragte Tinchen mit neugierig funkelnden Augen.

»Das dürft ihr selbst herausfinden. Schaut mal den Weihnachtsbaum an, dort hat das Christkind euch die Antwort hineingehängt.«

Dann war alles ganz einfach. Hand in Hand sahen Jutta und Arnim zu, wie ihre Kinder vorsichtig vierzehn an Goldfäden baumelnde Lebkuchenstücke, jedes so groß wie ein Handteller, von den Zweigen nahmen. Jedes Stück Lebkuchen war ein Buchstabe.

»Wie Russisches Brot«, meinte Maxi skeptisch.

»Nur größer«, ergänzte Moritz.

»Das ist ein Puzzle«, krähte Tinchen triumphierend, mußte dann aber kleinlaut gestehen, daß sie kein Land kannte, das so geschrieben wurde, egal wie sie die Buchstaben anordneten.

Es war der älteste Tillmann Sohn, der die richtige Lösung fand. »Das heißt Transsilvanien, ihr Dummköpfe. Wir fahren nach Transsilvanien. Stimmt's?« Auf das Nicken seiner Eltern hin zählte Maxi sichtlich stolz alles auf, was ihm zu dieser Region einfiel. Und was er nicht wußte, ergänzte Jutta. Wahrheit und Legende, schneeglänzende Bergkuppen und pechschwarze Fledermäuse und die Burg jenes legendären Fürsten, der einst dort herrschte. »Und was haltet ihr davon, wenn wir zehn Tage in dieser Burg wohnen? Als Dankeschön für ...« Weiter kam Jutta nicht, weil nun endgültig der Bann gebrochen und kein Halten mehr war.

Es dauerte lange, bis wieder Ruhe einkehrte, und Arnim die Päckchen von Oma Ria verteilen konnte. Für alle zusammen war noch ein Brief dabei, den Jutta öffnete und überflog. Mit den besten Grüßen zum Fest wurde die Anschaffung eines weiteren Computers in Aussicht gestellt, »den du dann hoffentlich nicht wieder an irgendeine Vampirschule verschenkst«.

»Und was schreibt deine Mutter so?« wollte Arnim wissen.

»Daß sie uns ein frohes Fest und eine gute Reise wünscht«, erwiderte Jutta und warf ihrem himmlischen Verbündeten auf der Baumspitze einen um Verzeihung bittenden Blick zu für diese kleine Notlüge.

Epilog

Im Haus der Tillmanns war endlich Ruhe eingekehrt. Jutta Tillmann hatte die Kinder ins Bett gebracht und noch solange bei ihnen gesessen, bis auch die letzte Frage nach jenem geheimnisumwitterten Ort in verschlafenem Grummeln versickerte. Zuletzt hatte Jutta nur noch »Morgen werdet ihr es selbst sehen!« gemurmelt und dabei verstohlen gegähnt.

Sie war froh, endlich selbst zu Arnim unter die vorgewärmte Bettdecke schlüpfen zu können. Er wartete schon auf sie. »Komm, mein Engel!« Nachdem er ihr bestätigt hatte, daß alle Kerzen am Weihnachtsbaum sorgfältig von ihm gelöscht worden waren, kuschelte sie sich an ihn und glitt in einen wunderschönen Traum. Natürlich träumte sie von Engeln …

Währenddessen tat sich höchst Eigentümliches in der guten Stube der Tillmanns. Die Lichter am Baum begannen erneut festlich zu flackern, und obwohl jeder vernünftige Mensch weiß, daß Rauschgoldengel aus Pappmaché oder auch Porzellan zu völliger Bewegungslosigkeit verdammt sind, bewegte sich das in königsblauen Samt gewandete Figürchen auf der Baumspitze zierlich zum Klang silberheller Glöckchen. Und damit nicht genug. Um den Baum tanzten und hüpften drei weitere Engel, sie hielten sich an den Händen gefaßt und glichen weitaus eher glücklichen Menschenkindern denn geflügelten Himmelsgeistern.

Nichtsdestotrotz hatten Primus, Secundus und Tertia

soeben ihre Feuertaufe bei der Herzenspolizei bestanden. Nicht nur, daß am nächsten Tag vierzig Kinder im fernen Transsilvanien laut jubeln würden, nein, auch die beiden Jungs der Tillmanns waren bekehrt. Wie's aussah, jammerte nicht ein mal der Vater seinen Moorhühnern nach …

Quellennachweis

Vicki Baum, Der Weihnachtskarpfen, aus: Vicki Baum, »Der Weihnachtskarpfen«, Erzählungen. Aus dem Englischen übersetzt von Karin Graf. © Kiepenheuer & Witsch, Köln, 1993.

Karin Hartig, Die vegetarische Weihnachtsgans. © Rütten & Loening, Berlin 2000.

Tessa Korber, Im Kreise meiner Lieben. Originalbeitrag. © Tessa Korber, 2003.

Charlotte Link, Endlich wieder Weihnachten. © 1989 Charlotte Link und AVA-Autoren- und Verlagsagentur GmbH, Herrsching/Breitbrunn.

Susanne Mischke, Delikatessen. © Susanne Mischke

Ruth Schweikert, Die Frau auf dem Foto. © Ruth Schweikert.

Fay Weldon, Die Suche nach der Weihnachtsfrau, aus: Fay Weldon, »Der Mond über Minneapolis or Why she couldn't stay«. Aus dem Englischen übersetzt von Sabine Hedinger. © Hoffmann und Campe Verlag, Hamburg 1994.

Lea Wilde, Das Fest der Engel. © Rütten & Loening, Berlin, 2001.

Geschichten für alle Fälle: Anthologien bei AtV

Statt Blumen
Die schönsten Geschichten von Liebe und Freundschaft
Blumen vergessen? Erfreuen Sie Ihre Lieben mit diesem originellen Buch! Statt Blumen die schönsten Geschichten von Liebe und Freundschaft, von Leidenschaft, Trennung und Wiederfinden, erzählt von Theodor Storm, Hans Fallada, Lion Feuchtwanger, Klaus Mann, Marieluise Fleißer, Carl Zuckmayer, Günter de Bruyn und vielen anderen.
Ausgewählt von Elga Abramowitz. 272 Seiten. AtV 1659

Neues vom Storch
Geschichten vom Kinderkriegen
Wenn Rassel, Fläschchen und Windeln in die Wohnung Einzug halten, wird es ernst, und man begreift: Bald kommt ein Baby. Von Freude und Verwirrtheit, Hoffnungen und Plänen, aber auch von der Melancholie der vergehenden Zeit erzählen in den Geschichten dieses Bandes u. a. Michail Bulgakow, Christine Nöstlinger, John Updike, Ernest Hemingway, Irmtraud Morgner und Erich Loest.
264 Seiten. AtV 1336

Miau! Mio!
Die frechsten Katzengeschichten
Hat Ihre Katze schon mal versucht, einen Ehepartner für Sie aufzutreiben? Oder hat sie Sie gezwungen, Ihren Beruf zu wechseln? Trägt Ihre Katze gar die Schuld an einem Mord? Unsere Sammlung beweist einmal mehr, was die meisten Katzenliebhaber ohnehin längst wissen: Katzen sind den Menschen einfach überlegen! Wenn Sie Katzen mögen, werden Ihnen diese Geschichten von Mark Twain, Rudyard Kipling, Ann Granger u. v. a. gefallen.
Herausgegeben von Lesley O'Mara. 268 Seiten. AtV 1337

Tut's noch weh?
Geschichten zum Gesundwerden
Die in diesem Band versammelten Geschichten versprechen Linderung für Gebrechen jedweder Art. Mark Twain weiß, wie man eine Erkältung kuriert, Strittmatter berichtet von seiner zweiten Geburt, an der sein Großvater nicht unbeteiligt war, Tschechows Apothekersfrau hat Elixiere für Liebeskummer und andere Leiden, und Ludwig Thoma gelobt nach einer Nikotinvergiftung endlich Besserung.
Herausgegeben von Franziska Günther-Herold. 237 Seiten. AtV 1718

Mehr Informationen erhalten Sie unter www.aufbau-verlag.de oder bei Ihrem Buchhändler

AtV

Mehr Geschichten für alle Fälle: Anthologien bei AtV

Natürlich die Schweizer!
Neues von Paul Nizon, Ruth Schweikert, Peter Stamm u. a.
Wer hat's erfunden? »Natürlich die Schweizer!« versammelt große Autoren und erfolgreiche Newcomer aus der deutschsprachigen Schweiz – u. a. Paul Nizon, Peter Stamm, Peter Weber, Christoph Geiser, Raphael Urweider, Lukas Bärfuss und Ruth Schweikert. Ein lustvoller, breiter Überblick über die exzellente und sehr lebendige Schweizer Gegenwartsliteratur.
Herausgegeben von Reto Sorg und Yeboaa Ofosu. 205 Seiten. AtV 1874

Eiszeit
24 Autoren schlottern vor Kälte
Während die Pole schmelzen, wächst unsere Faszination für das Unberührte und die Stille endloser Schneewüsten. 24 bekannte Autoren, unter ihnen Karen Duve, Jenny Erpenbeck, John v. Düffel, Mario Giordano, Grit Poppe, Anke Stelling und Tanja Dückers, erzählen, warum sie mit Eis und Kälte nicht nur Schüttelfrost und starre Glieder, sondern glitzernd weiße Landschaften unter blauer Polarsonne verbinden.
Herausgegeben von Anne Enderlein und Cornelie Kister. 328 Seiten. AtV 1631

Meine Lehrjahre
Prominente plaudern aus der Schule
Warum wird aus dem einen ein Entertainer, aus dem anderen ein Politiker? Was gibt in jungen Jahren dem Leben die Richtung? Über fünfzig Prominente, unter ihnen Harald Schmidt, Marianne Hoppe, Roger Willemsen, Dieter Hildebrandt, Jette Joop, Gottfried John, Regina Halmich, Helmut Schmidt und Wolfgang Hilbig, erinnern sich an ihre Lehrjahre.
Herausgegeben von Dorothée Stöbener 256 Seiten. AtV 1873

Schwarze Gedanken
Kriminelle Geschichten von Fred Vargas, Pascal Bruckner, Nino Filastò, Marc Levy und Franco Mimmi
Einiges davon wird Sie um den Schlaf bringen. Ein Menschenfresser, der versucht auf vegetarische Kost umzusteigen, die tödliche Eifersucht eines Vaters auf den eigenen Sohn, und anderes mehr. Eine Anthologie unserer beliebtesten französischen und italienischen Autoren bietet »Highlights aus kriminalgeschulter Feder« (Hellweger Anzeiger).
Übersetzt aus dem Französischen und Italienischen. 207 Seiten. Originalausgabe. AtV 1852

Mehr Informationen erhalten Sie unter www.aufbau-verlag.de oder bei Ihrem Buchhändler

AtV

Noch mehr Herz als Kopf: Junge Literatur bei AtV

TANJA DÜCKERS
Spielzone
Sie sind rastlos, verspielt, frech, leben nach ihrer Moral und fürchten nichts mehr als Langeweile: junge Leute in Berlin, Szenegänger zwischen Eventhunting, Hipness, Überdruß und insgeheim der Hoffnung auf etwas so Altmodisches wie Liebe. – »Ein Roman voller merkwürdiger Geschichten und durchgeknallter Gestalten.« DER TAGESSPIEGEL
Roman. 207 Seiten. AtV 1694

ANNETT GRÖSCHNER
Moskauer Eis
Voller Erzählfreude hat Annett Gröschner ihre biographischen Erfahrungen als Mitglied einer Familie von manischen Gefrierforschern und Kühlanlagenkonstrukteuren zu Metaphern für das Leben in deutschen Landen vor und nach 1989 verdichtet.
»Ein wunderbares Debüt.« FOCUS
»Ein unbedingt lesenswertes, witziges Schelmenstück par excellence, leicht wie ein Softeis.« ZEITPUNKT
»Ein von Witz sprühender Roman« NEUE ZÜRCHER ZEITUNG
Roman. 288 Seiten. AtV 1828

SELIM ÖZDOGAN
Mehr
Er ist jung, entspannt und verliebt, aber leider pleite. Als ein Freund ihn als Dialogschreiber für Serien unterbringen will, lehnt er ab: keine Kompromisse. Irgendwann jedoch ertappt auch er sich dabei, Zugeständnisse zu machen. Was ist mit ihm passiert, daß er seine Ansprüche an sich selbst aufgegeben hat? – »Eine Studie über das Scheitern und die grenzenlose Lust (ehrlich und aufrichtig) zu leben.« JUNGE WELT
Roman. 244 Seiten. AtV 1721

EDGAR RAI
Ramazzotti
Rai lebt ein karrierefreies Leben. Als Barpianist hält er sich über Wasser, ansonsten treibt er mit seinen Freunden durch die Berliner Nächte. Aber dann ist er einmal zur falschen Zeit am falschen Ort; zwar rettet er die junge schöne Mila vor ihrem Vergewaltiger, doch er selbst verfällt der Frau mit den zwei verschiedenen Augen ...
Ein erfrischendes und spannendes Buch über die Liebe und das Leben.
Roman. Originalausgabe. 249 Seiten. AtV 1739

Mehr Informationen über die Autoren erhalten Sie unter www.aufbau-verlag.de oder bei Ihrem Buchhändler

AtV